# 風に散る煙 下

ピーター・トレメイン



フィデルマ一行は事件が起きた修道院に行く途中、少女を殺した疑いで捕まり私刑に遭いそうになっている若者を保護する。若者は容疑を否定しているが、人々は聞く耳を持たない。偶然にもその若者は修道士失踪事件の目撃者でもあった。ふたつの事件に関連はあるのか？　謎が謎を呼び、混迷は深まるばかり。ダヴェド王国の人々は長年の確執からサクソン人に敵意を抱いており、サクソン人のエイダルフも神経を尖らせ、フィデルマとの間もぎくしゃくする始末。慣れない異国の地での怪事件を、フィデルマはどう解き明かすのか。好評シリーズ第十弾。

# 登場人物

〝キャシェルのフィデルマ〟……………修道女。七世紀アイルランドの法廷に立つ
　ドーリィー〔法廷弁護士〕でもある
〝サックスムンド・ハムのエイダルフ〟……サクソン人修道士。サクソン南部のサック
　スムンド・ハムの出身

《ポルス・クライス》
ブラザー・フロドリ……………………ポルス・クライスの修道士

《メネヴィアの聖デウィ（聖デイヴィッド）修道院》
トラフィン修道院長……………………修道院長
グウラズイエン…………………………ダヴェド国王
カセン……………………………………グウラズイエンの息子
ブラザー・メイリグ……………………ダヴェドのバーヌウル（判事）
ブラザー・カンガー……………………旅の修道士

カデッス……………………………………………武人

《ペン・カエルとその周辺》

マイル…………………………………………殺された少女
ヨーウェルス……………………………………スァヌウンダの鍛冶職人、マイルの父親
イェスティン……………………………………ヨーウェルスの友人、農夫
イドウァル………………………………………渡りの羊飼いの若者
グウンダ…………………………………………ペン・カエルの領主
エレン……………………………………………グウンダの娘
ビズォグ…………………………………………グウンダの屋敷の使用人
クラドッグ・カカネン…………………………無法者
コリン……………………………………………クラドッグの仲間
シアルダ…………………………………………クラドッグの仲間
ゴフ………………………………………………スァンヴェランの鍛冶職人
フロンウェン……………………………………ゴフの妻
デウィ……………………………………………ゴフの息子

エリッス……………………………………………薬師《くすし》

オスリック………………………………………ホウィッケ小王国の太守

# 風に散る煙　下

ピーター・トレメイン
田村美佐子訳

創元推理文庫

SMOKE IN THE WIND

by

Peter Tremayne


This book is published in Japan
by TOKYO SOGENSHA Co., Ltd.
Japanese paperback and electronic rights
arranged with A M Heath & Co., Ltd., London
through Tuttle-Mori Agency Inc., Tokyo

ゴシック文字はアイルランド（ゲール）語を、行間の（ ）内の数字は巻末訳註番号を示す。

聖書の引用は、原則として『舊新約聖書・文語譯』（日本聖書協会）に拠る。

# 風に散る煙　下

# 第十一章

「さて、あんたがたはここで、もてなしのほかになにが望みだ？　よそ者がわざわざ、ここへただ食事と屋根だけを求めてくることはまずない。ましてやサクソン人など」鍛冶職人のゴフは疑わしそうにエイダルフを見た。

「私たちはあなたがたの王であるグウラズィエンから任ぜられて、スァンパデルン修道院での失踪事件について調査しているのですが……」

鍛冶職人がふいに顔をしかめた。彼の傍《かたわ》らに立っていた、青白い顔に不安げな表情を浮かべていた若者が、怯えたように息を呑んだ。

「ペン・カエルの領主であるグウンダから、デウィという人物がこの件に関してなにか知っていると聞きました」

鍛冶職人はしかたないというようすで、傍らの若者を指し示した。「息子のデウィだ。われわれの教会を建てた聖なる人物の名前をとって名づけた」

フィデルマは憂《うれ》い顔の少年に微笑みかけた。「では伺いたいことが山ほどあります。ですがもしよろしければ、この件について話をする間、中で火にあたらせていただき、なにか食べるものをいただけませんかしら?」

鍛冶職人はふとためらったが、やがて心を決めたようだった。「あんたがたがほんものの修道士様と修道女様なら、ぜひわが家の暖炉にあたっていってくれ。家はこっちだ」

彼は、不機嫌に黙りこんだまま疑いの表情を浮かべている男たちの中のひとりを振り向いた。そこにはいつの間にか、フィデルマたちが最初に出会った老人も加わっており、憎々しげなまなざしでふたりを睨みつけていた。

「鍛冶場を頼む」ゴフが男にいった。踵《きびす》を返そうとしたゴフをフィデルマが呼び止めた。

「馬の世話もお願いできますかしら? よくブラシをかけてやって、水と餌をやってください」

「それもやっておけ」ゴフが命じた。

礼の言葉を呟いて、フィデルマとエイダルフはゴフとデウィのあとから、庭を横切って短い坂をのぼり、大きな建物の前にやってきた。どうやらここは、彼女の国にもあるような、金を払えば食べものや飲みものや宿泊を提供してくれる、宿屋の役割をすべて網羅した建物のようだ。

音をたてて燃えている炎の上に深鍋がかかっており、その前に丸顔の女性が立っていた。

「フロンウェン!」鍛冶職人が呼びかけた。「お客だ。旅の修道士様と修道女様だそうだ」

丸顔の女は、ふくよかな腹まわりに結んだ前掛けで手を拭き拭き近づいてきた。

「女房のフロンウェンだ」ゴフがいった。

「朝食は召しあがったんですかい、修道女様？」人好きのする顔をした女が訊ねた。「なんか食べものと飲みものをお持ちしますかね？」

さほど待たずに、焼きたてのパンと、冷肉とチーズの載った皿が運ばれてきた。鍛冶職人とその息子のデウィは、味のよい蜂蜜酒《ミード》の入った広口の杯を手に、ふたりのもとへやってきた。

フィデルマはマルスピウムの中を探り、グウラズィエン王の紋章を戴いた上質皮紙《ヴェラム》を鍛冶職人の前に差し出した。彼はそれを一瞥《いちべつ》すると肩をすくめ、息子に渡した。

「うちで読み書きができるのはデウィだけなんでね」彼はすまなそうに呟いた。

「これは王様からの委任状だよ、父さん。このアイルランドの人は弁護士だ。僕らの国でいうバーヌウルだよ」

「よかろう。スァンパデルンのなにを訊きたいのかね、修道女様？」鍛冶職人が訊ねた。

「襲撃を受けたってのは聞いてるが」

「デウィがグウンダにそれを伝えた、と聞いています」ここで初めてエイダルフが会話に入ってきた。「その襲撃について話してください」

若者がちらりと見やると、父親は頷いた。

「何日か前に、ペンモルヴァ沖にサクソンの戦艦が停泊してるって知らせがあったんです」

デヴィは話しはじめた。「そうしたらそのあと、修道士様が七人、崖の近くで見つかったんです。全員殺されてました。誰にやられたのか、見ればすぐにわかりました」

フィデルマは探るように彼を見た。「なぜです？」彼女は詰め寄った。

「ちょっと待っててくれ、修道女様」鍛冶職人が立ちあがり、部屋の奥にある戸棚のほうに向かった。ややあって、彼は円い形をした武人用の盾《たて》と、折れた剣とナイフを持って戻ってきた。「こいつらが修道士様たちの死体のそばに落ちてた。ここにあるしるしとその出どころについて説明が必要かね？」

フィデルマがエイダルフを振り向くと、彼はいかにも渋い顔でこれらの模様を見ていた。訊ねるまでもなく、返ってくるであろう答えが彼女にはわかった。

「これはホウィッケのものです」

「間違いありませんか？」フィデルマは念を押した。

エイダルフは頷いた。「雷神スノールの象徴である二本の稲妻《いなずま》が盾に描かれているのがわかりますか？ それだけでは不充分なら、使われている鋲と盾のつくりを……」

「まさに！」意地の悪い笑みを浮かべ、鍛冶職人が口を挟んだ。「ブリトン人はこういう細工はしない。こいつはサクソンの盾と武器だ」

「しかも、これらが修道士たちの遺体のそばに落ちていたというのですね？ 発見者は誰だったのです？」フィデルマが即座に問い詰めた。

「どこぞの旅商人がことづてを運んできた。デヴィが仲間をふたり連れてペンモルヴァに行ってみると、それはほんとうだった」

「サクソン人の姿は見かけましたか、デヴィ？」

若者はかぶりを振った。「殺された修道士様たちの死体があっただけでした」

「サクソン船がいた形跡をなにか見ましたか？」

父親のゴフが苦々しい笑い声をあげた。「サクソン人の襲撃はじつに素早い。来たとたんに去っていく。攻め入られても、反撃する暇すら与えてもらえない」

「あなたが見たという死体についてもうすこし教えてください、デヴィ」フィデルマが促《うなが》した。

「もうすこしって、なにをですか？」若者は自信なげに眉根を寄せた。

「彼らがスァンパデルン修道院の修道士たちであると見てわかりましたか？　死体はどのような状態で倒れていたのです？　どうやって殺されていましたか？」フィデルマは矢継ぎ早に問いかけた。

デヴィはその質問についてしばしじっくりと考えてから、答えた。「スァンパデルンには何度も行ったことがあるので、そのうちの二、三人は顔に見おぼえがありました」

「ブラザー・フリンを知っていましたか？」

「王様のご子息の？　スァンパデルン修道院の執事を務めてたかたですよね。修道院に来る交易人とか商人とのやり取りはあの人が取り仕切ってたから、僕もよく顔を合わせていました」

「息子はうちの荷馬車を牽《ひ》いて、俺のつくった品物を、鍛冶場まで取りに来られない連中に届けてるんだ」父親が説明した。

「修道院にも確か鍛冶場がありましたね」エイダルフが思い返しつつ、いった。「納屋の隣に」

「修道院にも鍛冶職人はいるんですけど、手伝いが必要だったり、材料が必要になったりすることがあるんです。そうだよね、父さん?」

ゴフがゆっくりと頷いた。

「あなたの話から察するに、ブラザー・フリンは殺された中にはいなかったのですね?」フィデルマが念を押した。

「あの中に、名前のわかる修道士様はふたりしかいませんでした。ブラザー・フリンはそのどちらでもなかったです」

「全員があの修道院の者たちだったことは確かですか?」

「そうだと思います」

「そして七人の遺体があった?」

「七人でした」若者はきっぱりといった。

「では、彼らがどのように殺されていたか話してもらえますか」

「ほとんど全員、剣でやられてました」

「具体的には？」フィデルマはさらに問いただした。

「だいたいが後ろから斬りつけられていて、うなじを切り裂かれていました」自分がなにを求められているのか、若者はきちんとわかっているようだった。「ひとりは前から心臓を貫《つらぬ》かれていて、もうひとりは腹から上に向かって切り裂かれていました。全員が一か所に固まって倒れていて、まるでなにか目的があって集まってるみたいでした」

フィデルマは両眉を吊りあげた。「一か所に集まっていた、といいましたね？　盾と武器はどこにあったのですか？」

「その人たちのすぐ横です」

「すぐ横？」彼女は向き直り、折れた剣を手に取った。刃の部分が短く折れている。「これが落ちていたのは、正確にいうと、遺体のどのあたりでしたか？」

「修道士様のひとりの、足もとのあたりにありました」

「あなたが血を拭き取ったのですか？」彼女が掲げた剣はまったく汚れておらず、まるで磨きあげられたばかりのようだった。

「そいつは見つけたときのままだ」鍛冶職人のゴフが口を挟んだ。

「この剣の折れた部分はどこにありましたか？　死体に刺さっていたのですか？」

「いいえ、どの傷にもなにも――」その質問の意味をにわかに理解して、デウィがふいに黙りこんだ。

「ナイフと盾は？　このふたつもやはりそばに落ちていたのですか？」

若者は考えこんだ。「盾は死体のひとつの上に載っていて、ナイフはもうひとりの死体の脇にありました」

「それらのものが見つかって、そのあとは？」

答えたのはゴフだった。

「デウィは戻ってきて、ここの者を何人か連れてペンモルヴァに行った。俺は落ちてた武器を集めて、なにか身元のわかるものはないかと遺体を調べた。身元を示すようなものはなにもなかった。宝石も、十字架も――誰も、なにも身につけていなかった。そこで、彼らが倒れていた崖のそばに、俺たちで穴を掘って葬った」

「彼らは間違いなくその場所で殺されたのですか？」フィデルマが訊ねた。

「むろんだとも。死体のまわりの地面は血みどろだった」

「それから？」

「とりあえず危険はないとわかったんで、俺はデウィに、スァヌウンダへ馬を走らせて、ペン・カエルの領主のグウンダにことのしだいを知らせてこいといった。大勢が殺されたうえ、沿岸でサクソン船が目撃された、と。なにがあったのかはすこし想像すればわかることだ」

「サクソン人の襲撃者たちがスァンパデルン修道院を襲ったというのですか？　ほんとうに間違いありませんか？」フィデルマは訊ねた。「彼らが修道士たちを連れ去り、なんらかの理由によって、崖のあたりで七人をみな殺しにし、ふたたび戦艦に乗って帰っていった、と？」

「当然だ。そうにきまってる」

「スァンパデルンには襲撃された形跡がなかったのをご存じですか？　建物は焼かれてもいなければ、破壊されてもいませんでした。そこで修道士が殺されたらしき跡もまったくなかったのです」

ゴフは顔を歪めた。

「答えは簡単だ、修道女様。サクソンの連中は夜陰に乗じてやってきて、修道士様たちのふいを突き、身を護る暇すら与えなかったんだろうよ。おそらく仔羊の群れみたいに追い詰められたんだ」

「ですが――」エイダルフが口をひらきかけた。フィデルマが鋭い視線を向けて彼を黙らせた。

「その前かそのあとに、先ほどのサクソン船が来たようすはありましたか？」彼女は訊ねた。

「その手の襲撃に備えて、沿岸の見張りはとりわけ欠かさずにおこなっている。ほかにそれらしきようすはなかった」

フィデルマはため息を押し殺した。「お話はたいへん参考になりました、ゴフ。あなたの話もです、デウィ」

「次はどこへ向かうおつもりかね？」ふたりに蜂蜜酒をさらに勧めながら、ゴフが訊ねた。

「スァヌウンダに戻ります。そこで聖デウィ修道院から来た僚友と合流するつもりです」

「スァヌウンダでも揉めごとがあったと聞いているが」

「そうなんです」今度はパンを美味《おい》しそうに頬張りながら、エイダルフが認めた。「私たちの僚友、ブラザー・メイリグが今調査に――」

「それはバーヌウルのメイリグのことかい？」フロンウェンが、ふいに丸顔に深刻な表情を浮かべ、テーブルのほうへやってきた。「あのお人は、気の毒なマイルが死んだ事件について調べてるのかね？」

「マイルを知っているのですか？」フィデルマは訊ねた。

「このあたりはペン・カエルのお膝もとなんでね、修道女様」ゴフが、はるか遠くに望む峰を顎で指し示した。「ひとつの狭い村みたいなもんだ。ヨーウェルスは鍛冶職人仲間だし、噂なんてものは、鍛冶場から鍛冶場へあっという間に広まる」

「ではヨーウェルスとも知り合いなのですか？」

「若い頃、俺たちは同じ鍛冶場で修業する仲間だった。あいつとは二年間、枕を並べて眠ったもんだ。やつが師匠に破門されるまではな」

フィデルマはとたんに興味を惹かれた。「破門された？　もうすこし詳しく話していただけますか？」

あまり思いだしたくない記憶だったとみえ、ゴフの妻が深刻な表情を浮かべ、男はそれをちらりと見やった。

「話せないことはないんだがね、修道女様。俺たちの師匠にはひとり娘がいたんだ。夜中に目が覚めると、修業仲間の寝台が空《から》になっていることがときどきあった。意味はわかるな？」

「ええ、まあ」フィデルマは認めた。

肩幅の広い男は不愉快そうに顔をしかめた。「ヨーウェルスにとっちゃ、愛より欲が大事だったんだろうよ。ヨーウェルスが心から誰かをいたわるなんてことなどあるとは思えん。自分の娘ですら愛してたんだかどうか。何年か前にやつは女房にも死なれたんだが、喪に服してたのはほんの短い間だった」

「そのとおりだよ」フロンウェンがどすんとテーブルの前に腰かけた。彼女はゴフを見やり、ふたりはなにやら目配せを交わした。

「おまえはもう行っていいぞ、デウィ」ゴフはいった。「ちゃんとやってるかどうか、鍛冶場を見てきてくれ」

若者はしぶしぶ立ちあがり、その場をあとにした。彼の姿が見えなくなると、フロンウェンが身を乗り出した。

「ヨーウェルスの女房はあたしの友達だったんだ。エサスュトは美人でね。いったい、ヨーウェルスはどう口説いて結婚してもらったんだか。あたしにいわせりゃ、お天道様に喜んでもらえるような結婚じゃなかったってことさ。いずれ死んじまうだろうとは思ってたよ」

「なにがあったのです？」フィデルマが訊ねた。

「病気にかかってある日ぽっくり逝っちまったのさ。わかるだろ？　なんかの熱病でね。高熱を出して死んじまったんだよ、可哀想に。でも考えようによっちゃ、生活に追われるより、ずっとましなところへ行ったんだろうよ。ヨーウェルスは器がちいさくて執念深い男でさ。エサスュトはなんで、よりによってあんなやつと一緒になったんだろう、ってあたしはしじゅう思ってた。ヨーウェルスにしょっちゅう殴られてるって知って、あたしは一度、逃げてきてうちへ来るかい、って訊いてみたことだってある。ともかく、エサスュトはあたしにとって仲のいいいちばんの親友だった」

「ゴフ、あなたとヨーウェルスが修業していたさいの、その師匠はどこにいたのか聞かせてもらえますか？」

「ディナスの鍛冶職人でな。〝ディナスのギルギスト〟といった。気の毒な人だった」

フィデルマは片眉を吊りあげた。「気の毒？」

「娘があんなことになるとは」

「つまり、娘がヨーウェルスと関係を持ったという点が気の毒だった、ということですか？」

ゴフはかぶりを振った。「そのあとに起こったことだ。ヨーウェルスがディナスを追い出されてから数週間後、ギルギストは娘が――名前はエーヴァといった――ヨーウェルスとそういう仲になっちまってたことに気づいた。いってることがわかるかね？　ギルギストは怒り狂って、娘まで家から追い出した」

「その娘はヨーウェルスと？」

「いや。ヨーウェルスはすでに姿を消していて、娘はひとりで出ていった。哀れなエーヴァは旅の武人と親しくなって、その男のそばで子どもを産んだらしい。そのあとエーヴァは死んだ」

「お産で命を落としたのですか？」

「近所の森の中で、首を絞められて殺されていた。子どもが生まれてまだ数か月後のことだった」

「首を？」めったなことでは驚きをあらわにしないフィデルマだったが、さすがにそっと蜂蜜酒をテーブルに置いた。

「じつに痛ましいできごとだった。気の毒なギルギストはそれ以来鍛冶職人をやめちまった。師匠がエーヴァの子どもを探し出して育てたいと望んでいるということは風の噂で聞いた」

「それは望みどおりになったのですか？」

「知らん。武人はとうに子どもを捨てて、ケレディギオンへ向かう軍勢とともに姿を消しちまった。俺はディナスを離れ、ここスァンヴェランの鍛冶職人のもとに移った。ギルギストが国境付近の戦《いくさ》で死んだ、と聞いたのはつい数年前のことだ。あのように厳しく当たりはしたが、師匠は娘のエーヴァを愛してた。彼女が殺されたときには、そりゃあ……」彼は肩をすくめた。

「エーヴァを殺した犯人は誰だったのかわかっているのですか？」彼が言葉を切ると、フィデルマが問いかけた。

ゴフはかぶりを振った。「彼女と懇《ねんご》ろになった武人が犯人じゃないかともいわれていた。だがそいつの正体は誰も知らなかったし、居場所も結局わからずじまいだった。じつはヨーウェルス本人だったんじゃないかっていいだす連中までいた」

「そのことについて、ヨーウェルスに対する捜査はおこなわれなかったのですか？」

ゴフはそう訊ねられても驚きもしなかった。何年にもわたり、幾度となく訊かれつづけてきた質問なのだろう。

「むろんやったさ。だがヨーウェルスはギルギストに破門された直後にディナスを出ていた。少なくとも、やつの姿を見た者はひとりもいなかった。みな、やつはケレディギオンに向かう軍勢にでも加わったんだろうと思っていた。やがて何年かのち、やつはいつの間にかスァヌウンダに自分の鍛冶小屋を建てていた。そしてうちの女房の友達のエサスュトと結婚して、マイルが生まれた。エーヴァの死とやつを結びつけるものは噂以外にはなにもなかった。家なしの物乞いが彼女を殺したんじゃないか、と考える連中もいた。彼女が肌身離さず身につけていた金のペンダントが——鎖はギルギストが娘のためにこしらえた純金のもので、彼女はいつもそいつを自慢してた——なくなってたんでな。その鎖の先には、野兎《うさぎ》をかたどった、変わった形の、宝石のついた金のペンダントヘッドがついていた。野兎はこの国の異教の女神アンドラスタ(1)をあらわすしるしだ」

「アンドラスタ?」フィデルマが問いただした。「聞いたことのない女神です」

「偉大なる女王ボウディッカ(2)は、ローマ軍を自分の国から追い払う前に、かの女神に祈ったそうだ」ゴフが説明した。

「そしてその金のペンダントがなくなっていたのですね?」

「そうだ。結局、彼女はただ単に追い剝ぎに遭って殺されたんだろうということになった」

「けれどもやはりヨーウェルスが怪しい、と?」

「邪悪な男なんだよ、修道女様」フロンウェンが割って入った。「あたしはどうしても、あいつが無関係とは思えなくてさ」

フィデルマはしばらく眉根を寄せて座っていた。「ディナスはここから遠いのですか?」

「海岸沿いを行けばかなりの距離だ。だがスァヌウンダから北西に数キロメートルの岸へ向かい、そこから船で広い湾を横切れば、ディナスは目の前だ。せいぜい五キロメートルってとこだろう。海沿いのケレディギオンからしじゅう攻撃の的にされてる半島だ。だがギルギストと娘のエーヴァのことは忘れ去られて久しい。もう二十年か、あるいはそれ以上昔の話だ。今はもう、あの場所にはなにもない」

「ギルギストの娘とヨーウェルスの娘が、それぞれ似かよった状況で死を迎えることになったとは、偶然の一致にしてはなんとも奇妙ですね」フィデルマは考えを巡らせつつ、いった。

「そのふたつが関係あるとでも？」ゴフが詰め寄った。

「ギルギストは国境での戦いで死んだ、といいましたね？」

「ああ」

「間違いありませんか？」

「そう聞いてる」鍛冶職人がふいに目をぎらつかせ、その顔に笑みが浮かんだ。「もしギルギストが生きていて、娘を殺したのがヨーウェルスだと思いこんでたなら、とうの昔に復讐を遂げているだろう。間違いない、ギルギストはとっくに死んでる」

フロンウェンがテーブル越しに身を乗り出し、夫の腕に片手を置いた。「それでも、あんた、修道女様がお訊ねなさるのにはきっと理由があるんだよ。若いマイルが死んだことについて、あれはイドウァルがやったことじゃない、って修道女様は思ってらっしゃるってことかい？　ブラザー・メイリグもそう思ってなさるのかね？」

フィデルマが答える暇を与えず、ゴフが割って入った。

「あんたがたはスァンパデルンでの失踪事件の調査に来たんじゃないのかね。なぜ、スァヌウンダのマイルの死などに興味を持つ？」彼は疑わしげに問いただした。

フィデルマは説明した。「私どもは、スァヌウンダまではブラザー・メイリグとともに旅をしていたのです。彼は、その殺人事件を調査するために残りました。ですから、私どもが興味を抱くのは当然ですし、ブラザー・メイリグの手助けができるのならば、私どもとしてはぜひそうしたいのです」

「つまりあんたがたは、イドウァルは無実だっていうんだね」フロンウェンが鋭いところを突いた。「全部が見えてるまんまじゃないって思ってなさるんでもなけりゃ、バーヌウル様がわざわざ、そんなことを訊いて時間を無駄になさるはずないよ」

「イドウァルのことをどのくらい知っていますか？」

フロンウェンが笑みを浮かべて答えた。「うちの人のいうとおり、このあたりは狭い村みたいなもんだからね」

「彼をどう思いますか？」

「どう？」フロンウェンは戸惑ったようすだった。

「人殺しができるような人物だと思いますか？」

「そういう状況に追いこまれたときに、そいつが人殺しのできる人間かそうじゃないかなんて、誰にわかる？」ゴフが噛みついた。「俺にいわせりゃ、誰だってその可能性はある」

「シスター・フィデルマは、あんた自身はイドウァルのことをどんなふうに思ってるか、って訊きなさりたいんじゃないのかね？　あんたはあの子をいい子だと思ってるのかい？　まっとうな理由もなく人殺しをするような子なのかね？　ってことだよ」

ゴフは鼻をこすった。「あいつは薄ら馬鹿だ」

フロンウェンは舌打ちの音をたて、首を横に振った。フィデルマは彼女に向き直った。

「あなたは、ご主人とは違う意見なのですか？」

「あの子は薄ら馬鹿なんかじゃないよ。ちょっとものわかりが悪いだけさ。ちっちゃな子どもみたいなもんだ。羊飼いのヨーロが死んじまってからは、あの子の子ども時代はけっして恵まれちゃあいなかった。赤ん坊のときにヨーロに引き取られたんだよ。ヨーロの弟のイェスティンに追い出されたとき、あの子はまだほんの子どもだった。イドウァルはそれ以来、渡りの羊飼いをやって暮らしを立ててかなきゃならなくなったんだ」

「あいつがじつに優しい性格だということは俺も否定はせん」ゴフが応じた。「否定のしようがない。仔羊が死ぬたんびにしくしく泣いてるようなやつだ。だがなにがあいつの怒りに触れたのか、誰にわかるってんだ？　誰でも、そういう状況になったら人殺しをするって本能が備わってる、しかもあいつはひと癖《くせ》もふた癖もあるやつだ。自分の考えを人に話したりもしない。おとなしい外見の裏に、凄まじい怒りを隠していないと誰にいえる？」

「つまりあなたは、彼が犯人だと思っているのですか？」エイダルフが訊ねた。

「俺の一目置いている連中がそういっていた」

「ではその、犯人はイドウァルだといっていたという、あなたの一目置いている人物とはいったい誰なのです？」フィデルマが語気を強めた。

「そりゃあ、スァヌウンダのイェスティンにきまってる」

フロンウェンが一瞬、顔をしかめて嫌悪の表情を浮かべたのを、フィデルマの目がとらえた。

「あなたは、イェスティンをよく思っていないのですね？」

ゴフの女房は歯に衣着せず、いった。「あんな、自分が楽な暮らしをしたいがために、年端もいかない若者を追い出すなんてさ……よくもまあ、率先して後ろ指をさしたりできるもんだよ」

ゴフは譲らなかった。「イェスティンにはよくしてもらってる。あの小僧だって、とっとと追い出しといて正解だったのさ。いずれこんなことになるのが、イェスティンにはわかってたんだろうよ」

「このあたりが狭い村のようなものだということは承知していますが、あなたはいつ、このことについてイェスティンと話したのですか？」フィデルマは探りを入れてみた。

「つい昨日のことだ。あいつが、修理してくれっていって、荷馬車を牽いてやってきた」

「彼はヨーウェルスの友人ではありませんでしたか。荷馬車を修理してもらうなら、ヨーウェルスのほうが手近だったのではありませんか？」

「うちの人がいいたいのは」フロンウェンが鼻を鳴らした。「イェスティンはちょうどそのとき、このあたりの交易商のところへ毛皮を運ぶ最中だったんだ。スァヌウンダまではるばる荷馬車を引っ張ってくより、ここに来たほうが近かったんだよ」

「なるほど。つまり、あなたにことのしだいを話し、イドウァルが犯人だといったのはイェスティンだったのですね」

「そうだ」ゴフがいい、ふいに立ちあがった。「さて、噂話は尽きないが、そろそろ俺は鍛冶場に戻らんと」

フィデルマは立ちあがり、エイダルフもしぶしぶそれにならった。帰れ、と暗にいわれたのだと彼女は悟った。

「私どもにもまだ行かねばならない場所があります。ですが出発する前に、もうひとつだけ質問させてください」

ゴフはどうぞ訊いてくれ、というように身振りで示した。

「このあたりは狭い村のようなもので、誰もが顔見知りだといいましたね?」

フロンウェンが食後の皿をテーブルから片づけはじめた。彼女が笑みを浮かべた。「誰かについて詳しく知りたいのかい?」

「ええ。クラドッグ・カカネンと名乗る男について、あるいはコリンの名で通っている男について、なにかご存じありませんか?」

フロンウェンが手にしていた水差しを床に取り落とし、水差しが粉々に砕け散って、わずかに残っていた蜂蜜酒が木製の床板にはねかかった。フロンウェンは慌てたようすで謝りながら破片を拾いはじめ、ゴフが眉根を寄せて前に進み出た。

「どこでクラドッグの名前を?」彼が詰め寄った。

「このあたりには無法者がいるので、その男に気をつけるようにいわれたのです」彼女はすらすらと嘘をついた。「いったい何者なのだろう、と思っただけですわ」

「そいつについて知りたきゃ、クリドロ神父様に訊くといい。以前、やつと和解しようと話し合いの場を持とうとすらされていた」

「ですがクリドロ神父は――」エイダルフが口をひらきかけた。

「クリドロ神父は確か、もはやスァンパデルンにも、ほかのどの修道院にもいらっしゃらないはずですわ」戒めるような視線をちらりとエイダルフに向け、フィデルマがとっさに遮《さえぎ》った。

「なら俺たちにはこれ以上答えようがない」ゴフがきっぱりと告げた。「あとはもう、今いったことを繰り返して、ともかくクラドッグには出くわすなとしかいえん。俺たちにとっちゃ、やつは疫病神だ。耳ざというえにすぐ手を出しやがる。これ以上いえることはない。さっさと旅を続けることだな」

有無をいわさぬ口調だった。クラドッグの名を聞いて彼の妻が取り乱したのは明らかだったが、いっぽうでフィデルマとエイダルフが、スァンヴェランに少々長居しすぎて、腹立たしく思われてしまったことも間違いないようだった。

ゴフはもてなしに対して支払おうとした金を断り、修道士様と修道女様が自分と女房のためにお祈りしてくださるんなら、金貨やら銀貨よりありがたいこった、などと決まり文句をぶつぶつと口にした。フィデルマとエイダルフは慣例どおりに祈りを捧げてそれに応えた。だがその一連の儀式もどこか空虚で、うわべだけのやり取りに感じられた。

ひととおり済ませると、フィデルマとエイダルフは鍛冶場でデウィからふたたび馬を受け取り、若者が教えてくれたスァヌウンダへ向かう小径《こみち》を進みはじめた。

「奇妙ですね」ふたりはしばらく無言のまま馬を進めていたが、やがてエイダルフが口をひらいた。

考えごとに没頭していたフィデルマは、心ここにあらずというようすで彼をちらりと見やった。「なにがです?」

「あなたがクラドッグのことを訊ねたときの、フロンウェンの反応を憶えていますか? あの鍛冶職人も、あの男のことを死ぬほど恐れていたようです」

「むろん、なにか理由があるのでしょう」彼女も同意見だった。「あいにく、あの男のことをクリドロ神父に訊ねることはもう永遠にできませんけれど。フロンウェンの表情を見るかぎり、クラドッグは女を踏みにじることばかりか、略奪も平気でおこなう人物なのではないでしょうか」

「まさかクラドッグ本人に訊くわけにはいきませんし、訊こうとも思いませんから」エイダルフは苦笑いで答えた。「それは謎のままですね。ですが、スァンパデルンでの失踪事件に関しては、グウラズィエンに対して、われわれでもう充分に経緯を説明できるでしょう。私にとってはけっして喜ばしい話題ではありませんが」

フィデルマは短い笑い声をあげ、答えた。「説明は可能でしょうけれど、はたしてそれがほんとうに正しい解釈なのですか？ それなら、あなたのその説明とやらを聞かせてみてくださいな」

なにか釈然としていないような彼女の反応に、エイダルフは少々傷ついたようすだった。「前にお話ししたものとたいして変わりませんよ」

フィデルマは変わらず優しげな笑みを浮かべていた。「つまり……？」

「自分の民族を庇《かば》うつもりは毛頭ありませんが、あなたもご存じのとおり、多くのサクソン船が、略奪と奴隷奪取を目的にこの沿岸を襲撃しています。今回も、ホウィッケの船がこの地に上陸し、スァンパデルン修道院を襲撃しました。その襲撃のさなかに、ホウィッケ人がひとり殺されました……私たちが霊廟《れいびょう》で見つけたあの男です。そのあと襲撃者たちは捕虜たちを連れて船に戻りました。船を望む崖まで来たときに、なにごとかが起こったのでしょう。おそらく捕虜が脱走を試みたのかもしれません。そこで七人が斬り捨てられました。手をくだしたのが誰なのかは、ホウィッケの武器と盾が証明しています」

フィデルマは、あまり賛成できないという表情でエイダルフを一瞥した。「理論上は悪くありませんわね」彼女は認めた。

エイダルフは苛立たしげに眉をひそめた。「理論上？　つまりあなたはそう思わないということですか？」

彼女は柔らかい笑みを浮かべた。「すっかりそのとおりというわけではないと思います。お忘れのようですけれど、修道院が襲われた時点では、クリドロ神父はまだ殺されていなかったのですよ。私たちが発見したとき、彼の血はまだ乾いていませんでした」

「すっかり忘れていました」エイダルフはしょげ返った。

「あなたの話は、よいところをいくつも突いていると思います。サクソン船……それがあなたのいう、そのなんとかいう王国から来たものかどうかはわかりませんが――ホ、ウィッケ、でしたか？」彼女はその耳慣れない言葉をなんとか発音してみせた。「ですが、ゴフのいうように、じっさいにサクソン船がここの沖合に停泊していたのだとしても、その者たちがスアンパデルンでのできごとに関わっていたのかどうかは疑わしいという気がします」

「ですが結果的に、そうだとしか思えません」エイダルフが異議を唱えた。

「事実が、あなたの話を裏づけるものとなっていないからです。ご自分がサクソン人であることを、しばし忘れてください」

つかの間、エイダルフのおもざしにおどけた笑みがひろがった。「それはなかなか難しい要求ですね、なにしろこの国にいると、四六時中嫌でもそのことを突きつけられるものですから」彼は皮肉たっぷりにいった。「修道院がサクソン人による襲撃を受けた場合——わが国でも、ラーハンやモアンではそうした襲撃がたびたびありましたから、私たちもじっさいに経験していることですが——普通はどういうことになりますか?」

エイダルフは唇を尖らせ、彼女の質問についてしばし考えを巡らせた。

「たいていの場合、サクソン人は焼き討ちをかけて破壊のかぎりを尽くし、略奪品を運び出すはずです」彼の答えを待たず、フィデルマは続けた。「さらに若者や娘たちを奴隷として連行し、残りの者はみな殺しにするでしょう。そのような襲撃がおこなわれた形跡が、スァンパデルンのどこにありましたか?」

「クリドロ神父が——」

「クリドロ神父は鞭を打たれ、納屋で縛り首にされていました。剣や槍の傷跡はありませんでした。ところが彼の遺体が見つかったのは、サクソン船が去ってからしばらくあとのことです。それまでの数日間、彼はいったいどこにいたのでしょう?」

その矛盾点についてはエイダルフも考えていた。フィデルマの推理は彼にとってまったくの寝耳に水というわけではなかった。確かにその点は気にかかっていたが、筋の通った説明が思いつかなかったのだ。

「ですが波打ち際で無惨にも殺されていた七人の修道士たちは？　あれはどう説明するのですか？」エイダルフは喰いさがった。

「あれはじつに不思議なできごとです、エイダルフ。考えてみてください。彼らのほとんどは背後から剣で斬りつけられて死んでいました。うなじに一撃を浴びていたのです。全員が同じ場所で殺されていたということは、つまり彼らは、自分たちを捕らえた相手から散り散りに逃げようとしていたわけではない、ということではありませんか？　それに、七人を殺したあげく、盾やナイフや折れた剣を遺体の傍らに置いていくなどという武人がどこにいます？」

そういえばフィデルマが、折れた剣について訊ねていた。エイダルフは唇を噛みしめた。剣にはまるで血の跡がなく、折れた剣先は遺体のどこにも見当たらなかったのだ。

「あれはサクソン人に罪をなすりつけるために、意図的になされたことだというのですか？」彼は混乱していた。「この件とサクソン人とは無関係だ、と？」

フィデルマは即座に首を横に振った。「霊廟に収められていたサクソン人も、沖合に停泊していたサクソン船も、このたびの謎となんらかの関わりはあるはずです。しかしそれがどういったものなのか、私にもまだわかりません」

エイダルフは驚いて思わず彼女を見た。「ですが、あれがサクソン人による襲撃でなかったというならば、なぜサクソン船がこの沿岸にあらわれたのです？」

「それこそ、私たちが解明しなければならない謎です。今わかっているのは、数多《あまた》の事実が複雑に絡み合っていて、私たちが今の時点で知っていることがらだけでは、まだ説明がつけられないということだけです」

エイダルフはしばし無言だった。「われわれは答えにたどり着けるんでしょうか」

フィデルマは咎《とが》めるような視線を彼に向けた。「〝テンプス・オムニア・レヴェラト〟たしなめるようにいう。

「〝時はすべてのものごとを明らかにする〟しかし、悠長に待っていていいのですか？」彼は語気を強めた。

「待つのです」彼女は穏やかに答えた。「ここは辛抱《しんぼう》のしどころです」

「クラドッグとその一味も迫っているのですよ？」

「わかっていますとも。先ほども申しましたが、彼もまた、この謎を解く鍵を握っているうちのひとりだ、と私は思っています」

ふたりは片田舎の風景の中、馬を進めていったが、その左手には、険《けわ》しい崖と深く入り組んだ岩だらけの入り江からなる海岸線が眼下にひろがっていた。海面では海豹《あざらし》の仔が跳ねまわり、海鳥たちに交じって、数羽の鵟《のすり》が〝ケェー〟と鳴き声をあげながら、地面にいる小動物を探している。鵟が、今空から見おろしているようなひらけた斜面を好むのは、そこが兎を捕まえるのに理想的な縄張りとなるからだ。やがて小径は内陸側へ曲がり、もうひとつの小高い山に差しかかろうとしていた。二百メートルほど先に、古色蒼然たる砦《とりで》の壁が見えた。ふたりは山の南側をぐるりと回って東に向かい、ペン・カエルの中心をなす山の上にあるスァヌウンダをめざした。〝ペン〟が頂《いただき》を、〝カエル〟が砦を意味することはエイダルフも知っていた。

「湯浴みと、清潔な乾いた服にようやくありつけるならばなによりです」スァヌウンダまではもうさほど遠くないことがわかり、エイダルフが機嫌よく、いった。

ふたりのまとっている服はスァンヴェランに到着する前には乾いていたが、やはり不快感は残り、亜麻布と毛織物がごわごわと肌に当たって不愉快だった。アイルランド五王国で長い時間を過ごしてきたエイダルフにも、アイルランド流のやりかたがいつしかすっかり身についていた。アイルランドではみな毎日、たいていは夕方に沐浴をして、朝は顔と手を洗うだけで済ませることが多い。以前まではエイダルフも、こうした身繕いは少々やりすぎではないかと思っていた。彼の国では、沐浴といえばせいぜい近場の川で泳ぐ程度で、それもたまにする程度だったからだ。しかしアイルランド人は、シュレークと呼ばれる固めた油脂を用い、泡を立てて汚れを洗い流すなどして、身の清潔を保つことを常に習慣としていた。

エイダルフは熱い湯が恋しかったし、甘い香りの薬草《ハーブ》入りの湯を満たしたデイバックと呼ばれる風呂桶に浸かり、風呂あがりに亜麻布でごしごしと身体をこすりたかった。初めは眉唾ものだったが、今やその儀式をおこなうと気分が爽快《そうかい》になり元気が出るのを、彼自身認めざるを得なかった。

フィデルマも彼と同様、早く湯浴みをして清潔な服に着替えたくてしかたがなかった。大げさかもしれないが、昨夜《ゆうべ》のめまぐるしいできごとのせいで心も身体も汚れた気分になり、何度も沐浴をしなければその汚れは落ちないという気がした。だがスァヌウンダに戻ることには、もうひとつ別の期待も抱いていた。それというのも、若いイドウァルのことがずっと気がかりだったからだ。推理に基づいてというよりはむしろ純粋に感情に基づいたものだったが、彼女は、あの若者がマイルの死については無実であるという思いをどうしても捨てきれずにいた。取り調べがどのように進展したか、ブラザー・メイリグから早く話を聞きたかった。彼女の集めた、マイルの父親であるヨーウェルスに関する情報があるいは役に立つかもしれない。

ふたりが行く小径は木々の鬱蒼《うっそう》と茂る谷へ入っていき、その向こうがスァヌウンダの町だった。おそらく、少女が絞殺されていた森というのはここのことだろう。確証が欲しいところだった。これほど長い時間が経っていては、手がかりなどなにも残っていないであろうことは承知の上だったが、それでもできることならば現場を調べておきたかった。フィデルマは、被害者が死に直面した場所を、常にできるかぎり自分の目で見ておきたいと思っていた。そのほうが、事件の様相をより鮮明に思い浮かべることができるからだ。

そのことをエイダルフに話すと、彼は渋い顔をした。

「ブラザー・メイリグの捜査の邪魔立てをしないほうがよろしいのでは？」

フィデルマはその態度に腹が立ち、しかもそれを隠そうともしなかった。「邪魔立てですって？　エイダルフ、ドーリィーたる私が、犯罪をただ傍観し、見て見ぬふりなどできると思いますか？」

「ですがここは――」

「私の国ではない、と？　私たちはこれまでにもさまざまな事件に出くわしましたが、あなたは傍観などしませんでしたし、自分はサクソン人だから立ち入るべきではない、などと口にしたことなど一度もなかったではありませんか！　どこの国であろうと犯罪は犯罪です。〝ユスティティア・オムニブス〟――〝万人に正義を〟です」

エイダルフは彼女の鋭い口調に、思わず目をぱちくりとさせた。「私はただ――」彼は口をひらきかけた。

彼女はそれを手で遮った。「いいたいことはわかっています」

気まずい沈黙がしばし漂った。

フィデルマは、つい苛立ちを爆発させては、そのたびに後悔していた。短気で気性の激しいところが自分の欠点だという自覚もあった。だがそういえば、恩師であるブレホンのモラン師が口癖のようにいっていたではないか。欠点のない人間は生きているとはいえぬ、と。

とはいえやはり、自制心を保つ努力はしておくべきだろう。

「ごめんなさい」ふいに発せられたそのひとことに、エイダルフは思わず驚いた。「この地に来てからというもの、私には、なにかもっと邪悪なものが渦巻いているという奇妙な感じがしてならないのです。今回の謎は、たとえていうならたくさんの糸が複雑に絡み合っているのに、私たちの手の中には、まだそのうちの数本しかないのです。手の中にある糸を遠くまでたどれば、次々にまた別の糸が見つかりますが、どの糸も中心へは繋《つな》がっていません。ともかくマイルの死と、スァンパデルン修道院での失踪事件、このふたつの謎を解くことが先決です」

エイダルフはしばらく答えなかった。

フィデルマは話しつづけることにした。「あなたがすこしでも早くカンタベリーへの旅を再開したがっていることはわかっています、ですがもし、これらの事件を最後まで追及せずにすませてしまったら、きっと私はずっと気が咎めたままでしょう」

エイダルフは観念したとばかりに笑顔を浮かべ、答えをひねり出した。「むろんそうでしょうとも。私はただ、あなたの身を……」彼はふと口ごもり、片方の肩をすくめて、ものいいたげにふたたびその肩を落とした。「私たちの身を案じているのです」彼はいい直した。「これまでにも身の危険を感じたことはありましたが、この地で出合ったような敵意を向けられたのは初めてです。それに、クラドッグのような輩《やから》につけ狙われているというのは、どうにも不安を感じずにはいられません。万が一あなたか私がふたたびやつの手中に落ちるようなことがあれば……」最後まではいい終えなかったが、彼のいわんとするところは明らかだった。

「では、あの無法者の手中にはけっして落ちぬよう、万全を期しましょう」フィデルマはわざと気持ちを奮い立たせるように、朗《ほが》らかに答えた。

ふたりが森の中のちいさなひらけた場所に入っていくと、そこには木樵《きこり》小屋が建っていた。

「スァヌウンダへの道がこれで合っているかどうか、確かめたほうがよいでしょう」エイダルフが提案した。

扉が半開きになっていることにふたりは気づき、フィデルマは手綱を引いて声をかけた。

返事はなかった。

小屋はちっぽけで、おもてには切り分けている最中の材木が積まれていた。まるで木樵が途中でどこかへ行ってしまったかのように、長い柄のついた斧が丸太に刺さったままになっている。

最初に気づいたのはエイダルフで、彼はフィデルマのほうを見ると、無言で斧を指さした。刃についたまだ新しい血が、木材の上に滴っていた。

おそらく木樵が丸太に斧を振るうさい、鋭い刃で怪我をしたのだろう。

「もしもし!」フィデルマはもう一度呼びかけた。「怪我をしているのですか? 私たちでなにか力になれますか?」

物音はせず、なにかが動く気配もなかった。

エイダルフはひらりと馬からおりると、小屋の扉に近づいていった。彼は戸口で一瞬立ち止まって中を覗きこむと、あっと声をあげた。

「男性がひとりいますが、意識がないようです」彼はフィデルマに向かって呼びかけると、暗い小屋の中へ入っていった。あとを追おうとフィデルマが馬をおりかけたとき、彼の驚いた叫び声が耳に届いた。

「どうしました?」彼女は問いかけ、足を踏み出した。

エイダルフが外へ飛び出してきて、蒼白な顔で扉枠に寄りかかった。彼は、言葉にならないというようすで、しばし彼女をじっと見つめていた。「中に……」

フィデルマは眉根を寄せた。「木樵ですか?」彼が取った態度に驚き、思わず問いただす。なんといっても、エイダルフはトゥアム・ブラッカーンで医術を学んでいるのだ。深い傷や損傷の激しい遺体には慣れているはずだった。「ひどい怪我なのですか? ほら、エイダルフ、その気の毒なお人を助けてさしあげましょう。あなたがそんなに怖じ気づいたところなど、見たことがありませんわ」

「もう手遅れです」エイダルフが息も絶え絶えにいった。

フィデルマは痺れを切らし、彼を押しのけてちいさな小屋に足を踏み入れた。扉から射した明かりが、床の上の人影に降りそそいだ。彼女は、扉を入ってすぐのところに横たわっている遺体の上に屈みこんだ。

三つの事実が、次々と彼女の前で明らかになった。

ひとつ、男の首はほぼ切断されていた。事故ではあり得なかった。何者かがこの男を殺害するべく、斧を手に取り、鋭い刃を振りおろした。そして、死んだこの男を、あるいは死にかけているこの男を床に転がしたまま、加害者は、おもてにある材木の山のところまで斧を戻しに行き、丸太に突き刺してこの場をあとにしたのだ。

ふたつ、男は木樵ではなかった。彼は修道士の法衣をまとっていた。

三つ、身体をねじ曲げ、苦悶の表情を浮かべているこの被害者に、彼女は見おぼえがあった。ブラザー・メイリグであった。

# 第十二章

ふたりは押し黙ったまま、スァヌウンダまでの道を進んだ。木樵《きこり》小屋からの道のりでは、フィデルマはほとんど口をひらかなかった。川にかかった、町へ続く橋を渡りはじめると、金属どうしを打ち合わせる甲高い音が鍛冶小屋から響き、だみ声で怒鳴る声が聞こえてきて、鍛冶屋のヨーウェルスが逞しい腕で金槌《かなづち》を振りおろして働いているのが見えた。ふたりが馬で通り過ぎるさいにも、彼はちらりとこちらを横目で見ただけだった。橋の向こう側は広場だった。二日前の晩、イドウァルが危うく縛り首にされそうになった、まさにあの広場だ。だが今は、そこにあるのは薪をうずたかく積んだ山だった。木を積み重ねたその山が、巨大な篝火《かがりび》のためのものであることは明らかだった。子どもたちがそちらこちらで群れをなし、無邪気に騒がしく元気いっぱいに遊びまわっている。一本道にはところどころに人々が集《つど》い、立ち話をしている者もいれば、詮索するように彼らのほうをちらちらとうかがう者もいた。

エイダルフはフィデルマを見やった。動揺しているようだ。修道士の殺害されていた光景は残虐きわまりないものだった。あんな恐ろしい犯罪をいったい誰がやってのけたのだろうか、と彼が自分なりの考えを話そうとすると、決まり文句にすぎない答えが返ってきた。

「事実が判明していませんのに、推論ばかりを述べてもしかたがないですわ」と。フィデルマはそれ以上彼とこのことを話すつもりはないとみえ、馬を進めながら、自分ひとりであれこれとさまざまな可能性を思い巡らせているようだった。エイダルフにはそれが腹立たしかった。

フィデルマとてエイダルフの苛立ちに気づいていないわけではなかったが、今は、自分の推論を声に出して話す気にはなれなかった。頭の中ではさまざまなことがらが渦巻いていた。時間をかけてブラザー・メイリグの遺体をじっくりと観察し、小屋も、斧も、その周囲も入念に調べたが、手がかりと呼べるようなものはなにひとつ得られなかった。ブラザー・メイリグは森でいったいなにをしていたのだろう？　マイルの殺害現場を調べていたのだろうか？　であれば、いったいなにに出くわしたせいで、あのような残忍でおぞましい殺されかたをしなければならなかったのだろうか？

こうした疑問をエイダルフにぶつけてもしかたがなかった。おそらく彼もこれらの疑問点には当然気づいているだろうが、必要なのは答えであり、その肝腎の答えがなにひとつ見つからないのだ――今のところは、まだ。さらに情報を集めないことには、疑問はいつまでも疑問のままだ。

スァヌウンダの静けさは、ふたりが木樵小屋で目撃したものや、スァンパデルンで出合ったできごととは著しく対照的だった。彼らの姿をふたたび目にして驚いている者はひとりもいなかった。ふたりがやってきたことになど誰も興味を抱いていないようだ。

「このままグウンダのもとへ向かいましょう」フィデルマがエイダルフにいい、ふたりはゆっくりと馬を歩かせながら通りを進んで、ペン・カエルの領主の屋敷へ向かった。

ふたりが地面におり立ち、屋敷の前にある杭にそれぞれの馬を繋《つな》いでいると、まさしくグウンダがそこにあらわれた。ふたりの姿を目にし、彼はどこか落ち着かぬようすだった。

「スァンパデルンからの知らせは？　ずいぶんと早いお戻りのようだが」彼は口をひらきしなにそういった。熱のこもっていない口調なのは明らかだった。

フィデルマは彼の表情をつぶさに観察した。「ブラザー・メイリグの所在をご存じですか？」彼女は訊ねた。

返ってきた問いに、グウンダはわずかに口もとをこわばらせた。「知らぬ。彼は今朝ここを発った」

「どこへ向かったのです？」

グウンダはかぶりを振った。「さあ、わたしは聞いておらぬ」

「戻りはいつと？」

「それも特に聞いておらぬな」

フィデルマは懸命に苛立ちを抑えた。

「彼は、誰かに行き先を伝えていきませんでしたか？」エイダルフも加わった。

「口の堅い御仁だからな、バーヌウルというのは」グウンダは冷めた笑みを浮かべた。そこで初めてふたりのなりを見て、疲労困憊していることに気づいたようだった。「野宿でもしたのかね。スァンパデルンに泊まったのでは？ あれほどの嵐だったというのに」

「洞穴で一夜を過ごすはめになったのです」エイダルフが簡潔に説明した。「湯浴みと、清潔な衣服を用意していただけるとたいへんありがたいのですが」

「ふたたび聖デウィ修道院へ旅立たれるまでは、あなたがたはわたしの客人だ」長《おさ》は熱のない口調で示した。

「では私どもは……」エイダルフはいいかけたが、ふいにフィデルマの咎《とが》めるような視線に気づいて黙りこんだ。彼がなにをいうつもりだったのか、彼女とて完全に把握していたわけではなかったが、うっかり先走ってメイリグを発見したことを話してしまわれては困るので、視線でそれを制したのだった。「……そういたします」彼はぎこちなく言葉を結んだ。

ふたりがグウンダに導かれて屋敷の中に入ると、彼が両手を打ち鳴らして人を呼んだ。長身の金髪の女性が入ってきて、ふたりを見やりわずかに両目をすがめた。

「ビズォグ、シスター・フィデルマとブラザー・エイダルフは今一度わが屋敷の客人となった。湯浴みの用意をし、飲みものと軽食をお持ちしろ。こちらの馬も手入れをして餌をやっておけ」

女は軽く首を傾げた。「仰せのとおりに」

グウンダが命令をくだしている隙を見て、フィデルマがエイダルフにささやいた。「メイリグのことは私に話させてください」

ふたりが暖炉の前に腰をおろすと、ビズォグが飲みものを持ってあらわれ、湯浴みの支度を今整えているところだ、と告げた。グウンダが腰をおろして飲みものを手に取ると、フィデルマは静かな声でいった。「クリドロ神父が亡くなりました」

ペン・カエルの領主は一瞬彼女を見つめた。「ではやはりサクソン人による襲撃だったのだな？　何人の修道士が死んだのだ？」その声はなぜか得意げだった。

「私どもが聞いたところによりますと、七人の修道士が亡くなり、加えてクリドロ神父も亡くなりました。神父はスァンパデルン修道院の納屋で縛り首にされており、それ以外の七人は、あなたに届けられた報告どおり、スァンヴェラン近くの海岸で殺害されていました」

グウンダは深くため息をついた。「わが領土の海岸線は、サクソン人からの襲撃に弱いのだ」

「クラドッグという無法者をご存じですか？」

グウンダは文字どおりびくりと飛びあがり、飲みものが手にこぼれた。

フィデルマは険《けわ》しい笑みを浮かべた。「どうやらご存じのようですわね」長が落ち着きを取り戻すより早く、彼女は告げた。

「ペン・カエル周辺でその名を知らぬ者はほぼいない、しかも大勢が、やつのことを身をもって知っている」悠々たる態度を取りつつ、彼は認めた。

「あなた自身は彼についてなにをご存じです？」

グウンダはじっくりとふたりを眺めわたした。「なぜここにクラドッグが関わってくるのだね？」彼はゆっくりとそう口にした。

「その〝雀蜂《すずめばち》のクラドッグ〟とやらについて、あなたがご存じのことをお話しいただきたいだけですわ」

グウンダは黙ったまま考えこんでいた。「クラドッグ・カカネンか」その名を口にする声には軽蔑がにじみ出ていた。「〈ファノン・ドゥルイディオンの森〉のあたりに追い剝ぎが出るらしい、という報告を受けたのが半年ほど前のことだ。だが、初めのうちは命まで奪われる者はなく、せいぜい身ぐるみ剝がされてほうり出される程度だった。旅人たちはみな無法者のクラドッグの名を口にし、彼らの話によれば、やつはかなり教養のある男で、笑いながら金品を奪っていくのだという。やつは数人の武人をみずからの一味として率いているが、その連中もおそらく、司法を逃れた傭兵や盗っ人や人殺しといった者たちなのだろう。十数人かそこらの男たちがクラドッグとともに森を牛耳っている」

フィデルマは少々焦《じ》れていた。領主の話は、すでに彼女が聞いたことのある話ばかりに思えたからだ。「彼に襲われた者は、初めのうちは命まで奪われることはなかった、とおっしゃいましたね。それはつまり、そのあとは殺された者がいたということですか」

グウンダは頷いてそれを認めた。「そのとおりだ、修道女殿。クラドッグによる襲撃はしだいに見境のないものとなり、幾人かが命を奪われた。グウラズィエン王が戦士団を送り、森をくまなく捜索してクラドッグを亡き者にしようとしたこともあったが、失敗に終わった。クラドッグは〈ファノン・ドゥルイディオンの森〉を隅々まで知り尽くしているのだ」

「グウラズィエンが戦士団を？　あなたはペン・カエルの領主ではございませんか。なぜご自身の兵を挙げて彼らを一掃しないのです？」

グウンダはくくっと冷めた笑い声をあげた。「ペン・カエルじゅうを探そうと、訓練の行き届いた武人が十人も見つかるかどうか。若い男衆の多くは、ケレディギオンとの国境を護るべく、とうにフロドリ卿のもとへ馳せ参じてしまった」

「では、その過去の一度を除き、クラドッグに対してはそれ以来なんの手も打たれていないのですか？」

「クラドッグがペン・カエルの中心部を襲わず、街道からこちらに出てこぬかぎり、やつなどこの地域の平和を乱すほどの脅威とはなり得ぬ」

「つまりあなたのお心づもりとしては、クラドッグには目をつぶってやるかわりに、こちらに手出しさえしてこなければよい、ということですの？」フィデルマにはおよそ賛同できなかった。「では、スァンパデルンでの事件に彼が関わっているとしたら？」

グウンダが驚いてびくりと身を縮ませた。「サクソン人による襲撃ではなかったというのかね？　クリドロ神父やほかの修道士たちを殺したのはクラドッグだと？　ばかばかしい。いったいなんの目的で？」

「質問しているのは私です。もし彼が関わっているのだとしたらどうなさるおつもりです？」

彼女は詰め寄った。

「万が一そうであれば、グウラズィエン王が兵を挙げてやつの討伐に向かうだろう。武人が大挙して攻め入り、やつは炙《あぶ》り出される。だが〈ファノン・ドゥルイディオンの森〉をくまなく調べるには大人数が必要だ、しかし王国が、そこまでの数の、腕におぼえのある武人たちを送り出すなど不可能だ。少なくとも今は」

「不可能？」フィデルマはその言葉を聞きとがめた。

「ケレディギオン王アートグリスはことあるごとにわが国との国境に迫り、隙あらばこちらの領土を占拠せんとしている。わが国の国境は距離が長いゆえ、武人たちは平和を維持すべく、長距離にわたって防御線を敷かねばならぬのだ」

フィデルマは腰をおろしたまま、その情報について考えを巡らせた。「クラドッグがいかなる人物なのかはわかりましたが、私は、彼がいったい何者なのかを知りたいのです」

グウンダは戸惑いを見せた。「何者、というと？」

「まさか、かの無法者はどこからともなくあらわれたとでもおっしゃいますの？」

ふたりが驚いたことに、ペン・カエルの領主はゆっくりと頷いた。「いや、まさにそのとおりだ」

「彼は地元の人間ではないということですか?」

「われわれの知るかぎりでは、違うようだ」

「地元の人間でないとすれば、なぜ彼は、王の武人たちの捜索の手を逃れられるほど、このあたりの土地に精通しているのでしょう?」エイダルフが訊ねた。

グウンダはふんと鼻を鳴らした。「よい質問だ、サクソンの修道士殿、じつによいところを突いている。だがクラドッグの姿を目にしたいずれの者も、やつがこのあたりの者と縁《ゆかり》があるようには見えなかったという。おそらく仲間の中に、このあたりに詳しい者がいるのだろう」

フィデルマは落胆を禁じ得なかった。クラドッグとこの土地の者との間にはなにかしら繋がりがあるにちがいないと踏んでいたからだ。このたびの謎とあの男とを結びつける、なんらかの繋がりが。

ビズォグがふたたび入ってきた。「お客様がたの湯浴みの準備が整いましてございます、旦那様」彼女は告げた。「申しわけございませんが、法衣のたぐいはご用意がございませんので、修道士様と修道女様、おふたかたが差し支えなければでございますが、一日だけこちらのご用意した服をお召しになっていていただけますでしょうか、その間にこちらで洗濯を済ませてお戻しいたしますので」

フィデルマはゆっくりと立ちあがった。「それで結構です。おもてなしに心より感謝いたします、グウンダ」

ビズォグが出ていくと長も立ちあがり、エイダルフも腰をあげた。「あなたがこの地で解明をめざしているその事件が早急に解決することを、わたしは心より願っている」グウンダはいった。

「私どももそう願っております、グウンダ」フィデルマもそれにならい、真剣な面持ちで答えた。「ですが、しばらく時間がかかるかもしれません。というのも……ブラザー・メイリグが殺害されたからです」

フィデルマがあの森の中での発見を、いかなる劇的な瞬間を選んで明るみに出すのか、エイダルフは先ほどからじっと待ち構えていた。

グウンダの顔に浮かんだ表情は、ゆっくりと変化するにとどまっただけだった。やがて彼は、ぼさぼさの毛をした犬よろしく、全身を震わせた。「ブラザー・メイリグが死んだというのかね？」

「遺体が森に」フィデルマが告げた。

グウンダはひゅう、と長い息を吐き出した。「殺害されたと申したな？　なぜすぐにいわなかったのだ？」

「あなたは、ブラザー・メイリグの行き先も、いつ戻るのかもご存じないとおっしゃっていました。先にお話ししたとて、あなたからなにか聞かせていただけることがありましたかしら？」

「それはないが、しかし……」

「しかし、なんです？」

「彼が死んだと聞かされて、ひどく良心が疼《うず》いているのだ。彼が発つ前にもっと強く警告すべきだったかもしれん。かような悲劇的な結末をわたしの手で防ぐこともできたであろうに」

フィデルマはエイダルフと素早く視線を交わした。「警告？　殺害を防ぐことができた、とおっしゃるのですか？　ではあなたは、ブラザー・メイリグの捜査の行方について、これまで私どもにお話しいただいたよりもはるかに多くのことをご存じだと？」

「そうではない」

「そうではない？　彼の行く先は知らなかったとあなたは頑《かたく》なに主張しておいでですが、いっぽうで、行くなと警告しておけば彼は死なずにすんだとおっしゃるのですね？」フィデルマの声には皮肉がにじみ出ていた。

グウンダは身構えるような表情を浮かべた。「そうだ、死なずにすんだかもしれん」彼はきっぱりといった。「すぐに部下たちを連れて木樵小屋へ向かい、ブラザー・メイリグの遺体を引き取ってこなければ」

「お出かけになる前に、ご説明いただく必要がございます」フィデルマは抑えた声でいった。

「説明だと？　ブラザー・メイリグがここを発ったさいに、ひとりで行けといえばよかった、それだけだ」

「ひとりで？」フィデルマは眉根を寄せた。「つまり、彼がここを発ったさいには誰かが一緒だったのですか？」

「だからそう申しているではないか？」

フィデルマは腹立たしげに鋭く息を吐いた。「聖人たちの名にかけて、ともかく話してください。ブラザー・メイリグとともにここを発ったその人物とは誰なのです、そしてなぜあなたは、その者が彼の死に関わっているとお思いになるのです？」

「メイリグは、マイルを殺害した犯人とともにここをあとにした、つまりそういうことだ」

「マイルを殺害した犯人？」エイダルフがおうむ返しにいった。

「イドウァル、あの小僧だ。メイリグはやつとともにここを発ったのだ」

一時間後、フィデルマとエイダルフはそれぞれ湯浴みを済ませて気分もさっぱりとし、衣服も着心地のよいものに着替えた。大広間でグウンダが待っており、食事の用意も調っているとビズォグから告げられた。

すでにあたりは薄暗く、じきに日も暮れそうだった。秋は夜の帳がおりるのが早い。

グウンダ本人がふたりを待っていた。

「イドウァルの痕跡を追わせるべく、ふたりの猟犬係をやり、猟犬を放つことにした」彼は述べた。「だがやつにはほぼ一日ぶん先を行かれているうえ、こちらは明日、夜が明けぬことには追跡もままならぬ。ともかくブラザー・メイリグはみずからの死をもって、少なくともかの小僧の罪を暴き出すことはできたわけだ」

フィデルマは彼に諫《いさ》めるような視線を向けた。「かの若者がブラザー・メイリグとともにここを発ったからといって、彼が犯人だという証拠にはなりません。マイルの事件に関しても、メイリグの事件に関しても」

グウンダはしばし彼女を見つめると、くくっと耳障りな笑い声をたてた。「修道女殿、この期に及んで、かの小僧が犯人だという疑いは微塵《みじん》も抱いておらぬというのかね？」

「まだ訊問を重ねなければなりません。ですがあなたのおっしゃるとおり、イドウァルを探し出す必要があります。むろん遣いの者たちに対しても、彼を発見してもけっして傷つけることなくここへ連れ帰るよう、指示を出してくださいますね？」

「彼らは、自分たちの追う相手が人殺しだと承知している。それ相応に行動するだろう」グウンダが答えた。

「ブラザー・メイリグはバーヌウルでした。私はドーリイー、すなわち同等の法的地位を持つ者です」フィデルマが告げた。「ですから私がこの事件を引き継ぐこととなります」

グウンダはしばし無言だった。しばらく口を固く閉ざしている間、その口角はぐっとさがっていた。「聖十字架にかけて、それはあり得ぬ！」やがて、断固たる答えが返ってきた。

フィデルマは臆することなくその目を見返した。「私の権限に異議を申し立てるおつもりですの？」柔らかなものいいだった。エイダルフは知っていた。彼女が柔らかなものいいをするときほど、最も危険であるということを。

「この地では、あなたには権限などない。どのみち、この事件に口を出されるいわれもない」

フィデルマは身をこわばらせた。「私は、ダヴェド王グウラズィエンより権威を賜《たまわ》っております」彼女は切り返した。

「あなたに権限はない」

フィデルマは信じられないとばかりに両目を見ひらいた。「私どもが到着したさい、ブラザー・メイリグから申しあげました。そのときは了承なさったではありませんか」

グウンダはかぶりを振った。「グウラズィエン王が賜ったのは、スァンパデルン修道院の失踪事件の捜査に関する権限のみだ。イドウァルの件に関して王が寄越したのはブラザー・メイリグだ。このたびの事件について、あなたに口出しする権利はない。わたしはペン・カエルの領主であり、この件を裁くのはわたしだ」

フィデルマは鋭く息を呑んだ。そのとおりだ。法律の文面に則っていえば、グウンダは正しい。この地では、フィデルマには司法権はない。彼女はしばし考えこんだのち、引きさがるよりほかないと悟った。

「では私は、あなたに懇願せねばなりません、グウンダ。悪事がまかり通ろうとしています。正義がおこなわれるためには、私がこのたびの事件の捜査をする必要があるのです」

「あなたがお持ちなのはスァンパデルンを捜査する権限のみ、それだけだ」グウンダの表情は揺るがなかった。「今夜はわが屋敷でゆったりとお過ごしになるとよい。あなたがたも明日には聖デウィ修道院へお戻りになりたかろう。それまでは、わが庇《ひさし》に護られた場所からはあまり遠く離れぬことだ」

フィデルマが不快もあらわに目をすがめた。「脅しとも取れるおっしゃりようですが、グウンダ?」彼女の声に危険な静けさが宿るのを、エイダルフはふたたび耳にした。

グウンダは無表情だった。「脅しているつもりなどいっさいない、修道女殿。あなたと、そちらのサクソンのご友人の身を案じて、警告を申しあげているだけだ」

「私には、まさにそれが脅しに聞こえますがね」エイダルフが苦々しげにいった。

「ブラザー・メイリグの死が明るみに出れば、人々の怒りを買うだろう。イドウァルが間違いなくマイルの死に関わっているという事実は、今やスァヌウンダじゅうの人間の知るところだ。そのうえ、どうやらブラザー・メイリグまでもがやつの手にかかったらしいという。この町の者はみな、イドウァルに対する復讐を果たす直前であなたがたに邪魔されたことを忘れてはいない。復讐が果たされてさえいれば、メイリグもまだ生きていたであろうに」

「町の者たちによる殺人を止めたのは私たちではありません」エイダルフが正した。「蛮行を阻止したのはブラザー・メイリグです」

グウンダは薄く笑みを浮かべた。「ブラザー・メイリグはおのれの犯した過ちの代償を支払ったのだ。だが、あなたがたがスァヌウンダ周辺をうろつきはじめれば、町の者たちはあなたがたがブラザー・メイリグと行動をともにしていたことを思いだし、この地で重ねて起こった殺人もあなたたちの仕業《しわざ》ではないかとこぞって思うことだろう」

「論理のかけらもない考えかたですわね」フィデルマがぴしゃりといった。

「むろんわたしの話ではない、この土地の民のことだ」グウンダがはぐらかすようにいった。

「自分たちを傷つけた相手に対する復讐の念を抑えつけようなどとすれば、あの連中からは道理など吹っ飛ぶ」彼は扉に向かった。「なにか必要なものがあれば、その呼び鈴を鳴らせばよい。ビズォグが用向きを聞きに来るはずだ」

遠ざかる彼の足音が屋敷を出ていくと、やがて馬が一頭、厩《うまや》から出ていく物音がした。

エイダルフはすっかり諦めたようすだった。「しかたがありませんね！ 明日、聖デウィ修道院へ戻りましょう。少なくとも――」

フィデルマの冷ややかな表情に、思わず彼は押し黙った。「私がこのまま逃げると思いますの？」

エイダルフは、炎を宿したかのごとき彼女の緑色の瞳を見つめ、観念したとばかりにため息を押し殺した。「思いませんね」

「当然です」

「ではどうなさるおつもりで？」

「私はこれまで、解明すると誓った謎を前に逃げ出したことなど一度もありません。今回とて同じことです」

「では、ペン・カエルの領主に勝る権限を、グウラズィエン王より賜る必要がありますね」

フィデルマは彼を見やると微笑んだ。やはりエイダルフは、ものごとを具体的に実行に移すための切り替えが早い。彼女のおもざしに笑みがひろがった。エイダルフには、彼女がなにを考えているのかがすぐにわかり、思わず心の中で呻《うめ》いた。

「私に聖デウィ修道院へ赴き、グウラズィエン王より権限を賜ってこいというのですね？」

彼女はご名答、とばかりに頷いて、いい添えた。「ほかに手はありませんもの」

「まず食事をさせてもらえませんかね？」彼は拗《す》ねたようにいった。

「むろんですとも。睡眠も取ってからですわ。今回、最もよい方法は、まず私たちふたりともが、明日の夜明けに出発すると相手に思わせておくのです。そのあと私はスァヌウンダを出て、どこか滞在できる場所を探しますから、その間にあなたは修道院へ向かってください。行きは馬を急がせて、帰りの馬は修道院長に新しいものを用意してもらえれば、二十四時間以内にはこちらに戻ってこられるはずです」

「その二十四時間で、あなたはなにをなさるおつもりです？」エイダルフが問いただした。

「聞きこみをしてまわるわけにもいかないでしょうし、われらの友人たるクラドッグとその一味に出くわすという危険だけは、なんとしても避けていただかなくてはなりません」

フィデルマは表情を曇らせた。「できることをやるのみです。ですがあなたのいうとおりですわ。あなたが戻るまでは、なるべく目立たぬようにしておきます」

「この計画は練り直したほうがよくはないですか」エイダルフは続けた。「イドウァルについてあなたが聞きこみをおこなうのは無理です。それにおわかりでしょうが、グウンダのいっていることは正論です」

フィデルマは彼を睨みつけた。「正論？　どのあたりがです？」

「今回のイドウァルの事件は、私たちには関係のないものです。私たちが引き受けたのは――」

彼女は片手をあげてエイダルフを制した。「それはもう何百回も聞きました」彼女はちくりといい放った。やがてすぐに、申しわけなさそうに笑みを浮かべた。「ごめんなさい、エイダルフ、あなたがそのことをあまりにもいうものですから――それも何回も」

彼は渋い顔で頷いた。「何度口に出そうと、真実は真実です」といいわけがましくつけ加える。

「ともかく私としては、これらすべてのできごとの根底にはかならずなんらかの繋がりがある、という確信がさらに強くなってまいりました。いったいその繋がりがなんなのか、なんとしても知りたいのです」

「なんらかの繋がりがある、とおっしゃったのはこれが初めてではありませんよね。なぜそういいきれるのです？　繋がりを裏づける証拠になど、私はまだ一度もお目にかかっていませんが」

「そう感じるのです」

「直感のみに頼るとは、あなたらしくないですね」

「むろんそれだけに頼っているわけではありません。ですがブレホンのモラン師もおっしゃっていました、心と感情は、頭で理解するよりも早く、ものごとを読み取っているものだ、と」

「心や感情といったものは得てして周囲が見えなくなりがちですが、理論立てて考えれば、おのずと道は示されます」エイダルフがぶつぶつとこぼした。

「どちらも役立てればよろしいじゃありませんか」フィデルマはついやり返した。「私たち、近頃こんなふうにいい争ってばかりですわね。ふたりともこの頃どうかしていますわ、そうじゃありませんこと、エイダルフ？」

いわれてエイダルフは考えこんだ。

確かにフィデルマのいうとおりだ。この忌々しいダヴェドという国に足を踏み入れてからというもの、彼女と衝突することが増えている。議論を交わすこと自体は今に始まったことではない。これまでにもさんざん意見をぶつけ合ってきたが、ふたりとも、たがいを尊重することはけっして忘れなかったし、相手の軽口を許容する心も持ち合わせていた。それぞれの信仰に対する異なる見解や、哲学の相違について考えを述べるさいに、フィデルマがわざとからかうような口ぶりになることもしょっちゅうあった。だがふたりの議論はいつでも気の置けないもので、とげとげしさなど皆無だった。ところ今はどうだ……なにがいけないのだろう？　なにか苦々しいものが、言葉の裏に漂いはじめている。

　彼は思いあぐねたように顎をさすった。

「気候のせいじゃないですか、フィデルマ」彼は自信なげに答えた。「そのせいで気分が晴れないんですよ」

「船をおりてからというもの、あなたはずっと憂鬱《ゆううつ》そうですものね。私、あなたの言葉にもうすこし耳を傾けるべきでした。ポルス・クライスでおとなしく次の船を待つべきだったのかもしれません」

　それが本心からの言葉ではないことは、エイダルフにもわかった。なんといっても、彼女はまさに今、水を得た魚のごとく、目の前の謎をひとつひとつ調べている最中なのだ。今の彼女に異を唱えることは、フィデルマをフィデルマたらしめているものを、まったく理解していないも同然だった。

「私のせいです」ややあって、彼はいった。「私がそもそもの原因なんです」

本気でそういっているのだろうか、とフィデルマはとっさに彼を見やった。そしてかぶりを振った。「ロッホ・ガーマンでの私の決意は、もしかしたら間違っていたのかもしれませんわね」その声には感情はこもっていなかった。

エイダルフは唇を噛みしめた。彼はそのまま黙っていた。

フィデルマはしばらく待ったが、彼がそれ以上なにもいおうとしないので、さらに言葉を継いだ。「〝ネー・ケーデ・マリース（禍《わざわい》に屈するな）〟と賢人たちはいっていますが、まさに今、私たちはその状況に陥っています。禍に屈してしまっているのです。こんなことは、これまで一度もありませんでしたのに」

「この国は呪われているんです」エイダルフが噛みつくようにいった。

「呪われている、ですって?」フィデルマは思わず口もとをほころばせた。いつもの彼女らしい、悪戯《いたずら》っぽい茶目っ気のある笑みが、ほんの一瞬そのおもざしに浮かんだ。「あなたがご自身の国の迷信に逃げようとするところなど初めて見ましたわ、エイダルフ」

エイダルフは顔を赤らめた。他国のキリスト教徒の多くが、改宗して日の浅いアングロサクソン人たちをほんもののキリスト教徒とは認めていないことは、彼も身に沁みてわかっていた。スァンパデルンの霊廟《れいびょう》に収められていたホウィッケ人の遺体のことも、サクソンの襲撃船について耳にした話もずっと頭にこびりついたままだ。周辺諸国のブリトン人たちがどれほどサクソン人を嫌悪しているかも嫌というほど承知していた。これまで彼は、何世紀も前に同胞が攻め入って数々の狼藉《ろうぜき》をはたらき、ブリトン人を西へ追いやってその土地を奪ったことなど、自分とはおよそ関係のないものだとずっと思っていた。サクソン人が起こした戦《いくさ》など知ったことではなかった。教会とはそうした諍《いさか》いを咎める立場にあるもので、みずからが関わろうなどとは思いもしなかった。だがフィデルマとともにあるためには……。

惨憺《さんたん》たる思いのまま、彼はふとわれに返った。誰かが部屋に入ってきて、ふたりのいるテーブルのほうへやってきた。ビズォグだった。

「お食事の用意にまいりました」彼女は静かにそう告げると、その言葉どおりに、木製の盆からテーブルに皿を置きはじめた。

フィデルマはその気難しそうな、無口な女性をしげしげと眺めた。「知らせは聞きましたか？」

金色の髪をした使用人が手を止めることはなかった。「ブラザー・メイリグのことですか？　ええ」

「イドウァルに殺されたのだ、とグウンダは主張しています」

「私には関係のないことですわ」

「確かあなたは、私たちが前にこちらに伺ったさい、イドウァルには同情の余地がある、としきりにブラザー・メイリグに訴えようとしていませんでしたか」

「そのようなことは申しあげておりません」女はにべもなくいった。

「では、なんと？」

「マイルがイドウァルに殺されたのなら、それは自業自得だと申したまでです」

「ああ、そうでしたね」フィデルマは認めた。「あなたはそういっていました。彼女は尻軽で、男を弄《もてあそ》んでいたようだ、と。ところでなぜそう感じたのです？　そう思った理由《わけ》を、もう一度私に話してくださいませんか」

「マイルはずる賢い娘だったんです。移り気で。男を丸めこむのが得意でした。男はみんなあの娘のいいなりでした」

「ああ、思いだしました。ですがあなたは確か、父親のヨーウェルスの供述とは違い、あの娘が処女《おとめ》だったとはとうてい思えない、と話していたのではありませんでしたか」

「ヨーウェルスが娘のなにを知っていたというのです？　処女《おとめ》だなんて、よくもまあ」女は鼻で笑った。「男たちの欲望を逆手にとって武器にしていたくせに」

「彼女のことをよくご存じのようですね？　なんなら父親よりも」エイダルフが指摘した。

「知っていますとも。ここにはよく来ていましたから」

「そうでしたね。確か彼女とエレンは仲がよかったのですよね？　ところで、彼女は殿方の欲望を逆手にとって武器にしていたとのことですが――その相手とは誰だったのです？　イドウァルですか？」

「彼だけではありませんけど」

「彼だけではない？」

ふいに扉が開いた。視線をあげると、黒髪の、見目のよい少女が部屋に入ってきた。ややあって、エイダルフは、それがペン・カエルの領主であるグウンダの娘、エレンであることを思いだした。少女はビズォグの姿を見るとふとためらった。だが金髪の使用人はそのまま入れ替わるように部屋を出ていった。

「ほんとうなの？」少女はフィデルマに面と向かい、荒く息をつきながら、ようやく最初の言葉を発した。「ブラザー・メイリグが殺されて、その敵討ちに、イドウァルを探し出して死刑にするつもりなの？」

フィデルマは少女に、自分の傍《かたわ》らの椅子に座るよう身振りで示した。エレンは示されるがままにその無言の指示に従い、腰をおろした。そして、強い口調で繰り返した。「ほんとうなの？」

「ブラザー・メイリグが森の中の木樵小屋で斬殺されたのはほんとうです。ですが、私たちがイドウァルを探し出して殺そうとしている、というのは間違っています。じっさいのところ、この事件において私たちの出る幕はない、とあなたのお父上は明言しておられます。とはいえ私たちは、イドウァルの身の安全のためにも、彼を探し出したいと思っています」

少女はしばし無言だった。「ブラザー・メイリグがいってたわ、あなたはキャシェルからいらした有名な弁護士だって」

「ブラザー・メイリグとはいつ話をしたのですか？」フィデルマが訊ねた。

少女は考えこむように唇を尖らせた。「昨日、出がけにいくつか質問をされたわ」

「出がけ？」

「あたし、ついさっきキライから帰ってきて、町で知らせを聞いたの」

「キライ？」フィデルマは眉根を寄せた。「その地名はどこかで聞いたおぼえがあります」

「ここからそれほど遠くないちいさな村よ。そこに親戚がいるの」少女が説明した。「暗くなる前に帰りたかったから、お昼頃にはその村を出てきたけど」

「ブラザー・メイリグが森へ行くつもりだったことを知っていましたか？」

「朝になったら森へ向かって、マイルが殺された現場を見てくるつもりだっていってたわ」

エレンは認めた。

「彼がイドウァルを同行させたことは知っていましたか？」

「マイルが殺された場所へ案内させるのに、イドウァルを連れていく必要があったんじゃないの？」

「確かあなたは、イドウァルがマイルを殺したとは思えないと話していましたね？」

「イドウァルは他人を傷つけるような人じゃないもの。彼とも話したんだったらわかるでしょ、ただおっとりしてるだけなの。頭はよくないけど、いい人だし……とっても優しいのよ。世話してる羊や仔羊が岩場から落ちて怪我をしても、なかなか殺せないくらいなんだもの。

怪我で痛い思いをしたまま生きてるほうがよっぽどつらいってことがわかってるから、なんとか気持ちを奮い立たせてやってるけど」

「あなたはイドウァルのことが気に入っているのですね？」フィデルマは励ますようにいった。

「彼にマイルを殺すことなんてできっこないわ」

「あなたのお父上が、ブラザー・メイリグを殺したのも彼だ、と決めつけていることはすでに聞いていますか？」

「父様はイドウァルを嫌ってるの。だけどイドウァルにマイルが殺せるわけないし、もちろんブラザー・メイリグを殺すことだってできるわけがないわ」

「どうやらあなたは頭でというよりも、心でものを考えているようですが」エイダルフが素っ気なくいった。「感情は事実を判断する基準とはなりません」

その戒めの言葉がさりげなく自分にも向けられた言葉だと気づき、フィデルマはとっさに彼を見やったが、エイダルフは彼女の目を見なかった。

「話を先に進める前に、もうひとつ訊いておきたいことがあります、エレン」フィデルマはいった。「使用人のビズォグのことです。彼女はあなたの友人であるマイルをとても嫌っているようでした。彼女はこの屋敷に来て長いのですか？」

「あたしが生まれる前からいるわ」エレンがきっぱりといった。「可哀想なビズォグ」

「可哀想？　なぜです？」

「あの人は父様の愛人なの。だけど父様は最近、あの人にだんだん飽きてしまってたみたい」

フィデルマの肩から軽く力が抜けた。そういうことならば、ビズォグのあの態度にも頷ける。

「じっさいのところ、あなたとイドウァルはどの程度親しかったのですか、エレン？」彼女の考えを遮《さえぎ》るように、エイダルフが訊ねた。

少女はしばし考えこんだのち、その質問にこめられた言外の意味に気づいた。彼女は目をみはった。「そんなこと……」彼女は口ごもった。「なにもなかったわ、恋人どうしみたいなことなんて、なんにも。これからだって。みんなに気の毒がられるような、おっとりした、人なつこいただの男の子だもの。歳はあたしより四つ上だけど。ちいさい頃に捨てられて、羊飼いに育てられたのよ……名前は忘れたけど、イェスティンのお兄さんに」

「その話はイドウァルからも聞いています」エイダルフが鋭い口調で割って入った。「つまり、あなたがたはそれ以上の関係ではないのですね？」

少女は不快感もあらわに顔を赤らめた。「だからそういってるじゃない」

「どうも奇妙ですね」フィデルマはゆっくりと口をひらいた。「あなたはあくまでも、イドウァルにマイルを殺せたはずなどない、と主張していますが、その意見は、単にあなたがあの若者に対して示している感情に基づいたものにすぎません。人は誰しも、それ相応の状況に陥れば殺人を犯すかもしれないという可能性を内に秘めているのではないでしょうか。つまり私が申しあげたいのは、万が一怒りにわれを忘れたり、あるいは道徳的規範に構っていられなくなるほど、凄まじく追い詰められたりした場合には……」

「イドウァルが怒りにわれを忘れてそんなことをするところなんて、まるで想像もつかないわ」エレンは譲らなかった。

フィデルマは考えこんだようすで少女を見やった。嘘をついているようには見えなかった。

「お友達のマイルについて、もうすこし聞かせてもらえますか」

エレンは一瞬うろたえたように見えた。「なにを知りたいの？」

「いつ頃から彼女を知っていましたか？」

「一緒に育ったみたいなものよ。この狭い町じゃ全員が顔見知りだし、とりわけここで育った子どもならなおさらよ。あたしと歳が近いのはマイルだけだったの。外見も似てたから、よそから来た人たちにはときどき姉妹に間違えられたわ」

「あなたはイドウァルが、告発されている罪において無実だということを、別の理由から知っているのではありませんか……単にあなたの心の中の、漠然とした感情からではなく」

フィデルマが前置きもせずそう口にしたので、エイダルフは驚いた。

エレンが押し黙ったままなので、フィデルマは説明をつづけることにした。

「イドウァルはマイルの純潔を力ずくで奪ったと告発されましたが、あなたはそれが真実ではないことを知っていましたね？」

　少女は肩をすくめた。「マイルは処女《おとめ》なんかじゃなかったもの」彼女は認めた。「何か月も前に自分でそう話してたわ」

「マイルに恋人がいたのならば、彼女の父親が主張しているように、純潔の喪失によって、法に基づく賠償が支払われることはありません」

「恋人がいたかどうかなんて、どうしてわかるの？」エレンが興味深げに訊いた。

「イドウァルがそれらしきことをうっかり漏らしたからです」

「イドウァルは秘密をずっと隠しておけるほど器用じゃないものね」彼女も応じた。「相手が誰なのか話したの？」

「彼は、私に鎌をかけられてつい口を滑らせましたが、そうでもしなければ、マイルに恋人がいたことすら話そうとはしなかったと思います」フィデルマは答えた。「頑《かたく》なに名前はいいませんでした。けっしていわない、とマイルに誓ったのだそうです。手紙を渡してほしいと頼まれたのだといっていました。イドウァルはそれを断ったそうです。その手紙とは恋人に宛てたものでした」

　エレンは悲しげにうなだれた。「イドウァルは融通の利かない人だもの。彼にマイルを殺せるはずがないもうひとつの理由がそれよ」

「それはそうとして、あなたはその恋人が誰なのか知っているのですか？」

「知らないわ。マイルは絶対いおうとしなかったから。初めての夜がどんなふうだったかって教えてくれただけ。ほら、女の子どうしの内緒話よ。どんな感じだったか、って。マイルはずいぶんと冷めてたわ。ほんとうはその名無しの恋人を馬鹿にしてた。下手くそで、愛の手管になんかぜんぜん慣れちゃいないんだから、って」

「では、マイルのほうは愛の手管に慣れていたということなのですか？」エイダルフが皮肉っぽく訊ねた。

フィデルマがふいに、探るような目で、少女のほうに身を乗り出した。「ブラザー・エイダルフの質問にも一理あります。あなたがマイルとその会話を交わしたときというのは、彼女がまさに純潔を失ったときのことなのですか、それとも彼女には、それよりも前に経験があったのですか？」

エレンはその質問をじっくりと考え、それがいわんとするところを理解すると、やがてかぶりを振った。「あのとき、マイルはついに捨てたわって自慢してた。男の人を取っ替え引っ替えばかりしてた。惚《ほ》れっぽくて——とりわけ歳上の男の人が好みだったみたい。そういえば、彼女があたしに相手との身体の関係について話したのはあのときが初めてだったけど、確か、恋人はうんと歳がいってて気も利かないから、自分のほうが教えてあげてるみたい、っていうようなことをいってたわ」

「歳がいっていた？」フィデルマは背筋を伸ばし、考えこんだ。「マイルはかなり若かったのですから、単に彼女よりも歳上だったというだけかもしれませんが」

「エレン、その男が誰なのか、ほんとうに見当すらつかないのですか?」エイダルフが問いただした。

エレンはきっぱりと首を横に振った。

「よく考えてみてください」彼はさらに詰め寄った。「あなたが主張しているように、イドヴァルがやったのではないのなら、その男が彼女を殺した犯人かもしれないのですよ」

「マイルは恋人に殺されたんじゃないと思うわ」

エイダルフは冷ややかな笑みを浮かべた。「またしても感情に基づいた推理というわけですか?」

「そうじゃないわ」少女はやや勢いこんで答えた。「だって、あの日殺されるはずだったのは、たぶんあたしだったんだもの」

# 第十三章

その場が一瞬しんと静まり返った。エレンの発した言葉を受けて、フィデルマが質問を口に出そうとしたまさにそのとき、部屋の外で物音がした。グウンダが扉から入ってきてそこで足を止めた。焦っているようすだった。

「連中が――」彼はいいかけたが、エレンの姿を目にしてふいに黙りこんだ。やがて彼はいった。「エレン、席を外せ」

「でも、父様、なにが――」少女は抗《あらが》いはじめた。

グウンダは足を踏み鳴らした。妙に子どもっぽいその仕草に、フィデルマは可笑《おか》しさと同時に驚きをおぼえた。苛立ったさいに足を踏み鳴らすとはよく聞くが、そのような感情表現の場をじっさいに目にしたのはこれが初めてだった。

「部屋に戻れ、すぐにだ!」

少女はしぶしぶ立ちあがり、まだ話したいのに、とでもいいたげなまなざしをちらりとフィデルマに向けると、すごすごと出ていった。

グウンダは娘の姿が見えなくなるまで待った。「娘には聞かせたくない話なのでな」彼はぶっきらぼうにそう告げた。

「そのようですわね」フィデルマは素っ気なくいった。「エレンに聞かせたくない話とはいったいなんですの？」

「あの小僧が――」

「イドウァルのことですか？」エイダルフが割って入った。

「イドウァルだ。やつが見つかった」

フィデルマはすぐさま立ちあがった。「ではすぐにでも訊問を」彼女はきっぱりといった。

彼女にならってエイダルフも立ちあがろうとしたとき、グウンダが否、と身振りで示した。

「訊問しようにももう遅い。ブラザー・メイリグの死を知れば町の者たちはみな怒り狂うにちがいないといったはずだ。ヨーウェルスとイェスティンが連中を煽《あお》ったのだ。連中は……あの小僧を制裁にかけた」

「亡くなったのですか？」ややあって、フィデルマが訊ねた。唇にのぼしたとたん、その質問が蛇足にすぎないことを彼女は悟った。死んでいるにきまっている。グウンダの表情がそれを裏づけていた。

「わたしはヨーウェルスとイェスティンのおこないを強く非難した」ペン・カエルの領主はいった。「法のもとにおこなわれたものでないことはわたしも認める。だがあれはいわば当然の結果であり、グウラズイエン王のバーヌウルの長《おさ》にもそのように説明するつもりだ。あの小僧は死んだ。つまりこのたびの痛ましい事件はこれで幕引きということだ」

「そうでしょうか？」フィデルマの声には怒りがありありとあらわれていた。エイダルフは居心地悪そうに足踏みをしていた。

「じつに悲しい顚末であった」彼女のまなざしに浮かんだ炎になどお構いなしに、グウンダは続けた。「結果として、ブラザー・メイリグのような博識なるバーヌウルが命を落とさねばならなかったことだけはじつに残念だ」

「そのことはまったくもって悔やまれますわ」フィデルマの乾いた声には険《けわ》しさが漂っていた。

グウンダが両手を打ち合わせると、やがてビズォグが部屋に入ってきた。彼は蜂蜜酒《ミード》を持ってくるよう命じた。

「あの若者の遺体は薬師《くすし》のエリッスのもとへ運ばせた。彼がしかるべく葬るよう取り計らってくれるだろう。とりあえず一件落着だ」彼はいい、腰をおろした。「娘はイドウァルと知り合いだった」彼はまるでいいわけのようにつけ加えた。「なにがあったのか、今はまだあの子には聞かせたくないのだ」

「すぐに知れることとなりますよ」エイダルフが指摘した。

「確かにそうかもしれぬが、もうすこし優しい伝えかたをしてやれるはずだ。とにかくまずあなたがたに知らせねばと思ってな」

「民が法の裁きをみずからの手でおこなうなど言語道断です」憤る気持ちを抑えつつ、フィデルマはいった。エイダルフはてっきり彼女が怒りを爆発させるものと覚悟していたのだが、どうやら彼女は、そうしたいのを必死に我慢しているようだった。「これでもまだ私に、マイルとブラザー・メイリグの死についての取り調べはおこなうなとおっしゃるおつもりですの？」

グウンダは面喰らったようすだった。「取り調べだと？　しかしこのたびの事件はすでに決着がついているではないか。法によるものではなかったが、決着は決着だ」

「私にとっては、まだ決着はついておりません」

グウンダは苛立たしげに眉根を寄せた。「この件においてあなたに権限などないとすでに申したはずだ。今回の事件は、わたしに関するかぎり、これで終わりだ。法廷にかく知らせるべく、聖デウィ修道院にことづてを送るとしよう」

フィデルマは立ったまま首を傾げ、考えた。「結構です。ですが、私が引きつづきスァンパデルンの調査をおこなうことには異存はございませんね」

グウンダは疑うような表情だった。「むろん異存はない。王の許可を得ているのだろう」

「では私は、それらの取り調べを続行することといたします」彼女は踵《きびす》を返すと、一緒に来るようエイダルフに身振りで示し、苛立ちと困惑をおもざしに浮かべたグウンダのもとを辞した。

部屋の外に出ると、エイダルフは途方に暮れたような表情で彼女をまじまじと見つめた。

「今のはどういうことです?」彼は訊ねた。

フィデルマは力なく笑みを浮かべた。「ヨーウェルスとイェスティンに訊問します」

「ですがグウンダが――」

「私が引きつづきスァンパデルンの調査をおこなうことに異存はない、そうグウンダはいいました。マイルが殺害された朝、イドウァルはスァンパデルンを通ったそうではありませんか。スァンパデルンと関わりのあるなにかが、イドウァルにも関係があるのかもしれません」

彼女は厨房《ちゅうぼう》に入っていくと、ビズォグを探し当てた。「エレンお嬢様にはどこに行けば会えますかしら?」彼女は訊ねた。

金髪の女性はかぶりを振った。「お父上がお戻りになったさいにお出かけになりました。行き先は存じません」

フィデルマは腹立たしげに唇を引き結んだものの、女には感謝を告げた。

「残念です」厨房をあとにして中庭に出ると、彼女はエイダルフにいった。「マイルは自分と間違われて殺された、とあの娘は話していました。あれがどういう意味だったのか訊ねたかったのですけれど。彼女が見つかるまで、ヨーウェルスの鍛冶場に行って、怒れる鍛冶屋とすこし話をさせてもらいましょう」

エイダルフはしかたなくそのあとをついて行った。「グウンダが同様に解釈してくれるかどうか、はなはだ疑問ですが」

「おそらく無理でしょう」フィデルマの答えは簡潔だった。「だからこそやはりあなたには、明日聖デウィ修道院へ馬を走らせ、私の権限をグウラズィエンより賜《たまわ》ってきていただきたいのです。グウンダによる禁止令は撤回されるべきです。とりあえず、あなたが出発する前に、イドウァルの死についてヨーウェルスがどう話すのか聞いてみましょう」

エイダルフは浮かない表情だった。「あなたをひとりでここに残していくのは気がかりなのですが」

「けれどもグウラズィエンによる許可はともかく必要ですし、しかも急を要します」

グウンダの屋敷から鍛冶場まで歩いていく途中、町にはいくらか人通りがあった。午後も遅く、すでに日は暮れつつあった。行き交う人々の多くは視線をそらしてみな俯《うつむ》き、そそくさと家路を急いでいた。

「集団で制裁を加えたときの、狂気の沙汰は過ぎ去ったようですね」エイダルフが皮肉たっぷりに述べた。「今はひとりひとりが、人の命を奪ってしまったという罪の意識に苛《さいな》まれている頃ではないでしょうか」

「しかもその罪の意識は一日か二日しか保《も》たず、やがてみな、みずからの行動を正当化する理由をこじつけはじめるものです」フィデルマも応じた。

ヨーウェルスの鍛冶場に近づいていくと、馬が一頭繋《つな》いであるのが見えた。見おぼえのある人影が馬からおり、重そうな鞍袋の紐をほどきはじめた。ふたりが歩み寄ると若者は振り向いた。今朝早くに会った、鍛冶職人ゴフの息子だった。

「デウィではありませんか！」

若者は笑みを浮かべてふたりに挨拶をした。「ここでお会いするんじゃないかなって思ってました」彼はいった。

「しかしヨーウェルスの鍛冶場でなにを？」重そうな鞍袋に視線を落とし、エイダルフが訊ねた。

「父さんが、ヨーウェルスにここの鍛冶場で金を鍛えてもらう約束をしていて、それで僕が運んできたんです」

「なんか文句があるのかね、アイルランド女《グウィズエル》？」険しい声が飛んできた。

ずんぐりとした体型の、鍛冶屋のヨーウェルスが、筋肉質の腕を振りあげ、自分の鍛冶小屋の戸口に立っていた。威嚇《いかく》するかのごとく、片手に火鋏《ひばさみ》を握りしめている。

フィデルマは柔らかい笑顔を向けた。「なぜ私が文句など？」

ヨーウェルスはまごついたようすだった。「ともかくだ、俺の鍛冶場のまわりでなにをうろちょろしてる？」彼は不躾《ぶしつけ》に怒鳴り立てた。

「すこしお話を聞かせていただきたいのです。ですがデウィの用事を先に済ませていただいてもいっこうに文句はありませんよ」

ヨーウェルスは怪訝《けげん》な表情でフィデルマからデウィに、そしてもう一度フィデルマに視線を戻した。「このアイルランド女《グウィズエル》と知り合いってのはどういうわけだ、デウィ？」彼はだみ声で詰め寄った。

「私どもは今朝、彼の父親の鍛冶場でデウィと会ったのです」フィデルマはさりげなく口を挟んだ。「なにか不都合が？　それともなにかほかに、あなたのお気に召すような説明でもありますの？」

ヨーウェルスは答えに詰まり、彼女を睨みつけた。

「読み書きはできますか、ヨーウェルス？」彼女の次の質問は予期せぬものだった。

ヨーウェルスの表情はお世辞にも感じのよいものではなかった。「必要ねえからな」彼はぶっきらぼうに答えた。

「それは残念です。ダヴェドは識字率の高い王国として知られておりますのに。ですが、そちらのデウィは確か読み書きができたのでは……？」

若者はきまり悪そうに、かすかに顔を赤らめた。「クリドロ神父様に教わったんだ」彼は認めた。

フィデルマはもったいぶったように、マルスピウムから一枚の上質皮紙《ヴエラム》を出して彼に手渡した。「ここになんと記されているか、ヨーウェルスに教えてやってもらえますか。私から話しても、はたしてそれがほんとうかどうか、信じてもらえないような気がしますので」

ヨーウェルスはますます不愉快そうに目をすがめた。

若者は上質皮紙を受け取ると、さっと目を通した。「父さんにも見せてたね。これはグウラズィエン王からの委任状だ」

「なんと書いてありますか?」フィデルマが促《うなが》した。

「こう書いてあります。この者たちは、王の権限において行動しているゆえ、けっして協力を惜しむことのなきよう……」

フィデルマは手を伸ばし、デウィの指から上質皮紙を取りあげた。「理解できましたか、ヨーウェルス?」彼女は訊ねた。

彼女の巧妙な手腕に、エイダルフは思わずひそかにほくそ笑んだ。〝協力〟というのがスアンパデルンの調査のみについて言及したものであるという部分を、フィデルマが若者に読ませなかったことに彼は気づいていた。

鍛冶屋は信じがたいとばかりに顎を突き出した。

デウィはいいわけをした。「ほんとにそう書いてあるんだ、ヨーウェルス、それに王様の紋章も間違いない。父さんの細工物を配達するときに、聖デウィ修道院でしょっちゅう見てるから知ってる」

鍛冶屋は煮えきらないようすだったが、やがて敗北を認めた。「書いてあるんならしょうがねえ」彼はしぶしぶながら認めた。「質問とやらに答えてやるよ」

「デゥィの用事が終わりましたら」フィデルマは彼にいった。「あなたの小屋に話を聞きに伺います」

若者は背負っていた鞍袋をおろすとヨーウェルスに渡した。「たいした仕事があるわけじゃないんです、修道女様」彼はいった。「ヨーウェルスにここで鍛えてもらう金を、父さんに頼まれて運んできただけなので」

ヨーウェルスは袋を受け取ると、中に入っていた金属のかたまりをすべて空けた。貴重な黄金というよりは、あちこち尖った岩のように見えた。

「最高だ」それらを入念に調べ、ヨーウェルスがいった。「交渉どおりだな。親父さんによろしく伝えてくれ、デゥィ」

若者が丁寧《ていねい》な挨拶を返して自分の馬のもとへ戻っていくと、ヨーウェルスがフィデルマにいった。「入れ、それで俺になにを訊きたいんだ」

鍛冶屋のあとをついて行こうとしたフィデルマに、エイダルフが声をかけた。「あとからすぐ行きます。デゥィとちょっと話があるので」

彼女は不思議そうに片眉をあげた。エイダルフはその視線を受け止めると、ヨーウェルスの鍛冶場の隅を顎で軽く指し示した。フィデルマは思わず驚きを押し隠した。鍛冶場の片隅に、撚《よ》った藁《わら》でこしらえた人形があったのだ。ふたりがスァンパデルンの礼拝堂で見つけたものと寸分違《たが》わずというわけではなかったが、あの藁の人形とよく似ていた。

「で、修道女様？」ヨーウェルスが小屋の戸口で痺れを切らしていた。心を落ち着けてからそちらへ向かうと、ちいさな住処《すみか》に案内された。家の中は狭苦しく、薄暗かった。フィデルマは背が高いせいもあり、低い梁《はり》に今にも頭をぶつけそうで、身体を屈めねばならなかった。炎の熱が息苦しいほどだった。彼女はヨーウェルスが椅子を勧めるのを待つようなことはしなかった。そのようなことをしても無駄だとわかっていたからだ。

「それで俺にどうしろと？」ヨーウェルスがぶっきらぼうに問いかけた。

「イドウァルのことを聞かせてください」

ヨーウェルスは素早くまばたきをした。「しかしグウンダが……」

フィデルマは氷のごとく冷ややかな視線を彼に向けた。

「なんです？」彼女は急かした。「グウンダがなにをいったのです？」

ヨーウェルスは軽く肩をすくめた。「うちの娘の事件は一件落着だ、と」

「いいえ。今その耳で聞いたでしょう、私がグウラズィエン王より権限を与えられた者であると？　一件落着となるのは、私がそう口にしたときです」

「イドウァルは俺の娘ばかりか、ブラザー・メイリグまで殺しやがったんだ……」

「だから殺したのですか？」フィデルマが言葉を継いだ。

その瞬間、エイダルフが入ってきて、彼女のすぐ後ろに立った。

「俺が殺したわけじゃない」ヨーウェルスは反論した。「とんだ思いこみだ。殺したのは町の連中だ」

「なるほど」フィデルマは微笑んだ。「町の連中、ですか。ではその人たちがどのように彼を殺したのか話してください」

「ブラザー・メイリグが殺されたとグウンダに聞かされて、誰もがこいつはイドウァルの仕《し》業《わざ》だと思った。どのみち、イドウァルは俺の娘を犯して殺しやがったんだ。あんたたちとブラザー・メイリグさえ首を突っこんでこなけりゃ、とっくに報いを与えてやれてたものを」

フィデルマはとりあえず聞き流した。「あなたはまだ、ことのしだいを話してくださっていません」

「あの小僧が隠れていそうな場所は見当がついた。木樵《きこり》小屋からすこし離れたところにある、古いオークの木だ」

フィデルマは興味をそそられた。「あなたはなぜその場所を知っていたのです?」

「あの小僧の行動範囲はだいたい決まってる。やつはちいさい頃よくそこで遊んでた。マイルもエレンも、ほかの町の子どもたちも、みんなだ」

「続けてください」

「俺は、十人ほどの町の男連中と連れ立ってそこへ向かった……イドウァルはいた。やつは俺たちを見て逃げ出そうとした。結局、あれよあれよというちに、やつはオークの木に吊されて縛り首になった」鍛冶屋は傲然と彼女を見やった。「〝ウォクス・ポプリー・ウォクス・ディー〟」

「今なんと、ヨーウェルス?」エイダルフが驚いて訊ねた。

「〝ウォクス・ポプリー・ウォクス・ディー〟」鍛冶屋が繰り返した。その発音のしかたで、その言葉が彼にとって話し慣れたものではないことがはっきりとわかった。

「これはまた興味深い表現ですね。意味は知っていますか?」

「俺たちの無実を示す言葉だ」鍛冶屋は答えた。

「〝民の声は神の声〟ですね」フィデルマは考えを巡らせつつ、その言葉を翻訳した。「民の声には逆らえぬ、と? それが、あなたがたがイドウァルを殺害したことへの釈明になるというのですか?」

ヨーウェルスは無言だった。

「その愚行がおこなわれている間、グウンダもその場にいたのですか?」フィデルマは続けた。

「本人に訊いてくれ」

「そのラテン語の文句は、おそらく彼が、あたかも身を護る魔除けでも寄越すかのように、あなたに教えたものではないのですか?」

ヨーウェルスは答えなかった。

「あなたは、娘さんがとうに純潔を失っていたことを知っていましたか?」フィデルマは唐突に問いを発した。「より高額な賠償金を得るために、嘘の主張をしたのでは？」

ヨーウェルスの顔が怒りに赤黒く染まった。彼は凄むように数歩進み出たが、エイダルフが素早くフィデルマの前に立ち塞がった。鍛冶屋は今にも殴りかからんばかりに、大きな両の拳《こぶし》を握りしめたまま、一瞬立ち止まった。

「娘の名を汚そうってのか？」息を詰まらせつつ、彼はようやくそう口にした。

「では知らなかったのですか？　つまり、彼女の年かさの恋人とやらにもまったく心当たりはない、と？」

ヨーウェルスはフィデルマを睨みつけていたが、なんとか激昂《げきこう》を抑えた。「あの薄ら馬鹿に吹きこまれたのか？　そんな嘘をつきやがったのはイドウァルか？」彼は唸り声をあげた。

「なぜ嘘だと断言できるのです？」

「どうせイドウァルは告発した連中からわが身を庇《かば》おうとしたにきまってる。あんたもやつに騙《だま》されたのさ、アイルランド女《グウィズエル》。担《かつ》がれたんだよ！」

「ですが、そう主張しているのがほかの証人で、イドウァルではないといったら？　それならばどうしますか？」

ヨーウェルスの両目に、ふいに疑念が満ちた。「証人だと？　嘘だ。うちの娘は俺に隠しごとなどいっさいしなかった」

「たとえいたって普通の状況であろうと、娘というものは、自分がいつ、いかにして純潔を失ったかなどということを、おいそれと父親に話すものではないでしょう」

フィデルマは注意深く相手を観察していた。〝ウルトゥス・エスト・インデクス・アニミ〟という文句が頭に浮かんだ。〝顔の表情は心を映す鏡である〟ヨーウェルスの心は苦悶に満ちていた。

「マイルのことを聞かせてください」フィデルマは水を向けた。「どのような娘さんでしたか？」

筋骨逞しい鍛冶屋はふいにしゃがみこみ、両手に顔をうずめた。驚いたことに、その大柄な身体がすすり泣きに震えはじめた。

「けっして褒められた娘じゃなかった。だがあの子はあいつのたったひとりの忘れ形見だったんだ。母親に生き写しだった。エサスユト、可哀想に。あいつにはほんとうに悪いことをした。マイルがまだちいさいうちに死んじまったんだ。だからせめてマイルに……すこしでもよくしてやろうと」

「わかりますわ」フィデルマの声が憐れみを帯びた。「エサスユトを失ったことへの埋め合わせとして、マイルを甘やかしてしまったのですね。褒められた娘ではない、とはどういうことです？」

「頑固なところは、ある意味俺そっくりだった。ともかく勝手気ままな娘でな。あの子は……変わってて、強情で、怪我を恐れぬ暴れ馬みたいだった。俺のいうことなんて聞きやしなかった」

「では、恋人がいたかどうか、彼女の口から聞いたことはなかったのですね」

「あいつだってわかってたはずだ……カルン・スラニの金細工職人のマドッグとの縁談をうまく進めることが、俺たち親子にとってどれだけ大事なことだったか」

「親どうしで取り決めた縁談だったのですか？」

「そうだ」

「マイルは承知していたのですか？」

「マドッグの家と縁ができて手に入る金が必要だってことは、あいつだってわかってた」

「ですがもし選択の余地があったなら、彼女はほかの相手を選んだかもしれなかったのでは？」

「なにせ我が儘な娘だったもんでな」

「彼女は従順な娘だった、とグウンダは話していましたが」

ヨーウェルスは馬鹿にしたようなそぶりだった。「人づてに聞いて、勝手にそう思ってるだけだろうよ」

「ではグウンダは、マイルがほんとうは我が儘な娘だったとは知らなかったということですか？」

「たいていの連中は知ってたさ。そもそも、グウンダの娘のエレンはマイルと親しかった。

姉妹よりも仲がよかったほどだ。マイルがああいう性格だってことを知らずにいるのはとうてい無理だろうよ」

「あなたはマイルとイドウァルが会うことを禁じていたと聞いていますが、では、娘さんが自分のいうことなど聞くはずがない、と初めから諦めていたということですか?」

ヨーウェルスは苛立たしげに鼻を鳴らした。「あいつはいいつけなんぞ守ってなかったかもしれん。だがイドウァルのほうは俺を怖がってた。なにしろ肝《きも》っ玉のちいせえやつだったからな」

「そうなのですか?」フィデルマは驚いた。「肝っ玉のちいさい臆病者だったにもかかわらず、彼が娘さんを殺害した、とあくまでもいい張るのですか」

「男が相手だから尻込みしただけだ。たいがいそういう卑怯者どもにかぎって、いちばん悪知恵のはたらく人殺しになるもんさ」

「マイルが殺された日の朝のことを思いだしてください。そのときのことについて聞かせていただきたいのです——つまり、あなたが朝、目を覚ましてからのことです」

ヨーウェルスはわけがわからないというようすだった。「そりゃ、どういう……」

「いいから話してください」フィデルマは急かした。

「そうだな、夜明けに起きて鍛冶場に火を入れた。それからまもなく、マイルが出かける挨拶をしに来た」

「出かける挨拶？」エイダルフが訊ねた。

「キライにいる親戚を訪ねることになっていた」

「キライ？　そこにはエレンの親戚もいるのではありませんでしたか？」

ヨーウェルスは肯定のしるしに首を傾けた。

「確かそうだ。娘が出かけて、俺が仕事をしてると、イドウァルが町に入ってくるのが見えた。走ってやがった。おかしなこともあるもんだと思ったね。つまり、やつが走ってるってのがさ」

「彼は町に入ってきたといいましたね？」

「やつは、町の外から橋を渡って――」

「ちょっと待ってください。マイルはどの道を通って町を出たのです？」

「橋を渡っていった」

「ではそのとき、イドウァルとすれ違ったのでは？」

「あの橋は、あんたたちも知ってのとおり、娘が発見された森を通り抜ける道に続いてる。あそこを通れば西へも南へも行けるんだ」

「ですが朝も早かったうえ、娘さんがキライに向けて出かけるのを見送ったばかりの時刻だったのですよね？」

ヨーウェルスは頷いた。

「そこへイドウァルが走って町へ入ってきた？」

「確か、やつはグウンダの屋敷にまっすぐ向かっていった」

「なぜ彼がグウンダのもとへ急いでいたのか知っていますか？」

「スァンパデルン修道院がもぬけの殻だ、と最初に知らせてきたのはイドウァルだったと、あとでグウンダがいっていた」

「それから？」

「三十分くらい経ってから、イドウァルが橋を戻っていって森の中に消えていくのを見た。俺はそのまま仕事を続けた」

「あなたの知るかぎり、その日は、イドウァルが妙なようすで町に駆けこんできたことを除けば、とりわけ普段と変わりのない朝だったのですね？」

「ほかには別に変わったことはなかった。一時間か、それよりもうすこし長く仕事をした頃、友人のイエスティンが慌てて鍛冶場にやってきた。ひどく興奮してやがった。森の中でマイルとイドウァルが激しいいい争いをしてるのを見た、というんだ。そこで、急いで俺に知らせに来たんだと」

　フィデルマは椅子に座り直し、居ずまいを正した。「なぜイエスティンはふたりの仲裁に入らなかったのです？」

　ヨーウェルスはにべもなくいった。「イエスティンは娘をよく知ってたんでね。どうせ止めに入っても、返ってくるのは感謝の言葉じゃないってわかってたんだろうよ」

「そこで彼はあなたのもとへ直接やってきた、というわけですね？　あなたはその知らせを聞いて、腹が立ちましたか？」

「当然だ。はらわたが煮えくり返った。イドゥアルごときが俺に逆らうとは。それがどういうことかをきっちり教えてやらにゃならんと思った。そのとき鍛冶場にいた連中がみな、俺たちも行くといってくれたんで、俺らはイェスティンに連れられて、やつがイドゥアルとうちの娘を見かけたっていう場所へ向かったんだ。

大急ぎでその場所に向かうと……娘が死んで横たわっていた。すこし離れたところで、グウンダがイドゥアルを捕まえてた。この小僧を傷つけてはならぬ、バーヌウルのもとへ送って裁きを受けさせよ、とグウンダはいった。それに腹を立てた町の連中は、次の日グウンダの屋敷の納屋に一斉に押しかけると、あの小僧を引きずり出し、やつに当然の報いを受けさせる度胸がないなら屋敷から出るな、とグウンダにいいわたした。それでいよいよやつを縛り首にしてやろう、ってときに……」

「私たちとブラザー・メイリグが到着し、あなたがたの愚行を未然に防いだというわけですね」エイダルフが言葉を継いだ。

「あなたがたがイドゥアルを殺すつもりだと知って、グウンダは止めようとしましたか？」

「いやあ……」ヨーウェルスはいい澱《よど》んだ。「まあ、多勢に無勢ってやつだ。やつの屋敷に俺たちの置いた見張りがいただろう？」

「ひとつ測りかねる点があります」フィデルマはその質問には取り合わずに、考えを巡らせつつ、いった。

「なにがだ？」ヨーウェルスが詰め寄った。

「あなたがたがイドウァルとマイルを探しに町を出たとき、グウンダはどこにいたのです？ そのときすでに森にいたはずでは？」

鍛冶屋は肩をすくめた。「そのおかげでイドウァルを捕まえられたんだ」

そのとき突然、不躾に扉が勢いよくひらいた。ペン・カエルの領主が戸口を背に立っていた。その後ろでは、ふたりの男が両手で剣を振りかざしていた。領主は怒りのまなざしでフィデルマを睨《ね》めつけた。

「なるほど、知らされたとおりだ。あなたがたがヨーウェルスの鍛冶場にいる、とな」

「ええ、おりますとも」皮肉をこめてフィデルマは微笑んだ。

「訊問をする権限などあなたにはないといわなかったかね、アイルランド女《グウィズエル》？ わたしはペン・カエルの領主であり、ここではわたしが法律だ。さて、あなたとそのサクソンのご友人には、わたしを蔑《ないがし》ろにした代償を支払ってもらわねばなるまいな」

# 第十四章

フィデルマはゆっくりと立ちあがり、グウンダと対峙《たいじ》した。怒りに満ちた凄むようなまなざしから、彼女は目をそらしもしなかった。

「蔑《ないがし》ろにした、とおっしゃいますが、ペン・カエルの領主殿?」屈託のない口調で彼女は訊ねた。「最後に伺ったとき、あなたは、私がスァンパデルンの調査をおこなうことに異存はない、とおっしゃいました。あれは本意ではなかったと?」

当惑したようにグウンダが眉をひそめ、その額に皺《しわ》が寄った。

「あなたとて、グウラズィエン王のご意向に反するようなことはなさいますまい」彼女はいい添えた。

「わたしをなんの策略に陥れようとしているのだ、アイルランド女《グウィズエル》?」グウンダは詰め寄ったが、その声には覇気がなかった。

「私は、スァンパデルンの件を調査しているのです」彼女はいった。「イドウァルはスァンパデルンに足を踏み入れており、修道士たちが失踪したという知らせを最初にここへもたらしたのも彼です。そのことを調べているだけですわ」

ヨーウェルスが彼女のいいぶんを覆そうとした。「だが、あんたはイドウァルとうちの娘のことを訊いてたじゃないか」

グウンダは勝ち誇ったようにフィデルマに向き直った。「修道女殿ともあろう者が嘘をつくとはな。それがアイルランド人の流儀なのかね？」

「逆ですわ、グウンダ」瞳に冷ややかな光をきらめかせ、フィデルマが答えた。「マイルの死と、スァンパデルンから戻ってきたイドウァルの件が重なっているのは私のせいではございません。まさか、ヘブライ王国のソロモン王[1]のごとく、このふたつの境界をまっぷたつに分断せよとでもおっしゃいますの？」

グウンダは顎を固く嚙みしめ、顔の筋肉を引きつらせた。フィデルマの言葉の意味に気づいたようだ。ついに彼が口をひらいた。「賢いな、アイルランドのドーリイー殿」

「〝ウトクムクェ・プラクエリット・デオー〟、ペン・カエルの領主殿」フィデルマが頭をさげ、朗々といった。「〝神の御心のままに〟」

グウンダは腹立たしげに鼻を鳴らした。「神に委ねればよいというものではない」

「私の調査にまだ異論がおありですの？」

グウンダはふいに連れの者たちに向き直り、苦虫を嚙み潰したような顔で、彼らをさがらせた。「異論はある」武装した男たちが去ると、彼はいった。「マイルとメイリグの死に関しては、あなたにはなんの権限もない」

「イドウァル殺しについても、とおっしゃりたいのですね?」彼女がつけ加え、ヨーウェルスをちらりと見やると、彼の顔は怒りに紅潮していた。「ですがイドウァルがスァンパデルンでなにを見たのか、そしてあの朝、ここへ戻ってきた彼が町の人々にいったいなにを話したのか、私はそれを調べているのです」

堂々巡りになっていることに気づき、グウンダはしばらく唇を引き結んでいた。「あくまでもその点について調べるのならば、別に異論はない」

「では、あなたにいくつか伺いたいことがございます」グウンダが立ち去ろうとしたので、フィデルマはすかさず声をあげて呼び止めた。ペン・カエルの領主は足を止め、フィデルマに向き直った。

「あの朝、イドウァルがあなたの屋敷へ駆けていくところを、ヨーウェルスが目撃しています」彼女は鍛冶屋を指し示した。彼はこれまでのやり取りをよく把握していないとみえ、戸惑っていた。「あの朝、イドウァルはあなたになにを話したのです?」

「話していない。わたしは留守だった。応対したのはビズォグだ。彼女に訊ねるがよかろう」

「イドウァルが屋敷を訪ねてきたことを、ビズォグから聞いたのはいつですか?」

「いつ?」なぜそのようなことを訊く、という表情だった。

「あなたがなぜスァンパデルン修道院へ捜索隊を出さなかったのか、不思議でならないのです」

グウンダはしばしまばたきを繰り返した。「マイルが殺された件で手が離せなかったのだ」

彼は弁解がましくいった。

険《けわ》しい笑みにフィデルマの口もとが緩んだ。「マイルの死に関しては、私はまだひとことも申しあげておりませんよね？」

グウンダは陰鬱《いんうつ》な表情だった。「確か、午後もまだそれほど遅くない時分だった。イドウァルが訪ねてきた、とビズォグから聞いたのは」

「つまり」フィデルマはいった。「ビズォグは、イドウァルがあなたの屋敷に連れ戻されるまで、彼の話の内容をあなたに伝えなかったということですね。そこでようやく知らせを聞いたにもかかわらず、なぜスァンパデルンへ捜索隊を出さなかったのです？」

ペン・カエルの領主は肩をすくめた。「そのときにはすでに、バーヌウルを寄越すよう聖デウィ修道院へ使者を送ったあとだったからだ。そこで彼の到着を待ち、両方の事件について意見を仰ぐつもりだった。するとあなたがたが到着した日の朝のことだ、ゴフの息子のデウィが、サクソンの襲撃船と複数の死体を見たという知らせを携えてスァンヴェランから訪ねてきた。そこで町が襲撃されたときのことを考え、性急にスァンパデルンに向かうのは危険だと判断したのだ」

「ビズォグから聞いた話を思いだせますか？」

「なぜ彼女に訊ねぬ？」

「彼女にも訊くつもりですが、あなたの憶えていることを伺いたいのです」

「イドウァルはわたしを訪ねてきたらしい。たった今スァンパデルンを通ってきたところだ、とビズォグにいったそうだ。まさにあの日の早朝のことだった。修道士がひとり、南へ向かう道を歩いていくのを見かけた気がする、ともいっていたらしいが……」

「それは、おそらくブラザー・カンガーのことではないでしょうか」エイダルフが口を挟んだが、フィデルマに鋭いまなざしで睨まれて口を閉ざした。

グウンダが続けた。「イドウァルはあの日、朝食を恵んでもらおうと修道院を訪ねたそうだ。するとまるで人の気配がなかった。そこでわたしに知らせに来たというわけだ」

エイダルフが口をひらきかけたが、フィデルマがふたたび咎《とが》めるような視線をちらりと向けた。

「そのお話を伺ったうえでお訊きしたいのですが」彼女は続けた。「すべてを明らかにするためですのでどうかご容赦ください。あなたはどのような状況で、マイルの遺体とイドウァルを発見したのです？」

「マイルの死については、あなたには訊問する権限はないと申したはずだが」彼は突っぱねるように答えた。

「イドウァルについて伺ったまでですわ」

「同じことだ」

「いいえ、まったく違います。イドウァルはスァンパデルンの件であなたを訪ねてきましたが、あなたは留守でした。当然ながら伺いますが、どのような形でイドウァルと出くわしたのです？」

「森を歩いていたらたまたま出会った、それだけだ」

「彼に会ったのはただの偶然だと？」

「そうだ。もう充分質問には答えただろう」

その素っ気ない態度から、これ以上この男から情報を引き出すことはできそうにないとフィデルマは悟った。彼女はにこやかに微笑んだ。「お時間をいただきましてありがとうございました、グウンダ。たいへん助かりました」彼女はいった。「あなたもです、ヨーウェルス」そして、ついてくるようエイダルフに身振りで示し、踵《きびす》を返しかけた。

「忘れるでないぞ、アイルランド女《グウィズエル》」グウンダがいい放った。「あなたに権限があるのはスアンパデルンの事件のみだ」

「肝《きも》に銘じておきますわ、ペン・カエルの領主殿」彼女は穏やかに答えた。

フィデルマとエイダルフは、グウンダの屋敷に続く通りをふたたび戻っていった。声の届かないところまで来ると、すぐさまエイダルフが口をひらいた。その声は凄まじい怒りに沸《ふっ》騰《とう》せんばかりだった。

「あの男はなにか隠しています！　口を割らせようと思ったのに、なぜ私を止めたのです？」

「そんなことをすれば、彼の警戒心を煽《あお》るだけで、なにも得るものはないからです」

エイダルフは唖然とした。「あの男が嘘をついていると見抜いていらしたのですか？」

「彼が洗いざらいすべてを話していないことはわかっています。ですが足場を固めてからでなければ、彼を追及しても無駄に終わるだけです」

エイダルフはじっくりと考えを巡らせた。「グウンダは間違いなく、哀れなイドウァルが縛り首にされた件に関わっています。あのラテン語の文句も、彼がヨーウェルスに、自己弁護のためにいわせているにちがいありません」

「私たちが最初にここへ到着した晩ですら、グウンダは、イドウァルを殺すことになんのためらいも感じていませんでした」フィデルマも応じた。「グウンダはイドウァルが連れていかれるのをあえて止めはしなかった、とヨーウェルスが口を滑らせていたではありませんか」

エイダルフは仰天した。「ひょっとして最初の晩から、彼が怪しいと思っていらしたのですか？」

「あのときいわれたことを憶えていますか？　グウンダは法を遵守する統治者としてバーヌウルを呼び寄せた。そもそも保護下にあったイドウァルを力ずくで引き出すよう町の人々を煽ったのはヨーウェルスとイェスティンだった、そう聞かされましたね？」

「憶えていますとも。グウンダは町の者たちによって、屋敷に監禁されていました」

フィデルマは皮肉っぽい笑みを浮かべた。「監禁？　屋敷の扉の前には若者がふたりいましたが、どちらも武器は携えていませんでした。しかも私たちが到着したとき、グウンダは剣を手に飛び出してきました。監禁されていたならば、たとえふたりが相手でも、武器さえ用いれば形勢は逆転できたはずです」

エイダルフは細部を思い返しながら、そのときのことをじっくりと考えてみた。「確かにグウンダはあのときやたらと、謀叛《むほん》の件は不問にしてやる、と強調しているように見えました。しかしなぜ今さらいい逃れなど？　まったく、事実の断片はいくつもあるのに、まるでひとつの絵に収まらない」

「ひとつの絵を組みあげるための断片どころか、枠組みすら見えてきません」

グウンダの屋敷に到着し、中に入る直前、フィデルマがエイダルフの腕に片手を置いた。

「あなたは、すぐに馬で聖デウィ修道院へ向かってください。グウンダからのこうした妨害を退けるためにも、グウラズイエンによる権限がともかく必要です」

エイダルフは含みのある笑みを浮かべた。「あなたをここに無防備のまま置いていくわけにはいきませんから」

フィデルマは所在なげに立ちつくした。「いいえ、置いていってください」

エイダルフはきっぱりとかぶりを振った。「じつは、あなたがヨーウェルスに訊問すべく小屋に入っていったときに、デウィとすこし話をしたのです。彼はほんとうに利発な若者です。そこで、聖デウィ修道院まで馬を飛ばしてトラフィン修道院長にことづてを届けてほしい、と彼に頼みました」

そう聞いて、フィデルマはふと押し黙った。「そこまで彼を信用してよいのですか？　この地でいったいなにが起こっているのかがはっきりするまでは、信用すべき相手は慎重に選んだほうがよいのでは」

「あなたはやはり、相談相手としてはほんとうに頼りになるかただ。ですが私はあの若者を信頼していますし、戻ってきたら銀貨を渡すという約束もしてありますので」

「なるほど。どのようなことづてを送ったのです？」

「まずブラザー・メイリグが亡くなったことと、私たちが捜査を妨げられていること、さらにこの地には武装集団がおり、私たちが命からがらその手から逃れてきたこと、そしてわれわれがここにいることに対してグウンダが異議を申し立てており、それを退けるためにグウラズィエンによる権限が必要だということを知らせることづてです」

フィデルマはしかたなさそうに頷いた。「あの若者はほんとうに信用できますか？」

「信用せざるを得ません、私たちの命がかかっているのですから」エイダルフが指摘した。「この場所は危険なのです、あなたをひとりで置いていくわけにはいきません」

フィデルマは素早く手を伸ばし、彼の腕に自分の腕を絡めた。「忠実なエイダルフ」ふいに愛《いと》おしさが胸にあふれ、フィデルマは思わず口にした。しばらくして、彼女はいい添えた。

「ほんとうにあの若者を信用してよいのですね？」

エイダルフは頷いた。「あなたがクラドッグの名前を出したとき、両親であるゴフとフロンウェンがなぜあれほど怯えたかということについても、彼は話してくれました。クラドッグが鍛冶場へやってきてさんざん暴れたうえ、金品を奪い、他言すればまた戻ってきてさらにひどい目に遭わせてやる、と脅されたそうです」

「それは、怯えるのも当然ですわ」フィデルマも応じた。彼女がふいに黙りこんだので、エイダルフは彼女の視線を追った。

通りの向こうから、険しい顔つきをした農夫のイェスティンが、ずんぐりとした小柄な驢《ろ》馬《ば》の牽《ひ》く二輪の荷馬車に乗り、ふたりのほうへ近づいてきた。彼はこちらを一瞥《いちべつ》すると、嫌悪の表情を浮かべたが、すぐさま、荷馬車を道なりに走らせることにふたたび意識を戻した。

「運がよいようです」フィデルマは素早くエイダルフを横目で見やると、前に進み出て片手をあげた。「イェスティン! 止まってください。すこし話を聞きたいのです」

気が進まないながらも、イェスティンは彼女の命令口調につい気圧《けお》された。フィデルマが近づいていくと、彼は手綱を引き、座ったまま、待ち構えるように、渋い顔で見おろした。

「なにかご入り用かね、修道女様?」彼はだみ声で問いかけた。

フィデルマはその無愛想な表情に軽く笑みを返した。「答えを」彼女は朗《ほが》らかに答えた。

「二、三質問をしますので、それに答えていただけますか」

「質問?」怪訝《けげん》そうな返事だった。

エイダルフがフィデルマに加勢した。「すこしだけ荷馬車からおりてきていただければ、お話ししますよ」

「儂《わし》は忙しいんだ」農夫はそう答えたものの、しぶしぶというようすで、手綱をブレーキに巻きつけて荷馬車を止め、ふたりのそばへおりてきた。

もともと長身のフィデルマが彼を見おろすような恰好になったが、男のほうも負けじと、傲然と彼女を見あげた。「で？ なにを訊きたいってんだ？ 夜じゅうつき合うわけにはいかねえぞ」

「ご心配なく、イェスティン」突っかかるような不遜《ふそん》な態度だったが、フィデルマはあえて受け流した。「あなたのことはいっさい疑っていません。話を聞かせていただいて、いくつかの点を明確にしておきたいだけです」

その返事にイェスティンは戸惑ったようすだった。「儂を疑うだと？ いったいなにをだ？ そもそもあんたはバーヌウルでもない、ただのアイルランド女《グウィズエル》だろう。儂を足止めする権利なぞ、あんたにはない」

「私どもにはあらゆる権限が認められています」フィデルマは自信満々にいい放った。これにはエイダルフですら思わず驚いて、心の中でひそかに呻《うめ》き声をあげた。グウンダがふたたびあらわれて彼女には権限がないと宣言すれば、またしても厄介なことになりかねない。

「どうしろというんだ？」

「マイルの死について話してください」

「なにをかね？　ありゃあ、友人のヨーウェルスの娘だ」

「先ほどまでヨーウェルスに話を聞いていたのです。マイルが殺害された朝、あなたが鍛冶場へやってきて、マイルとイドウァルが口論していると知らせてきた、と彼は話していました」

イェスティンはふんと鼻を鳴らした。「で？」

「そのときのことについて詳しく聞かせてください」

農夫は怪訝な表情を浮かべた。「話すほどのことでもない。森を抜けようとしたら……」

「そもそもなぜ森へ？」エイダルフが悪びれることもなく訊ねた。

「儂の農地は森を流れる川沿いにある。近所のやつに果物を届けてから、町に向かって歩いていた。はっきりいえば、まさしくヨーウェルスを訪ねるところだった」

「続けてください」彼がふと黙ったので、フィデルマは促《うなが》した。

「すると話し声がした。マイルの声だとすぐにわかった。イドウァルの姿も見えた。ふたりとも興奮していて、イドウァルはひどく乱暴だった」

「乱暴だった？　具体的にはどのような乱暴がおこなわれていたのです？」

「大声でわめいとった。顔つきも態度もそりゃあ恐ろしかった」

「それから？」

「ヨーウェルスが、マイルにもイドウァルにも、たがいに会っちゃならんといい聞かせてたのを知ってたんでね。だから儂は慌てて、ヨーウェルスの鍛冶場まで知らせに走った」

「あなたはマイルのことを好ましく思っていましたか？」エイダルフが訊ね、なぜそのようなことを訊くのだろう、とフィデルマは不思議に思った。「つまり、あなたにとって彼女は魅力的でしたか？」

イェスティンは顔を紅潮させた。「儂はあの子の父親の友人だぞ、父親でもおかしくない歳だ」彼はいい捨てた。

「おっしゃるとおりですが」エイダルフは朗らかに応じた。「彼女は魅力的な娘だった。恋人が何人も、あるいは恋人になりたいと願っていた男が何人もいたのではありませんか？」

「あの娘には父親が縁談を――」

「知っています。ですがあなたから見ても彼女は魅力的だったのでは？」

イェスティンのまなざしがしだいに怒りを帯びはじめ、彼にこの場を去られては元も子もないので、フィデルマは口を挟み、矢継ぎ早に質問を浴びせかけるエイダルフを遮《さえぎ》った。

「私たちは、なぜあなたが、そのような激しい口論のさなかにあるふたりをそのままにして立ち去ったのか、不思議でならないのです、イェスティン。なぜ仲裁に入らなかったのです？」

「口出しする権利など儂にはない。だが、まさかあの小僧があの娘を殺すとは思わなかった。

知っていたらむろん止めていた」

「ああ、ではあなたは、そのいい争いはさほど深刻なものだとは思わなかったのですね？」

エイダルフが即座にいった。

農夫はその言葉の裏にある意味を推し量ろうとするかのように眉間に皺を寄せ、彼を見た。

「深刻だったにきまっとる」彼はゆっくりと口にした。「でなきゃマイルはまだ生きてただろうよ」

「あとからいうのは簡単です」エイダルフが応じた。「ですがそのときは、見かけた口論が、その娘に身体的危険を及ぼすような深刻なものだとは思わなかったのですね？　そうでなければマイルを助けに入っていたはずだ、違いますか？」

「当たり前だ！」農夫が嚙みつくようにいった。

「ところがあなたはそうせず、そのかわりに急いでヨーウェルスの鍛冶場に向かい、マイルとイドウァルが森でいい争っていた、と知らせたのですね？」

「そうだ」

「森を抜けるさいにほかに誰か見かけませんでしたか？　そこでグウンダの姿か、誰かが通り過ぎるのを目撃していませんか？」

イェスティンはかぶりを振った。「憶えてるかぎりは、ない……ああ、そういえば、ビズォグが小径《こみち》で茸《きのこ》を集めているのを見かけた」

「ひとつ気にかかることがあります」フィデルマがいった。「ヨーウェルスが禁じていたにもかかわらず、イドウァルはマイルに会っていたとあなたはいいました。そしてふたりが口論していた、と。そのいい争いは、仲裁に入るほど深刻なものではなかった。マイルの身の安全を即座に気遣わねばならぬほどのものでもなかった。しかしその知らせを聞いて、ヨーウェルスとあなたと、さらに数人が森へ駆けつけ、すぐさまイドウァルを罰しようとしましたね。なぜあの少年はそこまで憎まれていたのです？」

「あの小僧には、いわれたことに従えってことと、敬意を払えってことをみっちり教えてやる必要があった。それだけだ」イェスティンはふてぶてしく答えた。「みな友達のよしみで、ヨーウェルスを助けてやりたかったのさ」

「それで、あなたがたが森へ入ったとき、なにが起こったのです？」

「儂は連中を連れて、マイルとイドウァルを見かけた場所へ向かった。マイルはそこで死んでいた。すこし離れたところにグウンダがいて、イドウァルは気絶して地面に転がってた。ヨーウェルスとほかの連中は……」彼はいい澱《よど》み、ふたりをぎろりと睨んだ。「儂らは全員、あの場であの小僧を縛り首にしてやるつもりだった。なのにグウンダが、法で裁くべきだといいだして、儂らを止めやがったんだ」

「ただの興味本位で訊くのですが、グウンダがその日の朝、森でなにをしていたのか、彼の口から聞いていますか？」エイダルフが訊ねた。

イェスティンは首を横に振った。「木樵《きこり》小屋の裏道はしじゅう人が行き来してる。あの道はキライへ続いているからな」

「なるほど。それであなたがたはあの若者を連れて町へ戻ったのですね？　なぜあなたがたは、修道院からバーヌウルが来るであろうことがわかっていながら、グウンダを監禁し、家畜小屋に入れられていたイドウァルを連れ出して、私たちが到着するより先に、彼を縛り首にしてしまおうなどという考えに至ったのです？」

「みながそう思っていたからだ。民の意思だ。ウォクス……ウォクス……〝民の声は神の声〟だ！」

「〝ウォクス・ポプリー・ウォクス・ディー〟ですね」フィデルマはむしろ楽しげに助け船を出した。「ええ、その弁明の言葉なら前にも聞きましたわ」

イェスティンは答えなかった。

「私たちが到着した夜、あなたは棍棒《こんぼう》を振りまわしていましたね。あれも、民の声が確実に聞き入れられるためのものだったのですか？」

「あのときあんたたちが邪魔に入らなかったら、ブラザー・メイリグはまだ生きてただろうに」

「自分はイドウァルの死になんら責任はない、と？」

「あの小僧はマイルを殺したんだ。人殺しにどう始末をつけるか、この町にはこの町のやりかたってもんがあるんだよ、アイルランド女《グウィズエル》」それまで感情をおもてに出さなかったイェスティンの声が、このとき初めてとげとげしい響きを帯びた。

「それはあなたがた自身の法において非とされているやりかたです。ブラザー・メイリグがはっきりとそうあなたがたに指摘したはずです」

「町の連中はみな儂らの側につくはずだ」

「はたしてそれは正しいやりかたでしょうか？　大多数の意思がかならずしも道義にかなっているとはかぎりません」

　イェスティンは苦々しい表情を浮かべた。

「つまり」エイダルフが皮肉たっぷりにいった。「その大多数の意思とやらのおかげで、あなたはイドウァルの死に対して責任を負わずにすむというわけですね？」

　農夫も同様に冷笑で返した。「間違ってるとでも？　ブラザー・メイリグはバーヌウル様で修道士様だった。あんたらは、あのおかたを殺したやつに罰を与えたくないのかね？　修道士様がたってのはおたがいに庇《かば》い合うもんじゃないのか？」

「なぜメイリグを殺したのがイドウァルだと断言できるのです？」

　農夫は、頭でも変なのかとばかりにエイダルフを見やった。「なんだと？」

「ごく単純なことですよ。ブラザー・メイリグを殺害したのはイドウァルだ、と誰がいいだしたのです？」

「誰って……みんな知ってることだ」

「ではその全員が、イドウァルがブラザー・メイリグを殺すところに居合わせたとでもいうのですか?」フィデルマは冷やかすようにいった。

「そんなことはいっていない。バーヌウル様を殺したのがイドウァルでないんなら、いったい誰がやったっていうんだ?」

「いい質問です」フィデルマがいった。「それは、イドウァルを死なせる前にじっくりと考えるべきことでした」

「イドウァルのほかに誰がいる? バーヌウル様がやつの身柄を預かって森へ連れていきなさった。ブラザー・メイリグも馬鹿なことをしたもんだ。あの小僧の見張り役として、ほかに誰か連れていけばよかったものを。イドウァルは、バーヌウル様を殺して逃げ出す機会を虎視眈々《こしたんたん》と狙ってたんだろうよ」

「彼は遠くへは逃げていませんでしたね?」フィデルマが即座に口を挟んだ。「じっさいには、彼はさほど離れていない、すぐに見つかりそうな場所で待っていました」

「頭の弱い小僧だったからな」

「頭の弱い小僧だった、けれども即座に縛り首にせねばならないくらい凶悪な殺人犯だった、と?」

「手をつけられなくなった暴れ犬にはそうするもんだろう」不愉快そうにイェスティンは認

めた。

「つまりあなたは、弁明の機会すら与えずにあの若者をその手で殺したのですね？」エイダルフは攻勢に転じた。

「この手で殺した、だと？」農夫は怒りをたぎらせた。「よくもその口で人殺しなどといえたもんだな、サクソン野郎。あんたらはその手でさんざん殺しまくってきただろうが。儂の祖父《じい》さんは賢くて学がある男で、ラテン語が読めた。祖父さんがイスュティッドの神学校[2]で学んでたとき、同じ学生として賢者ギルダス[3]がいたそうだ。祖父さんはギルダスが書いたっていう本を持ってて……」

「〝デー・エクシディオー・エト・コンクエストゥー・ブリタニエー〟ですね」エイダルフが静かな声で呟いた。「私も読みました」

イエスティンは一瞬面喰らったようだった。やがて彼はいった。「儂は翻訳してある名前しか知らん。『ブリトン人の没落』ってやつだ。祖父さんはそいつを儂に、わかる言葉に直して読み聞かせてくれた。おかげでサクソン人が裏切り者だってことはしっかり頭に叩きこまれとる。残念ながら、今じゃ読みたくても、儂にはラテン語がわからんのでな」

「もしあなたにラテン語が読めたならば、ギルダスがブリトン人の代々の王たちに対して、その非道のかぎりを尽くしたおこないを糾弾《きゅうだん》し、厳しい批判を唱えつづけていたことを思い返すことができたでしょうに」フィデルマは答えた。「サクソン人による征服は、あなたがたの父祖が犯した罪に対し、神が科した正当なる罰だと彼は結論づけています」

イェスティンは、おそらく痛かろうというほど、固く歯を喰いしばった。やがて、それ以上ひとことも発することなく、踵を返すと荷車の上に戻り、手綱をほどくと、おとなしく待っていた驢馬に鞭を打ち、ふたたび荷車を走らせはじめた。

「さて、どうします？」腹を立てて去っていく農夫を見送りながら、ややあってエイダルフが訊ねた。

「さあ、これで」フィデルマはきっぱりといった。「充分にみなの心をかき乱すことはできたでしょう。じきに、私たちが水面《みなも》に投じた石が波紋を描いて、私たちの立っている場所に戻ってくるはずです。あなたはなぜイェスティンに、マイルとイドウァルが口論しているのを見かけた朝に、小径でほかの誰かを見なかったかと訊ねたのです？」

「あの朝彼が森を歩いているのを、ビズォグが見たといっていませんでしたか？」

フィデルマは驚いて大きく目をみはると、ちいさく喉を鳴らし、腕利きのドーリィーらしからぬ、あの悪戯《いたずら》っぽい笑みを満面にたたえた。

「忘れていました、エイダルフ。やっぱりあなたがいてくださってよかったですわ！」

エイダルフはわけがわからず、そのとおりに告げた。

フィデルマは彼の腕に自分の腕を絡めると、自信に満ちた笑顔を向けた。「さほど待たずとも、波紋はほどなく私たちのもとへ届くでしょう、そんな気がいたします」

# 第十五章

エイダルフのいるテーブルに、無愛想なビズォグが夕食の皿を並べているところへ、フィデルマがやってきた。金髪の使用人は彼女に気づくと、会釈ともつかないようなかすかな頷きを残し、部屋を出ていった。エイダルフがひとりで食事をしているのを見て、フィデルマは少々落胆したようすだった。

「どうかしましたか?」煮こみ料理を自分の皿に取りながら、彼が訊ねた。

「エレンがいるのではないかと期待していたのです。そうすれば彼女との心躍る会話を済ませることができましたのに」

エイダルフは無念そうな顔をした。そういえばエレンの主張のことを忘れていた。ふたりはたがいを気にせず黙々と食事をした。食後の片づけに部屋に入ってきたのは、気弱そうなおっとりした若い娘だった。

「今夜はみなさんお留守のようですわね。エレンお嬢様がどこにいらっしゃるかご存じかしら?」フィデルマは娘に訊ねた。

「お嬢様はお出かけです、修道女様」娘は不安げに周囲を見まわした。明らかに、まわりに誰もいないことを確かめているようだ。

「出かけた？」フィデルマの声は鋭かった。

「おふたりが戻られて、そのすぐあとにお出になったんです」すると娘はふいに怯えた視線で扉を見やり、ブラウスの胸もとからちいさな巻き紙を引っ張り出した。「誰も見てないところであなたにこれを渡してくれっていわれました。書きつけがありますけど、あたしは字が読めませんし、なにが書いてあるのかお嬢様もあたしにはおっしゃいませんでした」

フィデルマは手紙にちらりと目をやった。四角い山羊皮にはラテン語が記されていた。彼女は娘に向き直り、力づけるように微笑んだ。「このことは全部忘れるように、いいですね？」

「もちろんです、修道女様。エレン様はあたしによくしてくださいます。いつかきっと……」

「きっと？」

「あたし、人質なんです、修道女様。二年前、グウェント王国での襲撃でグウンダ様に連れてこられました。あたし、ビズォグみたいになりたくないんです。一生ここで使用人のままなんて。エレン様は、いつかかならずあたしを自由にしてあげるって約束してくださいました」

「〝デオー・ウォレンテ〟」フィデルマは重々しくため息をつき、ラテン語のわからない娘のためにいい添えた。「〝神の御心のままに〟」

若い使用人はぴょこんとぞんざいなお辞儀をすると、急いで部屋を出ていった。フィデルマが巻き紙の内容について話すのを先ほどからじりじりと待っていたエイダルフが訊ねた。「それは？」

「エレンからのことづてです、ラテン語で」フィデルマは羊皮紙に似た紙をひらひらと振った。「〝夕食後に木樵《きこり》小屋で待ってます。くれぐれも内密に〟とだけ書かれています」

エイダルフは信じがたいとばかりに唇を尖らせた。「ずいぶんと芝居がかっていますね」彼はいった。「行くんですか？」

「むろん、あなたも行くのですよ」フィデルマは答えた。

ふたりが森のひらけた場所に着いた頃には、あたりはすっかり暗くなっていた。そこは日中、ブラザー・メイリグの遺体を発見した場所だった。まだ夜というには早いが、空は漆黒《しっこく》の闇に包まれていた。黒い雨雲が急速に西から流れこみ、細かい霧雨が降りだしていたせいで、空に星は見えずどんよりと曇っており、月明かりすらなかった。冷え冷えとして、じつに寒かった。

「待ち合わせ場所としてはずいぶん妙な場所ですね」足音を立てないよう、馬を静かに進ませながら、エイダルフが呟いた。小屋は、町から馬でせいぜい三十分というところだった。気づかれぬよう馬は置いていくべきかどうかとふたりで話し合った。騎馬よりも徒歩の方が余計な詮索はされずにすむ。だがそうすれば道行きは長くなり、より不快なものとなるだろうという結論に至った。「あの若いお嬢さんは明らかに、幽霊に出くわすかもしれないなどとは心配していないようですね。ほんの半日前に、ここで修道士が殺されたばかりだというのに」

「〝モルトゥイー・ノーン・モルデント〟」小径《こみち》を抜けながら、フィデルマは彼を宥《なだ》めた。

「〝死んだ者たちは噛みつかない〟確かにそうはいいますが……」エイダルフがふと黙りこみ、身を震わせた。「〝アプシト・オーメン！（どうかそのようなことが起こりませんように）〟」

小屋の入り口で光が揺れた。角灯《ランタン》を手にした人影があった。

「シスター・フィデルマ？　あなたなの？」

不安げなエレンの声だった。

「そうです、ブラザー・エイダルフも一緒です」ふたりは光の中に歩み出て馬をおり、フィデルマが呼びかけた。エイダルフは二頭の馬を小屋の脇の、すでにエレンの馬が繋《つな》いである場所へ連れていった。

ふたりは少女のあとから小屋に入った。ブラザー・メイリグが殺された場所はここだと物語っているような床の黒い染みを除けば、中は片づいていた。エレンはテーブルの上に角灯を置くと、片隅にある細長い椅子に腰をおろした。フィデルマは、エレンの向かい側にあるちいさな木製の腰掛けに座り、エイダルフはあたりを見まわした末に、少女がすでに座っている細長い椅子の端におずおずと腰をおろした。

「待ち合わせ場所にしては妙な場所ですね」エイダルフは先ほどの言葉を繰り返した。「しかも寒い」彼は震えながらいい添えた。

少女も同意見だったが、こうつけ加えた。「暖かい場所にいて盗み聞きされるくらいなら、居心地は悪いけれど、詮索好きの人たちの目や耳から護られている場所のほうがいいのよ」

「先ほどの話について、ここで説明していただけるのでしょうか」フィデルマは訊ねた。「それともお父上が邪魔に入ったところからもう一度やり直しますか?」

少女はふいにためらいを見せた。

「マイルはあなたの代わりに殺されたにちがいない、といっていましたが、あれは真面目な話なのですか?」

エレンは悲しげに頷いた。

「あなたを殺したがっているのは誰で、それはなぜだと思うのですか?」

「このあたりにはある無法者がいるの、名前は――」

「クラドッグですか?」エイダルフが割って入った。「クラドッグ・カカネン?」

「あいつを知ってるの?」少女が不思議そうに訊ねた。

フィデルマは苦々しげに笑みを浮かべた。「あいにく顔を合わせる機会があったのです。

なぜ彼があなたを？」

「先週のことよ、あたしはここよりもっと南に向かって、森を抜けようと馬を走らせてたの。そしたら馬の蹄《ひづめ》に石が挟まっちゃって、取ってやらなきゃと思って馬をおりたの。屈みこんでたら、それほど遠くないところから怒鳴り声が聞こえてきた。だから、馬を置いてそっちのほうへ近づいてったの。あたしね……」彼女は言葉を切ると、いいわけするように軽く手をひろげた。「あたし、好奇心旺盛な質《たち》だから、つい、なにをいい争ってるのか気になっちゃって」

短い沈黙が漂い、その間、彼女は懸命に考えをまとめようとしていた。

「あたしが馬で走ってた道からちょっと離れた狭い空き地に、男の人が三人いたの。三人ともいい争いに夢中だったから、あたしはこっそり近づいて、茂みの陰からそのようすをそっと覗いてみた。ひとりは修道士様で、肩幅の広い人だったわ。見覚えがあるような気がしたけど、どこでだったかは思いだせなくって」

「なぜそう思ったのです？」興味をそそられたエイダルフが口を挟んだ。

そう訊かれ、少女は唇を尖らせてしばし考えこんだ。「わからないわ。見間違いだったのかもしれない。ただそんな気がしただけよ」

「続けてください」フィデルマが促《うなが》した。「ほかのふたりには見おぼえがありましたか？」

「知ってる人はひとりだけだった。クラドッグ・カカネンよ」

「なぜ彼のことを知っていたのです？」

「何か月か前、友達と一緒にスァヌウンダに戻る途中で、鍛冶職人のゴフの宿屋で休ませてもらったことがあったの」

「そこなら知っています」フィデルマはいった。

「あたしたちが休んでると、クラドッグとその一味が馬でやってきて、自分たちの馬のうちの一頭に蹄鉄《ていてつ》を打ってくれ、って頼みにきたの。あいつらはとても急いでて、あたしたちふたりの若い娘になんか気づかなかった。そのときよ、クラドッグを見たのは。だから森で見かけたときにあいつだってわかったの」

「三人めの男、というのは？」エイダルフが訊ねた。

エレンはかぶりを振った。「ぜんぜん知らない人だったわ。武人だった」

「クラドッグの仲間ですか？」

違う、と彼女は首を横に振った。「たぶんだけど」

「その男は、武人の兜《かぶと》を被っていて、青い瞳をしていましたか？」

「兜は被ってなかったわ。髪は砂色だったけど、瞳の色は……どうだったかしら」

「いい争いといいましたが、なにをいい争っていたのです？」

「聞いてても意味はよくわからなかったわ。変だなって……」彼女は口ごもった。「変だなって思ったのは、修道士様が、クラドッグやほかの男たちに命令してるみたいに聞こえたからよ」

「彼らが口にしていた言葉を正確に思いだせますか？」

「正確かどうかわからないけど。確かクラドッグが、計画がどうとか……なんて言葉を使ってたんだったかしら？……まわりくどいことになってる、そうだわ。まわりくどいことになってて、成功する保証はない、そういってたわ」

「なんの計画です？」エイダルフが詰め寄った。

エレンは肩をすくめた。「さあ。修道士様がクラドッグのほうを見て、私の指示に従え、さもなければけっしてよいことにはならないぞ、っていってたわ。とにかく、そんな感じのことを」

フィデルマは考えこんでいるようすだった。「クラドッグはそれに対してなんといっていましたか？」

「態度はふてぶてしかったけど、修道士様のことは一応敬《うやま》ってるみたいだったわ」

「私たちの出会ったクラドッグからは想像もつきませんね」エイダルフが呟いた。「神に仕える者たちに対しては、敬意のかけらもないように見えましたが」

エレンは彼に向かって弱々しく微笑んだ。「あなたのいうとおりよ、サクソンのかた。クラドッグはキリスト教に対する信仰なんてこれっぽっちも持ってないの。あの男にまつわる話ならいくらでもあるわ……ものすごく残忍で邪悪な男なんだそうよ。王様が直々《じきじき》に武人たちを送って、あいつを森から追い出そうとしたんだけれど、うまくいかなかったんですって」

「ところが彼は、その修道士には敬意を払っていたのですね？」フィデルマはじっと考えた。

「ともかく、続けてください、エレン。それからなにがあったのです？」

「もうひとりの、その武人が、修道士様の味方についてるみたいだった。『王ご自身がこの計画を編み出した』っていうようなことをいってたわ――そういえば。そして手紙のとおりにすればかならず成功するはずだ、って」

エイダルフがちらりとフィデルマを見やった。「王？　グウラズィエンのことですかね？」

エレンは肩をすくめた。「〝王〟としかいってなかったわ。グウラズィエンは確かにダヴェドの王様よ。クラドッグは真面目に取り合ってないみたいだった。剣で権力を奪えばいい、っていうようなことをいってたわ。修道士様は、それが法律上致し方なしというように見えなければ、すべての王国を敵に回すことになるだろう、って。そのとき、あたしの馬が機嫌を損ねて、鼻息を鳴らして足を踏み鳴らしたの。

クラドッグと武人は驚いて立ちあがると、まっすぐこっちを見たの。あたしは慌ててあいつらに背を向けて走りだした。わめきながら追いかけてくる声が聞こえたわ。あたしは自分の馬に飛び乗って、とにかく全速力で走ったの。あいつらはどこかに馬を置いてきたらしくて、それ以上追いかけてはこなかったわ」

フィデルマは背筋を伸ばし、考えを巡らせた。「それで、なぜあなたは、あのとき命を狙われていたのは、ほんとうはマイルではなく自分だったという結論に至ったのです?」

「マイルとあたしは同い歳で、背丈も髪の色やなんかもそっくりだったの。よく似てたから、姉妹に間違えられることもあったわ。マイルが殺されたことについて考えてて、可哀想なイドウァルにそんなことができるわけがないしって思って、それで気づいたの」

「なににです?」エイダルフが問いただした。

「たぶんクラドッグは、あたしが逃げてくところを見かけたんだわ。それでなにか大事な秘密の相談を盗み聞きされたって勘違いしたのよ。そのあとたまたま森でマイルに出くわして、あたしだと思って殺したんだわ。クラドッグがマイルを殺したのよ」

フィデルマはその主張を無言のままじっくりと呑みこむと、次の質問に移った。「その会話を聞いてしまったことを誰かに話しましたか?」

エレンはゆっくりと首を横に振った。

「むろん、お父上には話したのでしょう? ペン・カエルの領主であるお父上は、この一帯の権限をもつかたです。みずからの領土内でおこなわれている陰謀について知らぬままというわけにはいきません」

少女は抗《あらが》うようにかぶりを振った。「このことは誰にもいわないほうがいいだろうって思ったの。クラドッグの仕返しが怖かったし、あとになって考えてみたら、やっぱりそのとおりだったわ」

「ですがマイルが殺されて」エイダルフが言葉を差し挟んだ。「お父上に話したほうがよいとは思わなかったのですか？」

「いいえ。自分が危険な目に遭いたくなかったからかもしれないし、でなきゃ神経が麻痺《まひ》してたのかもしれないわ。あたし……」彼女はふいに泣きじゃくりはじめ、苦悶するように顔を皺《しわ》くちゃにした。落ち着きを取り戻すまでにはしばらくかかった。「ほっとしたの。ただそれだけしか感じなかった。マイルがあたしの代わりに殺されたって気づいて、これで終わった、って思ったの。これでもうクラドッグも追いかけてこないだろう、あたしはもう安全だ、って。あたし、そんなことしか考えなかった。神様、どうかお許しください」

フィデルマは前屈みになり、少女の腕をぽんぽんと優しく叩いた。「そう思うのも無理はありません、エレン。それであなたは今まで秘密を明かさずにいたのですね？」

エレンは手で涙を拭うと頷いた。

「なぜ今？」エイダルフが問いただした。「なぜ今になって私たちに話す気になったのです？」

少女が一瞬不安げなようすを見せたので、フィデルマは励ますように彼女に笑みを向けた。

「そうですね。黙っていようと思えばいられたはずです。誰にもいわずにすませることもできたでしょう」

エレンは唇を嚙みしめ、下を向いたまま無言だった。

「聞かせてください、なにか理由があるのですね？」フィデルマが諭《さと》した。

稲光《いなびかり》が閃《ひらめ》き、ほんの一瞬、あたりが見えなくなるほどの白くまばゆい輝きが三人を包みこんだ。やがて鼓膜を揺るがすような雷鳴が轟《とどろ》いた。すぐ近くで背の高い木に雷が落ちたらしく、大地を裂くような凄まじい音と、炎の爆《は》ぜる音がした。

恐れをなした馬たちが一斉にいななきをあげ、そのうちの一頭が前脚を蹴りあげて、木樵小屋の側面の壁に蹄を叩きつけた。

少女は怯えて勢いよく立ちあがった。

「落ち着きなさい。嵐が来ているだけです」フィデルマはいった。いたって冷静に、彼女は小屋の扉へ向かった。凄まじい豪雨が叩きつけるように降っており、周囲の地面は泥の川のごとく跳ねあがっていた。まるで石が降りそそいでいるかのように雨が小屋の屋根に激しくなだれ落ち、轟音《ごうおん》をたてていた。空を見あげると、まばゆい稲妻《いなずま》がまたひとつ閃き、彼女は思わずまばたきをした。今回は、稲妻とそれに続く雷鳴との間にはっきりと間隔があった。

「馬を見てきたほうがよさそうです」

エイダルフが進み出た。「あなたはここにいてください」彼は反対した。「私が行ってきます」

面白がるような表情が彼を見あげていた。「エイダルフ、あなたは馬の扱いに慣れているとはいえないんじゃなくて。馬のことなら私のほうが心得ています。私が行って馬たちを落ち着かせてきましょう」

彼女がふたたび扉のほうへ踵《きびす》を返すと、また稲光が閃き、エイダルフは心の中で、雷鳴が響くまでの時間を数えた。

「遠ざかっていますね」確信というよりは願望をこめて、エイダルフがいった。

フィデルマは分厚い毛織のマントを頭から被ると、おもてに出て、馬を繋いだ場所に向かった。土砂降りの雨の中では音を聞き分けるのは至難の業《わざ》だったが、エレンには、馬を宥める彼女の声がかろうじて聞こえたような気がした。ややあって、フィデルマはずぶ濡れになって戻ってきた。エイダルフは小屋の中をくまなく探し、乾いた薪の束をいくつか見つけた。いつも持ち歩いている火口箱《ほくちばこ》を用い、火を熾《おこ》す。フィデルマはマントを脱ぐと、燃えさかる炎の前で衣服を乾かした。雷鳴は遠ざかり、雨もかなり小降りになってきた。海から渡ってきた嵐は、凄まじい速度で内陸へ移りつつあるようだ。

「さて」しばらくして、びしょ濡れの衣服から湯気が立ちはじめると、フィデルマがいった。

「話に戻りましょうか」

「ちょうど私がエレンに、この件に関して口をつぐんでいようと思えば、誰にも知られぬままそうしていられたというのに、なぜ今こうして話す決意をしてくれたのか、その理由《わけ》を訊ねていたところでした」エイダルフが水を向けた。

「ああ、そうでしたね」フィデルマはいい、すでに細長い椅子にふたたび腰をおろしていた少女に向き直った。「それに、お父上に話すこともできたでしょうに、なぜ私たちにこの話を?」

「父様には話したの」エレンの声は静かだった。

「今こうして私たちにも話しているということを、お父上はご存じなのかしら?」

彼女はそうだ、と頷いた。「それも話しておいたわ」

「ではグウンダは、あなたが今こうして私たちに会い、これらのことを私たちに話して聞かせているのを知っているというのですか?」エイダルフの口調には、信じられない、という響きがにじみ出ていた。

「だからそういったじゃない」

「あなたにはまだ、黙っていようと思えばいられたのに、なぜ今になってその話を私たちに話してくれたのか、という質問にまだ答えていただいていません」フィデルマが詰め寄った。

エレンは怯えた目を彼女に向けた。「あの武人をまた見かけたの、クラドッグと一緒にいた男よ。あたしに気づいてるみたいだった」

「いつです?」フィデルマが問いただした。

「今日の午後、キライから戻ってきたときよ」

「どこで?」

「スァヌウンダで。わかるでしょ?」彼女は必死に声を荒げた。「あいつがスァヌウンダにいたの。間違いないわ、絶対あたしに気づいてた。あたしの命を狙ってるのよ。あいつが話せば、殺した相手が人違いだったってクラドッグにも気づかれちゃうわ」最後は涙声だった。

「よくわかりました、エレン」フィデルマは穏やかにいった。「ですが、スァヌウンダのどこでその武人を見たのです？」

「ヨーウェルスの鍛冶場よ」

フィデルマは素早くエイダルフを見やった。「ヨーウェルスの鍛冶場、ですか？」

「さっきもいったとおり、キライからの帰り道に通りかかったの。あの武人がそこにいて、鍛冶場のそばに座って蜂蜜酒《ミード》を飲んでたわ。ヨーウェルスは武人の馬の具合を見てた。急いで通り過ぎようとしたけど、武人は通りかかったあたしを見て、絶対にこっちに気づいてた。ヨーウェルスは武人の馬の具合を見てた。急いで通り過ぎようとしたけど、武人はついちらっと振り返ったら、座ってた武人が立ちあがって、ヨーウエルスになにか話してるのが見えたの。ふたりしてじっとあたしのほうを見てた」

「そのこともお父上には話しましたか？」

「父様は、自分が場を収めるからおまえは二、三日姿を消していろ、って」

「お父上が？」フィデルマが低く呟いた。

「だけどあなたたちには話しておかないと、って父様にいったの」

「それは反対されなかったのですか？」エイダルフが驚いて問いただした。

「父様は、そうするのがいちばんいいだろうって」

「そういうことですか」フィデルマは考えを巡らせつつ、いった。

「ほんとうにわかってる?」エレンは動揺を隠せないようすだった。その声が突然、興奮して裏返った。「ヨーウェルスは、よりによって自分の娘を殺した犯人たちと関わってるのよ? しかも可哀想なイドウァルを殺した集団にわざと加わって、そのことを隠そうとしてるんだわ」

# 第十六章

「ヨーウェルスが関わっているというのは、あなたの推測に過ぎませんよ」相手を落ち着かせようと、フィデルマはいった。

エレンは強情に首を横に振りつづけた。

「筋道立てて考えてごらんなさい」フィデルマはきっぱりといった。「その武人は単に、ヨーウェルスの鍛冶場で馬に蹄鉄《ていてつ》を打ってもらっていただけかもしれません。なぜあなたは、その男とヨーウェルスに関わりがあると頭から信じているのですか？」

「だってあたしが通りかかったとき、あのふたり、笑いながらお酒を酌《く》み交わしてたのよ。いかにも仲よさそうに。あの武人はあたしに気づいて、あれは誰だってヨーウェルスに訊いたにきまってるわ」少女は譲らなかった。

「この件についてお父上がどう手を打ったのか知っていますか？ 彼はヨーウェルスに異議を申し立てていますか？」

「父様がどうなさるつもりなのかは知らないわ。あたしには、片がつくまで遠くに行っていろ、って」

「このことを私たちにも話す、といったさいにも、お父上からはなんの反対も受けなかったのですか？」フィデルマは考えこんでいるようすだった。彼女はエイダルフに向き直った。「妙ですわね、彼は、ヨーウェルスの鍛冶場で話したときには、そんなことなどおくびにも出しませんでした」

「ひょっとすると、ヨーウェルスの要らぬ注意を惹くまいとしていたのかもしれません」エイダルフが意見を述べた。

「そうとも考えられます」フィデルマはしぶしぶながら同意した。「聞かせてください、エレン、このたびの事件には、イェスティンも関わっていると思いますか？」

「イェスティンはヨーウェルスの友達よ」

「それはそうですが、彼はどのような人物なのです？」

少女はもどかしそうなようすだった。「あの人、今は農夫をやってるけど、昔は武人としてたくさんの戦《いくさ》に加わったんですって。もうずいぶんな年寄りよ。若い人たちが自分を敬《うやま》おうとすらしないからって、歳を取ってますます意固地になってるわ」

「彼の農場とは、正確にはどのあたりにあるのですか？」フィデルマは興味をそそられ、訊ねた。

「町に入るところの、川にかかった橋があるでしょう？……ヨーウェルスの鍛冶場の近くよ」

「ええ、ありますね」

「あの橋を渡らずに、道沿いに右へ曲がって、そのまま川沿いを一キロメートルくらい進めば、突き当たりがイェスティンの農場よ」

「奥方は？」

「今はいないみたい」

「子どもはいるのですか？」

「ダヴェドの国境を護るための戦で、全員戦死したんだそうよ。意固地なのはそのせいもあるらしいわ」エレンはふと黙りこみ、ふたりを順番に見やった。「だいぶ遅くなっちゃったわ。話はこのくらいで充分かしら？」

充分だ、とフィデルマは彼女に告げた。

「このあとはどうするつもりです？」少女が立ちあがってマントを肩に羽織ると、エイダルフが訊ねた。

「ここを離れるわ。父様の使用人たちには、キライに戻って親戚たちと過ごすつもりだ、っていってあるの。でもキライには行かないつもりよ」

「ではどこへ？」フィデルマが訊ねた。「心配はいりません、私たちのことは全面的に信頼してくださって結構です。ですが、私がこの謎を解明するためには、といってもむろんかならず解明するつもりですが、証人としてあなたに出頭していただく必要があるかもしれません。それゆえ、できればあなたの居場所を知っておきたいのです」

「誰にもいわない？」少女は念を押した。

「けっしていいません」

エレンがエイダルフをちらりと見やると、彼は同意のしるしに頷いた。

「ここの南西にスァンフリアンっていう村があるの。友達がいるから、そこへ行くつもり」

「今夜、馬でそこへ向かうというのですか？　こんな天候だというのに？」

「夜のほうがいいの。よく知ってる道だし、誰かに見られる心配もないから」

遠くで雷鳴が轟《とどろ》いた。少女はびくりと身を縮めた。彼女はふいにスカートの襞に片手を差し入れてなにかを取り出すと、それをフィデルマに手渡した。

「これを預かっていてほしいの。大事に持っててくれ、ってイドウァルから渡されたものよ。彼が持ってたものの中でたったひとつの貴重な品だったんですって。自分で持ってると、捕まったときに盗られちゃうかもしれないから、って」

フィデルマは品物を受け取った。それは純金の鎖で、鎖の先には、野兎《うさぎ》をかたどった、宝石のちりばめられたペンダントヘッドがさがっていた。

「これをいつイドウァルから受け取ったのですか？」それを手の中でためつすがめつしながら、フィデルマは訊ねた。

「彼が捕まって、屋敷に連れてこられた日よ」

「マイルが殺された日ですか？」

「そう、その日よ。そのときはまだ、身体検査みたいなことはされなかったけど、見つかったらきっと盗られると思うから、って。イドゥァルはあたしのことを信用してくれてた。お母さんの持ちものだったんですって。彼の育ての親の、羊飼いのヨーロがくれたんだそうよ」

エレンは扉に向かうと、夜闇に目を凝らした。

「知ってることはこれで全部よ。もう行かなくちゃ。あたしのためにお祈りしてくれるかしら。今になってわかったの、こんなにも長く黙っていたうえに、可哀想なマイルが死んでじつはほっとしてたなんて、なんてひどいことをしたんだろうって」

「あなたがめざす場所へ無事にたどり着けるよう、ふたりでお祈りしています、エレン」フィデルマは真剣な面持ちで応じた。「マイルに対する良心については、あなたは自分自身で折り合いをつけねばなりません。あなたが正しいのかもしれませんし、間違っているのかもしれません。どちらにせよ、あなたが責めを負う必要はないのですよ」

少女は一瞬笑顔を見せると小屋を出ていった。彼女が馬に跨《また》がり、やがて遠ざかっていく音が聞こえた。

エイダルフは、まだ炎の前に立って身体を乾かしているフィデルマを見やった。

「さて、どうやら謎はひとつずつ明らかになってきたようですね。あなたのおっしゃっていたとおり、イドゥァルは無実だったというわけです。マイルを殺したのはクラドッグに間違いないでしょう」

フィデルマは眉根を寄せ、かぶりを振った。彼女は、きらめく宝石のついた鎖を差しあげた。

「とんでもありません、エイダルフ。謎は深まるばかりですし、そのまま素直に受け取ってよいものごとなど皆無に思えます。さらなる証拠がないかぎり、クラドッグがマイルをエレンと取り違えて殺したなどという考えを受け入れることはとうていできません」

「ですがあの娘の話を聞いたでしょう？　すべて辻褄が合うのでは？」

「グウンダの役割はどうなります？　あなたは彼を怪しんでいたではありませんか。彼はイドウァルの殺害に一枚嚙んでいます。なぜでしょう？　口止めのため？　もしそうならばなにを？　もしグウンダが、犯人はイドウァルだとほんとうに思っているならば、なぜ自分の娘が、先ほどの話を私たちにすることに同意したのでしょうか？　まるでわけがわかりません。それともじっさいに、あらゆるものごとが複雑に絡み合っているということなのでしょうか？」

「自分の娘が殺されるかもしれないような計画に、はたしてグウンダが加担などしますかね？　その計画とはなんなのです？　彼女にしても、たまたま森で立ち聞いただけで、内容もろくに理解していなかったというのに、なぜそこまでして口を塞ごうというのでしょう？　違いますか？　ここからいったいどこへ向かえばよいのか、私としてはまるでお手あげです」

「かならず向かうべき場所がひとつあります」フィデルマが小屋の扉の外をちらりと見やり、

雨が弱まってきたのを確かめて、答えた。

エイダルフが片眉をあげた。

「イェスティンにもう一度話を聞かねばなりません」フィデルマはいった。「そのあとヨーウェルスのところへ戻り、その武人とやらについての彼のいいぶんを聞いてみましょう」

エイダルフは深くため息をついた。「あなたがなぜそこまでイェスティンのことを調べたがるのか、私はずっと不思議でならないのですが」

フィデルマはまだ濡れそぼったままのマントを手に取ると、ひらりと肩から羽織り、外へ出て馬のもとへ向かった。エイダルフは残り火を足で消すと、彼女のあとからおもてへ出た。霧雨はやんでいたが、やはり寒く、湿気の多い夜だった。

ふたりは無言のまま、手綱を緩めて馬をゆったりと歩かせながら、橋のあるほうへ戻っていった。橋の直前で、フィデルマはエレンに教えられた小径《こみち》を曲がり、川の土手沿いの道を進んでいった。左手には黒々とした水が川面《かわも》を流れ、いっぽう右手には木々や下生えが鬱蒼《うっそう》と茂り、まるで堅固な壁のごとくに聳《そび》え立っていた。

エイダルフは鞍に跨がったまま身を乗り出し、前方に目を凝らした。あたりは漆黒《しっこく》の闇だった。分厚い雨雲がまだ低くどんよりと空を覆い、あらゆる光を遮《さえぎ》っている。小径を照らす月明かりも、星明かりもなかった。このような場合、フィデルマのほうが馬の乗り手として優れていることをエイダルフは承知していたので、自分の馬を思いどおりにしようなどとはせず、馬の進むがままに任せて、川沿いの小径の、危なげのなさそうな道を、フィデルマの馬のあとをただついて行った。

道のりは、フィデルマが見積もっていたよりも長かった。やがてようやく前方に明かりが見え、建物とおぼしき黒々とした影がしだいにあらわれはじめた。イェスティンの農場だ。彼女は自分の後ろにいる、闇の中の黒い影にすぎないエイダルフに向き直った。

「私たちが訪ねてきたことはまだ知らせずにおきましょう」彼女は低い声で呼びかけた。

彼女は馬を巡らせ、農場の、納屋らしき建物の角を曲がり、物陰で止まると地面におり立った。ふたりは低木の茂みを見つけてそこに手綱を結ぶと、納屋の壁ぎわへ近づいていった。母屋の窓からかすかな明かりが漏れており、農場の庭をぼんやりと照らしていた。

「あれはなんです？」薄暗い闇を懸命に覗きこみながら、エイダルフが訊ねた。

「静かに！」フィデルマが声をひそめていった。「母屋の前に馬が二頭います」

「なにをそんなに警戒しているのです？」エイダルフが、彼女にならって声を落とし、答えた。

「農場の馬ではありません」

「さっぱりわかりません」彼は呟くと、ぬかるみの中に足を踏み入れ、苛立たしげに呻《うめ》き声をあげた。

「あれは農耕馬ではなく、軍馬です。こんな夜に、いったい武人が農場になんの用で？」

「クラドッグでしょうか？」ふいに不安にかられ、エイダルフが小声でいった。

「とはかぎりません。友人かもしれませんし、親類ということもあり得ます。ですが用心するに越したことはありません」

エイダルフは不快のあまり、夜闇の中で顔を歪めた。革サンダルにこびりついた湿った泥がじんわりと冷たかった。反論を述べたかったが、やがて彼は肩をすくめた。ただ口の中で、嵐が去り、雨がやんだことへの感謝の祈りを唱えるだけにとどめた。

自分たちの馬はもう見えなかった。フィデルマは用心深く歩みを進め、庭を回って母屋の脇までやってきた。彼女は音をたてないようにそっと窓に近づくと、素早く中を覗きこんだが、粗い磨《す》りガラスの奥はなにも見えなかった。ちらりとエイダルフを振り返り、かぶりを振る。

「なにも見えませんし」彼女は声をひそめていった。「音もはっきりとは聞こえません。ですがイェスティンと、彼を訪ねてきた人たちは中にいるはずです」

「どうするおつもりです？」エイダルフが悲愴な声で訊ねた。「このぬかるみの中でじっと待つのですか、それともいっそ扉をノックしますか？」

フィデルマは苛立ったように唇を尖らせた。

母屋の正面の、庭とは反対側に大きな納屋があった。先ほど裏手にふたりが馬を繋《つな》いだ場所だ。フィデルマはエイダルフの腕に軽く触れると、そちらの方角を指さした。そしてちいさく身体を屈めて庭を戻り、後ろにエイダルフを従えて、黒々と口を開けている戸口に近づこうとしたそのとき、影が動いた。

威嚇《いかく》するような唸り声のあとに甲高い鳴き声をひとしきりあげ、ふたりが警戒する間すら与えずに、がっしりとした身体つきの大型犬が、彼らめがけて納屋から飛び出してきた。巨大な犬がフィデルマの一メートル目前まで迫ってきたそのとき、犬はキャンと悲鳴をあげて吠えるのをやめ、エイダルフには、巨大な犬が、飛びかかろうとしたまま空中で一瞬止まったように見えた。犬はそのまま地面に倒れ、痛さとやりきれなさを訴えるように、哀れっぽく鼻を鳴らした。

薄暗がりの中で、エイダルフは犬が繋がれていることに気づいた。ふたりがあとすこし納屋に近づいていたら、あるいは引き紐がもうすこし長ければ、別の結末が待っていたかもしれなかった。

母屋の正面に繋がれた馬がいななき、落ち着きを失いはじめた。犬は変わらず歯を剝き出して唸り、不満げに吠え立てている。エイダルフは慌てて周囲を見まわすと、フィデルマの腕をむんずと摑み、低い塀に囲まれたちいさな建物に急ぎ足で向かった。彼は塀を飛び越えると、フィデルマに手を貸してその上に登らせてから、彼女を引っ張りおろして塀を越えさせた。すると周囲で複数のものが動いている気配がした。鼻の曲がるような臭《にお》いから察するに、どうやら豚舎に飛びこんでしまったようだった。豚たちはもの珍しそうにふたりを嗅ぎまわったあげく、彼らの存在になどまるで関心がないとでもいうように、もとどおり寛《くつろ》ぎはじめた。

フィデルマとエイダルフはおそるおそる頭をあげた。庭の向こう側にある母屋の扉が大きくひらいていた。男が角灯《ランタン》を高く掲げて立っていた。犬はあいかわらずけたたましく吠えている。

「黙れ、キイ！」男が厳しい口調でいった。「いったいなんなんだ？」

イェスティンだった。傍《かたわ》らにはもうひとり別の男が立っていた。フィデルマがはっと息を呑み、エイダルフの耳もとに唇を寄せ、小声でいった。「コリンです」

犬は主人を前にして、拗《す》ねたように鼻を鳴らした。

「なにに吠えたんだ？」コリンが問いただした。

「さあ、なにも見当たらんのですが」イェスティンが答えた。「馬ってのは臆病ですからな。それが犬にまで移ったんでしょうかね」

「そういうことにしておこう」夜闇を見わたしながら、コリンはしぶしぶ同意した。さらに三人めの男があらわれた。「こんな辺鄙《へんぴ》な場所を」彼はいった。「わざわざ通る者などいるか？　こんな時間にこの道を行くなど、痛い目に遭わせてくれといっているようなものだ」

イェスティンは苦々しげにくくっと笑った。

「こんな夜にここを訪ねてくるもの好きはいませんや。しかもご存じのとおり、ここと町を結ぶ道は一本しかありませんのでな。そもそも、今さらなにがご不安で？　儂《わし》としちゃあ、真っ昼間に馬で町へ乗りこんでったときのほうが、よっぽど冷や冷やしましたわ。見つかりやせんかと」

三人めの男が励ますように含み笑いをした。「どうだかな。こちらはあの娘だと見てすぐにわかったが、娘のほうはこちらに気づいていなかった。ともかくあの娘の正体はわかった。グウンダの娘だ」

「そうだ」コリンが割って入った。「あの娘が垂れこんだらどうする？　そうなれば危険だ。われわれの計画が台無しになりかねん」

「それは、あの娘が肝腎なところを聞いていたならばの話だ。計画についてはおそらくなにも聞かれていないはずだ。ともかく、計画の進行が遅すぎる。ケレディギオンは永遠に待つことはできぬぞ」

「もしアートグリスがダヴェドとの同盟を望むならば、せいぜい待たせておくことだな」コリンがいい放った。「この計画を成就するためにどれだけの時間を費やしてきたと思っている、今さら手を引くには遅い。しかもアートグリスにほかの案があるとでも？　どうせなにも思いつきすらせぬのであろうに」

三人めの男が肩をすくめた。「ケレディギオンの戦士団はすでに準備万端だ。いつ行動を起こしても支障ない」

コリンは冗談めいた口調を崩さなかった。「ダヴェドには腑抜けしかいないとでも思っているのか？　これまでにいったい幾度、ケレディギオンが戦陣を組んでダヴェドに侵攻してきた？　ケレディグ[1]の時代から、あんたらはこの王国にさんざ羨望のまなざしを向けてきた。だが何度攻め入られようと、この国があんたらの手に落ちることはなかった。ケレディギオンは力で奪おうとするからだめなのだ。この国を手に入れるには策略だ。つまり、気短なアートグリスの話はもう結構。あくまでもわれわれは、入念に練りあげたこの計画を遂行するまでだ」

三人めの男は腹を立てたとみえ、ぐいと顎を突き出した。「わが君アートグリスが計画を進めよとおっしゃるならば、こちらとしてはそれに従うまで」

「では、あんたの王が同盟を望んでいるのか否か訊ねてみることだな」コリンは踵《きびす》を返そうとした。

「だったらあんたはクラドッグにご意向を伺えばいい」武人が呼びかけた。

コリンが勢いよく振り返った。「クラドッグの意向がわたしの意向というわけではない！」彼はいい放った。「モーガン、このアートグリスの腰巾着め、やつに伝えておくがいい。そろそろ次の段階に進む頃合いだと。グウラズィエンには早々に行動を起こしてもらわねばならぬが、やつの怒りをさらに煽《あお》るには、より多くの死体が必要だということは明らかだ。修道士があと数人ほど海岸で無惨に殺されていれば、やつの怒りもいや増すだろうよ。わかったな？」

三人めの男は気が進まないようすだった。やがて彼はどうでもよいとばかりに肩をすくめた。「いいだろう。あんたが〝蜘蛛《くも》〟と呼ばれている理由がよくわかった。じっと策略を巡らせ、虎視眈々《こしたんたん》と、ひたすら待ち構えて、そして……まあ、おたがい焦って先走りしないことだ。あんたの要求はアートグリスに間違いなく伝えよう」

そういい残すと、男はさっさとふたりのもとを離れ、自分の馬のそばに行くと、その背に跨がり、振り向きもせずに薄闇の中へ去っていった。

イェスティンは傍らのコリンとともに、消えゆく後ろ姿をじっと見送るかのように角灯を掲げていた。

「横柄な男ですな」農夫の腐《くさ》すような声が聞こえた。

「まったくだ」コリンが同意した。「今後数日は、やつがどう出るかが見ものというところだろう。よいか、これは〝フォエドゥス・アモールム（愛情による契約）〟などではない、あくまでも便宜上の協定であり、目的さえ達せられればいつでも打ち棄《す》てて構わぬものだ」

「クラドッグを信用なさってるんで？」

「まさか」コリンは鋭い笑い声をあげた。「やつの父親ですら、あの息子を信用してるかどうか怪しいものだ。だからこそクラドッグを、手もとに置いておくくらいならばむしろダヴエドを引っ掻きまわしてこい、とばかりにこの地へ送りこんだのだろう。それで思いだしたが、今一度やつのところへ行かねばならん。あの女……例のアイルランド女《グウィズエル》とサクソン人の連れについて、あれからなにか聞いているか？」

「あのふたりは戻ってきたばかりか、儂とヨーウェルスのところにまで訊問しに来やがったんでさ。あの馬鹿な女は、儂らの行動よりもマイルを殺した犯人を見つけることに躍起になってるらしいですがね」

「ヨーウェルスは、われわれに繋がるようなことを話していないだろうな？　あのケレディギオンの間抜け野郎が、ヨーウェルスの鍛冶場に馬を連れていったりするからだ」

イェスティンは即座にかぶりを振った。「あいつらになにが聞き出せるとおっしゃるんで？　情報ってのは出どころがなきゃあ始まらんのです。ヨーウェルスはなんにも知りゃしません。あのふたりがわれわれの計画について知る手段なんかまずねえですし、たとえ知ったからといって、そのときにはもう手遅れですわ」

コリンはしばし無言だった。「確かにそうかもしれん。だがあの修道女はけっして馬鹿ではない。アイルランドの法廷弁護士というのは知恵が回り機知に富んでいると聞く。あの女もまさにそうだ。あのサクソン人も同様だ。まさかあんなにやすやすとクラドッグの裏を掻き、やつの陣営から逃亡するとはな。百聞は一見にしかずとはまさにこのことだ」

「そのときが来りゃあ、あやつらの始末もつきますでしょう」イェスティンがいった。「ともかく、どうせやつらにはなにひとつわかりゃしません」

「だがな、イエスティン、わたしとしては、あのふたりがこのあたりの者たちになにやら訊きまわっているのがどうも気に喰わぬのだ」

イエスティンは請け合うようにくっと笑い声をあげた。「来るなら来やがれ、でさ。怖くもなんともありませんや。計画にはなんの支障もねえです。あいつらが関心があるのはマイルが殺された件だけみたいですしな」

「頼りにしているぞ、イエスティン」落ち着きはらった答えだった。「裏切りがなにを生むかは、おまえがいちばんよくわかっているはずだ」

ふたりの間に、ふいに沈黙が漂った。やがてコリンは向き直ると、自分の馬に跨がった。

「例のところからの情報は引きつづき知らせるように、イエスティン。モーガンがやつの指示どおりにすれば、グウラズィエンはじきになにかしらの行動に出るだろう。ひとたびことが動けば……この王国はわれわれのものだ！」彼は別れのしるしに片手をあげると、夜闇の中へ馬を走らせた。

イエスティンは彼が暗がりの中へ消えていくのを見守っていたが、やがて犬を振り向いた。犬は納屋の外で、両脚の間に頭を置き、伏せの姿勢であたりをじっと見ていたが、彼に気づくとクウンとちいさく鼻を鳴らした。

「戻れ、キィ、この馬鹿犬め」

犬は立ちあがると吠えはじめた。

イェスティンは立ち止まり、あたりをさっと見まわした。フィデルマとエイダルフは思わず身を屈め、豚舎の塀の陰に隠れた。

「ああ、そうか」イェスティンの声がした。「餌をやるのを忘れてたな。すまんすまん。骨をやろう」彼は踵を返すと母屋へ入っていった。

フィデルマはエイダルフの腕を摑むと、すぐさま塀を乗り越えた。犬がふたりの動きに気づき、ふたたび吠えだした。イェスティンの苛立たしげな声がかすかに聞こえた。

「うるさいぞ、馬鹿犬！　骨をやるから待ってろ！」

闇の中、フィデルマは先に立ち、ひたすら馬のもとをめざした。「さあ早く、ここから逃げましょう」彼女は小声でいった。

ふたりが馬を牽《ひ》いて納屋から離れると、たなびく雲の間から、ふいに月が顔を出した。だが青白い月が地平線あたりに低くかかっているだけで、夜闇を照らすまでには至らなかった。

「来た道を戻ることはできません」フィデルマがいった。「もしイェスティンが犬を放せば私たちを追いかけてくるでしょうし、すでにコリンがあの道を行っています。彼が戻ってくるかもしれません」

エイダルフは川に目を凝らした。「ここなら渡れるでしょう。さほど深くないようです。先に行ってください、フィデルマ」

彼女はいわれたとおり川に踏み入り、馬を促《うなが》して渡らせた。すこし川を遡《さかのぼ》ったところに水が湧き出ており、丸石や岩でできた壁の間を滝さながらに勢いよく流れていたので、足音が響くことはなかった。エイダルフも素早くあとに続いた。狂ったように吠えている犬の声が、まだ背後から聞こえていた。

馬は難なく土手をのぼり、まもなく、川の向こう岸に鬱蒼と生えている黒々とした木立の中に入っていった。道らしい道はなかなか見つからなかったが、やがて、縦一列になって進まねばならないほどの、ひじょうに細い道にようやく行き当たった。どうやらその道は町の方角へ続いているようだった。

その道をかなり進んだ頃、ここまで、山ほど浮かんできた質問をひたすら胸の内に呑みこんでいたエイダルフが、ここぞとばかりにその疑問の解消にかかった。まず沈黙を破ったのは彼女だった。

「なぜ当初の予定どおり、あの場に残ってイェスティンに話を聞かなかったのです?」

ひらけた場所に出たので、フィデルマは馬を止めて休ませた。「あまりよい頃合いとはいえなかったからです」彼女はいった。

「コリンはもういませんでしたし」エイダルフが指摘した。「私たちが出ていけば、イェスティンのふいを突き、洗いざらい白状させることができたんじゃないでしょうか」

彼女は首を横に振った。「とんでもありません、そのようなことをすれば、なぜ犬があれほどまでに騒いでいたのか、わざわざイェスティンに気づくきっかけを与えてしまったでしょう。ですがそうしなかったおかげで、イェスティンにも感づかれることなく、私たちは切り札を手に戻る機会を得たのです」

「正直にいって、私にはまるでわけがわかりません」エイダルフがこぼした。「筋道が通ったかと思えば、とたんに掴みどころがなくなる」

フィデルマはなんの気なく、馬の首を軽く叩いた。「私は今初めてようやく、わずかな光明が見えはじめてきた気がいたしますよ、エイダルフ」自信に満ちた声だった。

「それはまたどういうわけで？」

「私たちはたまたま陰謀に出くわしてしまったのです。グウラズィエンを失墜させ、ダヴェド王国を乗っ取るという陰謀に。スァンパデルンでのできごとも、おそらくこの陰謀となにか関わりがあるのでしょう」

エイダルフはしばし考えこんだ。「これは隣国の、ケレディギオン王国による陰謀だとおっしゃるのですか？」

「中心にいるのはケレディギオンです」

「ではこのたびの事件においては、ホウィッケとケレディギオンが関わっているというのですか？　私にはとても信じられませんね。ホウィッケはあらゆる民族の中でも、とりわけウ《ウ》エールズ《エリスク》人の統治者の野望になど興味のない者たちですよ」

「先入観でものをいっていませんか、エイダルフ？」

「サクソン諸王国のほかの国ならばいざ知らず、ホウィッケは辺境の民です。ウェールズ人《ウェリスク》の厄介ごとに関わろうなどとはまずしません」

「絶対に？」

「賭けてもいいです。こんな陰謀があるとまでわかって」エイダルフは続けた。「いささかこの地域に長居しすぎたとは思わないのですか？　もう修道院へ戻り、グウラズィエンに、あなたの王国が脅威に晒《さら》されているぞ、とでも警告してやるべきでは？」

「むろん、警告はしますとも」フィデルマが応じた。「ですが今は調査を放棄すべきときではありません。この地にはまだ、答えを得ていない質問が山のように残っています。このままここを離れて、この陰謀の裏にいる者の正体をただグウラズィエン本人に突き止めさせればよいというわけではないのです」

　エイダルフは胸の内で呻き声をあげた。心の奥底では、フィデルマがそのような反応をするだろうとはわかっていた。だがこのとき初めて不安が先に立った。因縁の敵地であるこの場所から早々に立ち去り、同胞のいる国へ、カンタベリーへ戻りたいと強く願った。もうこれ以上、ウェールズ人《ウェリスク》のただ中で危険な目に遭うのはうんざりだ。

「これ以上なにを知ろうというのです？」彼は問いただした。「この陰謀にはクラドッグとコリンが関わっていて、あのイェスティンという男が彼らと秘密を共有しているのはわかりました。さらにホウィッケの船がこのあたりの沿岸を航行している。あなたはそれすらも、今回の陰謀になんらかの関わりがあるにちがいないとおっしゃるのでしょう」

「それだけではたいした手がかりにはなりません」フィデルマは辛抱《しんぼう》強く諭《さと》した。「彼らがたがいにどういった関係にあるのか、それを正確に知ることができればより好都合です。湧いてくる数多《あまた》の疑問に対する答えが得られれば、おそらく……それも役に立つはずです。マイルを殺したのはクラドッグなのでしょうか？　もしそうだとすれば、ブラザー・メイリグは誰に、いかなる理由で殺害されたのでしょう？　なぜイドウァルはあのように都合よく命を奪われてしまったのでしょうか？　今回の件に、グウンダはいかなる関わりを持っているのでしょう？　なぜイェスティンはコリンに対してあのようにへりくだった態度を取っていたのでしょうか？　コリンに対する彼の言葉遣いを聞いたでしょう。次から次へと疑問が山積みではありませんか？」

エイダルフは、矢継ぎ早に繰り出される彼女の飽くことなき疑問を押しとどめるかのように片手をあげた。「確かに、私たちがまだ知らないことが山ほどあるのは認めます。なぜグウラズィエンは自国のバーヌウルをここへ寄越さず、われわれに事件を解明させようとしているのでしょう？」

「忘れましたか、私たちが彼からの委任を引き受けたからです」

「そうでしたね」諦めたようにエイダルフはいった。

「一度請け負った任務を途中でほうり出すのは、私の性分ではありませんの」フィデルマはつけ加えた。「〝フィーニス・コローナト・オプス！（結末が作品に冠を与えるのです）〟」

「こんな状況でなければ賛同したいところですが」エイダルフが呟いた。「この王国にいると、どうしても不安でしかたがないのです」

「わかっていますわ、エイダルフ」フィデルマの声は厳しかった。「あなたがそんなにも周囲に神経を尖らせているところなど、今まで見たことがありませんもの。ローマでも、私の国でも、ファールナで死を目前にしたときでさえ、そのようなことはありませんでした。あなたがそんなにも不安がるなんて、この国には、この国の民には、いったいなにがあるというのです？」

エイダルフは唇を一文字に固く結び、じっと考えこんでいた。「われわれサクソン人とブリトン人がたがいに憎悪を抱いていることは以前にもお話ししましたね。ウェールズ《ウェリスク》人は私たちの因縁の敵なのです」

「まあ、エイダルフ。あなたはキリスト教徒ではありませんか。何人《なんぴと》もあなたの敵ではないはずです」

「いいえ。敵は現実のものとして目の前にあるのです。サクソンという名だけでも、一部の人々にとっては、私を早々に亡き者にしたいと思わせるに充分なのです」

「それはほかの人々というより、あなた自身の認識の問題であるように私には思えますけれど。あなたが彼らを恐れずにいれば、向こうもあなたに憎しみを向けてこなくなるのでは？」

彼女のいうことが道理にかなっているということは、聡明なエイダルフにはむろんわかっていたが、何世紀にもわたって培われた思いはそう簡単に払拭できるものではなかった。

「私の抱いている恐怖心や憎悪はともかくとして、考えねばならないことがあるでしょう」

彼は不機嫌そうにいった。「このあとはどうするおつもりなのです？」

エイダルフには見えなかったが、暗闇の中で、フィデルマは気遣うような悲しげなまなざしを彼に向けた。「そうですわね。のんびりしている暇はありません。グウンダの屋敷に戻りましょう。今はヨーウェルスを訪ねてもしかたがないでしょう。ですがいずれ彼には、今夜エレンから聞かせてもらった話について訊問するつもりです。イェスティンからもなにか引き出せないかと考えています」

「このたびの陰謀について、グウラズィエンに警告する件はどうするのです？」

「デウィ少年が信頼に応えてくれれば、彼か、あるいは聖デウィ修道院の誰かしらが、明日の午後にはこちらに戻ってくるはずです。その者に折り返しことづてを持たせればよいでしょう」

ふたりが馬で町へ入っていくと、まだ火のついていない、巨大な篝火《かがりび》のための薪が積まれていた。てっぺんには、以前ヨーウェルスの鍛冶場に置いてあった、藁《わら》でこしらえた人形が載っていた。フィデルマは馬を止まらせてそれをじっと見つめると、エイダルフが驚いたことに、くすくすとちいさな笑い声をたてはじめた。

「いったいなんです？」エイダルフは問いかけた。

「私としたことが。疑問のひとつに対する答えは、とうに出ていたはずでしたのに」

エイダルフは辛抱強く待った。

「たった今、明日がなんの日だったか思いだしましたわ……篝火に、藁の人形」

「なんなのです？」エイダルフが詰め寄った。

「サウィン(2)祭です」

アイルランド発祥の祝祭の名を耳にして、エイダルフは眉根を寄せた。「つまり、万聖節前夜のことですか？」

「一年のうちでたった一夜、あちらの世界のものがこちらの世界でも見えるようになり、今世で私たちに傷つけられた者たちの魂がこちらへ戻ってきて、仕返しにやってくる晩ですわ」

# 第十七章

翌朝、エイダルフが起き出してきたときには、フィデルマはすでに起床して身支度を済ませていた。彼女は食卓につき、蜂蜜《はちみつ》を塗った焼きたてのパンを甘口の蜂蜜酒《ミード》で流しこんでいた。エイダルフが入っていくと、彼女は顔をあげ、挨拶代わりに軽く笑みを浮かべた。

「グウンダはやはりいないようですか？」腰をおろしてパンに手を伸ばしながら、エイダルフが訊ねた。

昨夜《ゆうべ》ふたりが戻ってきたとき、ペン・カエルの領主は留守で、ビズォグによると、おそらく今夜は戻らないだろうとのことだった。友人を訪ねているのだという。そこでフィデルマらは質素な夜食をとったのち、そのまま床についたのだった。

するとそこへ、扉がひらいてグウンダが入ってきた。驚いたことに、彼はふたりに向かって、丁重かつにこやかに挨拶をした。

「エレンから話は伺いました」というのがフィデルマの第一声だった。

グウンダはふたりのいるテーブルの席に同じく腰をおろした。「わたしがそう勧めたのだということは、娘から聞いているかね？」彼は訊ねた。

「私たちに話をしても構わない、とあなたがおっしゃったことは伺っています」フィデルマが答えた。「率直に申しますと、少々戸惑っております。最後にお目にかかったとき、あなたは、私たちがこの件に関わることに真っ向から反対していらしたではありませんか」

黒髭の領主は、椅子の上で居心地悪そうに身じろぎをした。

「イドウァルについては、わたしの見解は間違っていたのかもしれん」彼は認めたものの、自責の念を感じているようすは微塵《みじん》もなかった。「そこであなたがたにエレンの話を聞いてもらうのがいちばんよいのではないかと思ったのだ」

「間違いだったとおっしゃるのですか？」フィデルマの口調には棘《とげ》があった。「あの青年はすでに殺されているのですよ」

「娘の話を聞いて、マイルの死には別の理由があったのではないかという気がしはじめてな」

「つまり、イドウァルは無実だったということですか」エイダルフが指摘した。

「あの青年に対しておこなわれたことは、ひじょうに大きな過ちだったというほかない」グウンダは認めたものの、その口調は、後悔しているとはとうてい思えぬものだった。むしろ朗《ほが》らかとすらいえる口ぶりだった。

「過ちとおっしゃいますが、それは積極的な意味においても、消極的な意味においても、どちらにせよあなたが関わっていることに変わりはないでしょう」エイダルフは厳しくいいわたした。

「過ちだったのならば、いくらでも責めを負うつもりだ」グウンダはいった。「だがそもそもの原因は、激昂《げきこう》した者たちが暴走したせいだ」

「あなたが責めを負うべきところを検証してみましょう」フィデルマはいった。「マイルが殺害され、イドウァルが捕らえられたとき、あなたは現場に居合わせた最初の人物でした。ご自身がその時刻に森にいた理由を、なんとおっしゃっていました?」

そう訊かれてグウンダは考えこんだ。「よく憶えていないのだ。ただなんとなく馬を走らせていただけなのでな」

「あの朝、あの森には数人の人物がいたとみられます。マイルにイドウァル、イエスティン……それにビズォグまで」

ふいに、グウンダの顔の筋肉がこわばった。急に気分を損なったのか、これまで見せたことのない、不安げな表情がそのおもざしに浮かんだ。「南へ向かう本道を行き来するには、あの森を通らざるを得ない。人がいたからといって別に不思議ではない」

「娘さんと話すまで、あなたはイドウァルが犯人である、ということにすこしの疑いも抱いていませんでしたね。なのに今になってなぜそう思うのです?」

グウンダは言葉を探しつつ、ふたたび身じろぎをした。「娘は確信を持って話しているわけではない。娘のいうことが正しいとは、わたしにはいいきれぬ」

「あなたがあの朝マイルとイドウァルに出くわしたのは偶然だったのですか?」フィデルマ

は訊ねた。

「そうだ。イドウァルが彼女の死体を覗きこんでいるのをわたしはこの目で見た。先日も話したとおりだ。ブラザー・メイリグにも詳細をひととおり話した」

「ブラザー・メイリグは亡くなりましたので、あの朝あったできごとを、もう一度私たちにも聞かせてください」

グウンダは素っ気なく肩をすくめた。「通りかかったらイドウァルがマイルの上に屈みこんでいたのだ。彼女は息絶えていた。まもなく、複数の人間が騒ぎ立てる声が聞こえてきた。イドウァルが立ちあがって駆け出そうとしたので、わたしはやつを捕らえた。やがてヨーウエルスが町の男たちを引き連れてあらわれた。そのあとのことはご存じであろう?」

「あなたは初めからずっと、犯人はイドウァルだと主張していらっしゃいましたね。彼に集団で制裁を加えたことにも擁護を唱えておいででした。私どもに対しては、この件に関して調査はするなとまでおっしゃった。ところが……今になって、あなたは突如としてお考えを変えたようにお見受けします。私にはそれが不思議でならないのですが?」

「わたしはペン・カエルの領主だ。答える義務はない」グウンダは答えた。「ともかく」彼の声が和らいだ。「娘の命が危険に晒《さら》されているとなれば、過ちとて認めようではないか。そもそも、イドウァルを法に則って裁判にかけるべくバーヌウルを呼び寄せたのは、ほかでもないこのわたしのはずだが?」

「だとしても、彼が結局裁判にかけられることはありませんでした」エイダルフがちくりといった。

「マイル殺しの犯人がやつだろうがそうでなかろうが、やつが逃亡を図るためにブラザー・メイリグを殺したであろうことはまず間違いない。ゆえにやつが死んだのは、けっして正当な理由なきものではなかろう」

「彼が縛り首にされたとき、あなたはその場にいましたか？」エイダルフがふいに訊ねた。

グウンダは激しくかぶりを振った。「わたしが到着したのはことが済んでからのことだった。わが領民たちがあの青年を捕らえたと聞かされ、わたしがその場についたときには、すでに彼は息絶えていた」

「ペン・カエルの領主として、それらのことが正当におこなわれるべく見計らうのがあなたの務めではないのですか。ところがあなたには、彼を死に追いやった者たちの罪を問うおつもりはないようだ」

「あの青年に対する彼らの怒りはもっともだ」

「けれどもマイル殺害の犯人は彼ではなかったかもしれない、と今さらおっしゃるのですか？」フィデルマが指摘した。

グウンダは無言だった。

「あなたは、昨日の午後には私どもがこの件に関する取り調べをおこなうことに対して猛烈に反対なさっていたにもかかわらず、さほど経たぬうちに、エレンが私どもと話すことを承諾なさっていますね」

「別段おかしなことではなかろう。わたしの立場は初めから同じだ。今でもわたしは、この件に関してあなたがたに首を差し挟む権利はないと思っている。あなたがたがここへ来たのはスァンパデルンの謎を解くためであろう。最初からなにひとつ変わらぬ。だがエレンが、クラドッグのことをあなたがたに話しておけば、グウラズィエン王のお耳にも入るのではないかというのでな。それはやぶさかでない。はっきりさせておくが、わたしはエレンの疑念には耳を傾けるが、イドウァルがブラザー・メイリグ殺しの犯人だという意見を変えるつもりはない。つまりそういうことだ。森からクラドッグ一味を一掃するなり、エレンが偶然耳にしたという陰謀を暴くなり、あとはグウラズィエン王にお任せすればよい」

ややあって、フィデルマは、これ以上彼から聞き出せるものはなさそうだ、とばかりにため息をついた。「ご助力に感謝いたします、グウンダ。あとひとつお聞かせください。エレンが目撃したという密談はいったいなんだったとお思いですか?」

グウンダは鼻梁《びりょう》をこすりながら考えこんだ。「クラドッグは、このあたりではよく知られた盗っ人だ。やつとその一味はこの数か月、〈ファノン・ドゥルイディオンの森〉をわがもの顔に陣取っている。やつに修道士との関わりがあるとはとうてい思えぬ。やつらが話していたという計画についても、わたしには知るよしもない」

「クラドッグの素性はいっさい不明だ、とあなたはおっしゃっていましたね」フィデルマは訊ねた。「もしそれについてすこしでも手がかりがあれば、今回の件についてなにかしらわかってくるのではないでしょうか。彼の同胞であるコリンについてはいかがです？　彼は、クラドッグとともにあの無法者一味の頭《かしら》を務めているようですが？」

「その者についてはまったく知らぬ。聞いているのはクラドッグのことだけだ」

グウンダが、会話の終わりを告げるがごとく、ふいに立ちあがった。彼は窓の外をちらりと見やると笑みを浮かべた。「いい天気だ。昨夜降ったきり雨は降っていない。聖デウィ修道院への道のりもさぞ快適だろう」

フィデルマはエイダルフと視線を交わした。「なぜ、私どもが今日、修道院へ戻るだろうとお思いになったのです？」彼女は訊ねた。

くるりと振り向いたグウンダは、冷ややかに目をすがめた。「申したであろう、もてなしは昨夜のみだ。ここにとどまっていただく理由は、もはやなにもない」

「いいえ」やはり立ちあがりながら、フィデルマはいった。「とどまる理由はまだ山ほどございますわ」

グウンダが必死に苛立ちを抑えているのがわかった。まさしく彼が怒りを口にしようとしたそのとき、おもてで叫び声がしたかと思うと、扉が勢いよくひらいた。恐怖に目を見ひらいた若者が部屋に慌てて駆けこんできて、三人の姿を認めると、息も絶え絶えに、つんのめりそうな勢いで足を止めた。

「襲撃だあ！」ややあって、ようやく声が出た。「襲ってきた！　サクソンどもの艦隊が」

「なんだと？」グウンダは若者を凝視し、息を呑んだ。「サクソンの襲撃？　どこにだ？」

エイダルフは心の内で呻《うめ》き声をあげつつ、立ちあがった。

「もっと詳しく聞かせてもらえますか？」フィデルマは若者に向かい、鋭い口調で求めた。

「そのサクソンの艦隊はどこにあらわれたのです？」

動揺のあまり答えることのできない若者の腕を、グウンダがぐいと摑んだ。

「いえ！」彼は怒鳴りつけた。「サクソンどもはどこに接岸したのだ？」

「親父は牛飼いのタロックっていうんですけど、旦那様。親父の牛どもはいっつも、こっから北へしばらく行ったあたりのカレグワスタッドの野っ原で草を喰ってるんでさ。ほれ――入り江を見おろす古い岬のとこの」

「わかった、わかった。知っているとも。それで、サクソン船は何隻いたのだ？」グウンダが苛立たしげに詰め寄った。

「そこで牛どもの世話をしてたら、妹のやつが、見たこともねえ船が入り江に入ってきたって、走って知らせに来たんでさ――」

「つまり、サクソンの船は一隻だけということですか？」フィデルマが割って入った。

「一隻だろうと充分だ」グウンダが即座に口を挟んだ。「続きを話せ、小僧。武人は何人いた？　そいつらは今どこにいる？」

若者はうろたえたようすでひとりひとりの顔を見ると、腹をくくったのか、さらに続けた。

「それでみんなで見に行って、ありゃあサクソンの船だ、しるしを見りゃわかる、って親父がいったんでさ。そしたら、なんか変だ、って親父が」

「そのしるしが変だったということですか？　どういうことです？」エイダルフが遮《さえぎ》った。

「しるしのことは今はどうでもよい。それからなにがあった？」グウンダが急かした。

「サクソンの船から小舟がいくつか、下にある岩だらけの浜におりてきたんでさ。戦《いくさ》用の斧と、まん円い形の盾《たて》を持ったサクソンの武人が二十人くらい、岬のあたりから陸にあがってきて……」

グウンダは大きな呻き声をあげた。「あの場所か。あのあたりからは上陸もたやすい。この町を襲撃するつもりか、しかしわれわれの側には、腕におぼえのある者たちを集めてもせいぜい五、六人しかおらぬ。あるいは町を放棄し、森へ避難せねばならぬかもしれんな」

フィデルマは若者のほうへ身を乗り出した。「彼らが上陸しようとしているところは見ましたか？」

若者は首を横に振った。「親父は妹とお袋に、大事なものをできるだけ持って、急いで森の隠れ家に逃げろ、って叫んだんでさ。それから親父は、戻って牛どもを安全なところへ連れてくから、おまえは急いで町の人に知らせてこい、って」

グウンダは途方に暮れたように立ちつくした。「町を護れるだけの武人はおらぬ」彼は呻き声をあげた。「すぐに避難せねば！」

「民を恐怖に駆り立てて逃げ惑わせる前に、まず相手の意図を知ることが先ではございませんか」フィデルマが勧めた。

「意図だと？」グウンダは乾いた笑い声をあげた。「やつらはサクソン人だぞ。犯し、奪い、焼く以外になんの意図があるというのだ。蛮族ではないか！」

エイダルフがさっと顔を赤らめた。「わたしの同胞は蛮族などではありません」怒りのあまりに声が張りつめた。

「では、連中がわれわれと平和裡に交易でもするためにやってきたというのかね？」グウンダは鼻白んだ。

エイダルフは詰め寄らんばかりに一歩踏み出した。だがそこで足を止め、その衝動を抑えた。「彼らがここに来た理由はまだわかりません。逃げるべきなのか、それとも攻撃すべきなのかもまだ判断はしかねます」

「スァンパデルンでの襲撃ですでに学んだであろう？　それともこのなによりの証拠を否定するつもりかね？　まさかわたしに岬まで出向いて、あちらの意向を丁重に伺ってこいなどとはいわぬであろうな？」

「そうしてくださるのが、あなたのご提案よりもよほどたやすい方法だと思いますが」エイダルフは思わず答えていた。

「とはいえ、賢明なやりかたとはいえませんわね」フィデルマはいい、立ちあがってエイダルフの腕に片手を添えた。彼が冷静さを失いかけていることに気づいたからだ。彼のやり場のない怒りは、サクソン人であるというみずからの立場に対して抱かざるを得ない罪悪感から来ているものだと、フィデルマにはわかっていた。

「スァヌウンダの民の中に、そのサクソン人たちに会いに行こうと名乗り出る者がいないのならば、私がまいります。私が彼らの要求を聞いてきましょう」彼はいった。

グウンダは驚いた顔でしばらく彼を見つめていたが、やがて低く笑い声をたてた。「なるほど、なにしろご同胞だからな。命乞いでもしようというのかね」

フィデルマは腹立たしげに息をひとつ吐くと、エイダルフの前に進み出た。だが彼を庇《かば》うつもりというよりは、連れが怒りにまかせて相手に肉体的な危害を与えぬよう、むしろグウンダを庇ったのだった。

「長《おさ》にあるまじき振る舞いですわね、グウンダ。ブラザー・エイダルフは、私の、そしてこの地にいるすべての者の命にも代えがたいほど、私が心から信頼を置いているかたですわ」彼女はふと口ごもり、エイダルフに向き直った。「彼らがなにものであれ、話し合いの場を持とうというのはよい考えです。あるいは少なくとも、彼らの意図がいずこにあるのかを知るべく近づいてみるのはよいかもしれません」

エイダルフはまだ怒りに震えていた。「自己保身のために行くといったのではありません」彼は唸るようにいった。「ともかく私が向かいます」

「私たちが、です」フィデルマは笑みを浮かべ、彼の言葉を正した。

エイダルフは断固として首を横に振った。「私ひとりでまいります。グウンダのいうことにも一理ある。彼らの意図が戦にあるとしても、同胞であるサクソン人を傷つけることはしないでしょう」

「そうかもしれませんが」フィデルマはしぶしぶながら認めた。彼のいいぶんも確かに理解できる。「でも、私もできるだけ近くまで――」

「ぐずぐずしている暇はない」グウンダが口を挟んだ。「森へ避難するよう、町の者たちには指示を出す。あの蛮族どもがいったいどういうつもりなのか、あなたがたが知らせを持って戻ってくるのを待っている余裕はない」

「よろしいようになさればよいですわ、グウンダ」フィデルマは若者に向き直った。「その上陸地点はどちらの方角ですか」

若者は北を指し示した。「あっちの方角への道をずうっと行くと海に出るんでさ。北に一、二キロってとこですかね。すぐに入り江が見えまさあ」

フィデルマとエイダルフは厩《うまや》へ向かい、自分たちの馬に鞍を置いた。ふたりが町を出るときにはすでに、グウンダにより町じゅうに警鐘が鳴り響きはじめていた。子どもたちを呼び寄せる人々や、家財を持ち出そうとする人々がそこらじゅうを駆けまわり、町は阿鼻叫喚《あびきようかん》と化していた。フィデルマはエイダルフに呼びかけた。「サクソン人たちの姿が見えるところまで行ったら、私はすぐに隠れますから、あなたはそのまま向かってください。ですが、お願いですから、どうかエイダルフ、くれぐれも気をつけて」

エイダルフは彼女にぱっと笑顔を向けた。「あの間抜けなグウンダなどのために、命を投げ出すつもりなど毛頭ありませんよ」

「もしそのサクソン人たちと接触が図れたら、その船が、スァンパデルンの修道士たちの遺体が発見された場所で目撃されたのと同じ船なのか、そして彼らがその襲撃についてなにか知っているかどうか、できれば確認してください」

それからは、ふたりは無言のままひたすら北へ向かう小径《こみち》を進んだ。こんもりとひとかたまりになって茂った雑木林の向こうに、海が見えてきた。だがふたりの歩みを止めたのはその光景ではなかった。奇妙なリズムを刻む音が聞こえてきたのだ。音程のついた詠唱にも聞こえたが、じっさいはそうではなかった。どこかおどろおどろしい響きだった。エイダルフは手綱を引くようフィデルマに身振りで伝えると木陰を指さした。

「こちらへ来ます」彼は声をひそめて告げた。「あれはサクソンの戦いの歌です。隠れていてください。もしなにかあったら……地獄の鬼たちにでも追われているつもりで、全速力で馬を走らせて逃げてください」

フィデルマはわかった、というしるしに片手をあげると、馬の首を回し、木々の陰へ入っていった。

エイダルフは彼女の姿が完全に隠れたのを見届けると、馬を歩かせ、打楽器を打ち鳴らすような奇妙な音のするほうへ近づいていった。のぼり坂の角を曲がると、眼下には、おそらく見慣れていない者が見れば、まるで奇妙な蛇が、脇腹を覆う風変わりな鱗を陽光にきらめかせながら、小径に沿ってゆっくりと動いているような、そんな光景がひろがっていた。だがこうした光景を見たことのある者の目には、それが二列をなして進む男たちの行列であり、ひとりひとりが大きな円形の盾を、列の両側を護るように掲げ、そのせいで武人たちの姿はほとんど隠れているのだ、ということがわかった。みな、角《つの》のような飾りのついた鉄兜《かぶと》を被り、両刃の戦斧《せんぷ》を構えている。

行列は革のブーツの踵《かかと》を響かせながら、足並みを揃えて行進していた。そして武人たちが、規則的かつ単調なリズムで、天に向かって腕を掲げるたびに、その手に握った戦斧が金属製の盾の縁《ふち》に当たり、荒々しい太鼓のような音が響きわたった。けっして乱れぬその音を聞いていると、頭が朦朧《もうろう》としてきた。音と音の合間には、「〝アップ・ザ・ヨール！（太守万歳）アップ・アーンフリス！（アーンフリス万歳）〟」という雄叫びがあがり、ふたたび戦斧で盾を打つ音がえんえんと鳴り響いた。相手の不安を煽《あお》るための音であり、まさしくそれが成功していた。サクソンの武人たちが敵を威嚇《いかく》すべく鬨《とき》の声をあげながら隊列を組んで行進しているところは、かつてエイダルフも幾度か目にしたことがあった。
ふいに隊列が行進をやめ、あたりが静まり返った。

なにものかが馬上のエイダルフに気づき、命令をくだしたようだった。願わくは隊列を組んだ武人たちの中に弓矢で武装した者がいないことを、そしてたとえいたとしても、どうか声の届く範囲にたどり着く前にその弓矢を使おうだなどと思わないでくれることを、エイダルフは心から願った。彼はじっと待っている隊列のほうへ馬をゆっくりと近づけた。

「ようこそ、同胞たちよ!」彼は隊列の先頭から四、五メートル離れたところで馬を止め、呼びかけた。「この国にはどのようなご用で?」

隊列は無言のまま立ちつくしていたが、やがてサクソンの言葉で返事があった。

「われわれの言葉を話すおまえはなにものだ?」

「私は南部サクソンの、〝サックスムンド・ハムのエイダルフ〟と申します」

「キリスト教徒か?」その声はまだ疑わしげだった。

「そうです」

「われわれはホウィッケの者だ!」答える声は冷ややかだった。

エイダルフは冷たいものが全身を駆け抜けるのを感じた。フィデルマに話した、まさにその民が目の前にいるのだ。その武勇は伝説ともなっており、いにしえの信仰をけっして手放さず、略奪の氏族の長たる主神、ウォドンを崇拝する者たちだ。

「ホウィッケの名は存じています」エイダルフはなんとか笑顔をつくった。「ホウィッケは、サクソン、アングロ、ジュートの諸王国の中でも名の知れた国です。ですが、ホウィッケの武人がたはみな勇敢かつ寛大であり、よそ者にも礼を尽くしてくださるかたがただと私は聞いております――たとえ相手が、見知らぬ国にいるキリスト教の修道士だとしても」

ふとした沈黙が漂い、呟きがひろがったかと思うと、やがて高らかな笑い声が響きわたった。エイダルフは必死に不安をおもてに出すまいとした。

「なかなか弁が立つな、キリスト教徒のエイダルフよ」声が届いた。「話してみよ、ここでなにをしている」

ここはあえて正直に語ろう、とエイダルフは心を決めた。「私は、連れの者とともに、ケント王国のカンタベリーに向かう旅の途中なのです。乗っていた船が時化《しけ》に遭い、数日前にこの国に漂着しました」

「その間に、ウエールズ人《ウェリスク》どもから憎悪を向けられることはなかったのか?」問いただす声には驚きが満ちていた。

「嫌悪の念はずいぶんと向けられましたが、なんとか切り抜けてまいりました。ですがこの国の人々はキリスト教徒ですから、正当な理由もなく相手の命を奪うようなことはいたしません」

「サクソン人だというだけで充分な理由になると考える者も少なくはない。おそらくは、おまえのそのキリスト教の流儀が、そういった犬どもをおとなしくさせたのだろう、エイダルフ」声が答えた。「ウエールズ《ウエリスク》の武人どもの居場所を知っているのか？ やつらはわれわれを攻撃するつもりなのか？」

エイダルフは素早く考えを巡らせた。どちらと答えたほうが効果的だろうか？ 真実を話すべきだろうか、それとも武人たちは近くにいる、と多少の嘘はつくべきだろうか？ ここは正直に話しておいたほうがよさそうだ。

「武人たちは近くにはいません、ホウィッケのおかた。ここは、羊飼いや家畜飼いたちが平和に行き来する土地です」

「誓うか？ ウォドンの剣に誓えるか？」

エイダルフはかぶりを振った。「ウォドンの剣に誓うことは、私にとっては無意味です。かわりに、私の崇めるキリストの十字架に誓いましょう」

「よかろう。では誓うのだな？」

「はい。ウエールズ《ウエリスク》の大きな戦士団は、即座に馬を飛ばせる距離にはおりません。聖なる十字架に誓いますとも！」

武人たちは命令をひと声受けると隊列を崩した。盾はおろされ、戦闘隊形が解かれて、エイダルフは彼に呼びかけていた人物と、面と向かって顔を合わせた。男は盾をおろすと鉄兜を脱いだ。驚いたことに、エイダルフと話していた相手は、明らかに二十歳そこそこの、金髪の若者だった。美しい顔立ちをしており、深くくぼんだ灰色の目が、菫《すみれ》色にすら見えるほどにはっきりと目立っていた。長身で逞しい身体つきをしており、武人になるべく生まれてきたようにすら見えた。エイダルフはひと目見て、彼の腹蔵のない若々しい顔つきが気に入った。

「このウエールズ《ウエリスク》の地でお会いできてなによりだ、キリスト教徒のエイダルフよ」若者はにこやかに笑みを浮かべた。「わたしはオスリック太守、ホウィッケの王アーンフリスのセイン（従士）だ」

エイダルフは馬をおり、太守に数歩近づいた。「お目にかかれて光栄です、ホウィッケのオスリック殿。〝パクス・テークム！（あなたがたの上に平安あれ）〟」

オスリックはふたたびにんまりと笑った。「わたしはラテン語は解さぬ、エイダルフ。サクソン語で話してくれたまえ。わたしはキリスト教徒ではない。わたしには、わが父祖たちの時代より受け継がれた神々がおわすのだ」

「じつは私も〝グイド・プロー・クォー〟を求めるつもりだったのですが、あなたはラテン語を話されないとのことですので、翻訳いたしましょう。〝なにかのためのなにか〟すなわち〝等価交換〟です。私はあなたに、ここにはウエールズ《ウエリスク》の武人たちはいないとお教えしました。ですから今度はあなたが私に教えてくださる番です」

オスリックはくくっと笑い声をあげた。「その風変わりなキリスト教の修道院に入る前は商人だったとでもいうのか、わが友よ？」

「私は世襲のゲレファを務める家の生まれです」エイダルフは請け合った。

「行政官か。気づくべきであったな」若い従士は歪んだ笑みを浮かべて答えた。「では駆け引きはやめだ。なにを知りたい？」

「この海岸でなにをしておいでです？　ここの住人たちに危害を加えるおつもりですか？」

オスリックは森の方角を指し示した。「あの森で、見つけうるかぎり最も高い木を切ろうと思ってここへ来た」

それはまったく予想外の答えで、エイダルフの表情にもそれがありありと浮かんだ。

オスリックはまだ笑っていた。「ゲレファなるわが友よ」彼はいった。「嘘偽りない真実だ。われわれの船の帆柱《マスト》が折れてしまい、ようやくの思いであの岬の先にある入り江にたどり着いた」彼は肩の上で片手をひらひらと振った。「新しい帆柱《マスト》が必要なのだ。だがここがウェ《ウ》ールズ人《エリスク》の国である以上、戦には備えねばならぬ」

「では、鬨の声をあげていたのはそれが理由だったのですか？」

「そうしておけば、われわれの目的を果たす間くらいは、みな恐れをなして近づいてこぬであろう」

彼が振り向き、鋭い声で命令を発すると、高い木を探すべく、部下たちが近くの森をめざして駆け出していった。

船大工の長とみられるそのうちのひとりが、背の高い、細長いオークの木を指さした。斧を手にしたふたりの男が進み出て、真剣な面持ちで木を切り倒しに向かった。金属の刃が幹に打ちこまれるたびに、その音があたりに響きわたった。彼らはいっときの時間さえ無駄にしなかった。じつに手早く、手際のよい作業だった。

「数日前に、沿岸に停泊していた船はあなたがたの船ですか?」エイダルフは訊ねた。

オスリックは面白がるような笑みをたたえて彼に向き直った。「まだ質問があるのか? おまえのいっていたラテン語のいいまわしは、確かひとつの質問にはひとつの質問を、ではなかったか?」

「そちらからまだ訊きたいことがおありならば、喜んでお答えしますよ」エイダルフは申し出た。ふいにこの若者のことが好ましく思えた。ホウィッケ人であろうがそうでなかろうが、異教徒であろうがそうでなかろうが、やはり同胞の者が相手だと気が楽だった。

「察しのとおりだ。われわれの船はこの一週間ほど、このあたりの沿岸を行き来していた。あるウエールズ《ウェリスク》の船を追っているのだ」

「念のために伺うのですが、ひょっとしてこのあたりの……南のほうにある、ウエールズ《ウェリスク》の修道院を襲撃してはいませんか?」

オスリックは力強くかぶりを振った。「そのような無駄なことはせぬ」

エイダルフはその返答に驚いた。「襲撃していない、と?」彼はさらに詰め寄った。

「なぜそのようなことを訊く？　まさかウェールズ《ウエリスク》の連中が、われわれに襲撃されたとでもいい張っているのか？」

「そう主張している者がいるのです。数日前、あちらの方角にある入り江に、サクソンの船が停泊しているのが目撃されました」彼は片手でその場所を指し示した。

「それはわたしの船、〈波切丸〉だ」オスリックが応じた。

「オスリック殿、あなたの船が停泊していた場所からさほど離れていない場所に、スァンパデルンという修道院があるのです。そこの修道院長が縛り首にされ、修道士たちが攫《さら》われました。そのうちの数名が遺体となって浜辺で発見され、そのそばにはホウィッケの武器がいくつも落ちていました」

「われわれには憶えがない」オスリックがきっぱりといった。

エイダルフはさらに踏みこんでみた。「そのうえ、その修道院では異国人の遺体が発見されたのです」

オスリックが目をすがめた。「つまりおまえがいいたいのは、ゲレファなるわが友よ、その遺体には重要な意味がある、ということか」

「遺体はホウィッケ人のものでした」

オスリックは深刻な表情で彼を見やった。「その遺体の特徴は」

エイダルフが遺体の特徴を彼に話して聞かせると、若き従士は低く長いため息をついた。

「セイクだ」

「セイクとは？」

「わたしの船の乗組員だ。先ほど話していた入り江に停泊した夜、彼はもうひとりの乗組員とともに上陸した。ふたりともウエールズ《ウエリスク》の言葉が話せるので、情報収集をするといって出ていったのだ。だが戻ってきたのはサイクスバルドだけだった」オスリックが出し抜けに武人たちをさっと見まわした。「サイクスバルド！　ここへ！」

長身の武人が集団から抜けて走り出てきた。

「サイクスバルド、おまえがセイクとともに上陸した夜に起こったできごとを、こちらのゲレファ殿に話してさしあげろ」

武人はエイダルフに向き直った。「自分らは海岸沿いを偵察しておりました、するとなんの前触れもなく、ウエールズ《ウエリスク》の騎馬の一団がこちらへ向かってきたのです。われわれは応戦しましたが、セイクは、捕虜となるくらいならば命を差し出さんとばかりに精一杯戦ったものの、まもなく打ち負かされてしまいました。われわれは戦闘中に引き離され、自分は彼を置き去りにするよりしかたがありませんでした。命からがらようやく船へ戻ってきたというわけです」

「セイクは死んだ」オスリックが男に告げた。

「願わくは、彼が死を迎えたさい、その手に剣があり、その唇にウォドンの名がのぼせしことを」武人が朗唱した。

「そのウェールズ人《ウエリスク》たちがなにものだかわかりましたか？」

「武人でした、それは間違いありません。じつに戦いに慣れていました」

「戦っている間に、その中の誰かが名前を叫ぶようなことはありませんでしたか？」

「名前ですか？　いいえ。自分が聞いた叫び声は……そういえば妙でしたな。ウェールズ《ウエリスク》の武人のひとりが、なにかに刺されたというようなことをいったのです」

「刺された？」エイダルフが訊ねた。

「雀蜂《すずめばち》がどうの、と」

満足げな笑みが、ゆっくりとエイダルフの顔にひろがった。

ずしん、と木の倒れる音が響いた。武人たちがその屈強な斧を用い、みるみるうちに枝を落とし樹皮を剝いでいった。オスリックは長身の武人サイクスバルドに、仲間たちのもとへ戻るよう身振りで告げた。

「哀れなセイクは、死ぬ前に拷問を加えられていたか？」彼が訊ねた。

「いいえ、拷問は受けていませんでした。剣で胸を貫《つらぬ》かれたようでした」

オスリックは思いを馳せるように顎をさすった。「戦って死んだのだと思うか？」

「間違いなくそうでしょう。彼が相手にも深傷《ふかで》を負わせたこともわかっています」

「では彼の両親に、あなたがたの息子は手に剣を握り、唇にウォドンの名をのぼせて死んだゆえ、不死の者たちの住まう〈英雄の広間〉へ迎え入れられるであろう、と伝えることができる」

エイダルフは不服そうだった。「私としては、異教の信条に賛同するわけにまいりませんので」

「高潔な人物とお見受けする、ゲレファ殿。さもあらん。だが、それを否定するようなものごとを見聞きしたというのではあるまいな？」

「いいえ、なにも。ですがなぜ彼は、わざわざ修道院のようなところで殺されていたのでしょう？」

「ウエールズ《ウエリスク》の修道士が彼を殺したのではない、と？」

「自衛のためでもなければ、修道士たちが彼に危害を加えるはずはありません。彼を捕らえ、命を奪ったのはウエールズ《ウエリスク》の武人たちです」

「その修道院のことは初耳だ。われわれが入り江に船を停泊させたのは、すでに日が暮れていたうえ、われわれにとってこのあたりの海域は未知のものだったからだ」

「夜明けとともに、行方の知れぬ乗組員の捜索には向かわなかったのですか？」

「やむを得ぬ場合を除き、われわれは仲間を見捨てるようなことは断じてせぬ。ゲレファ殿もそれはご存じだろう。むろん朝一番に捜索をおこなった。だが岸にいた住民らしき者に気づかれたため、結局なにも発見できぬまま、しかたなく捜索を断念したのだ。気づかれてなお捜索を続けることは愚の骨頂であった。この近隣にどれほどの数の敵が控えているのか見当もつかなかったからだ」

「待ってください」エイダルフがいった。「少なくとも敵が数人はいたことがわかっていたはずです。あなたの部下のセイクを連れていった武人たちはどうなったのです？　なぜ夜が明けてからも、彼らは襲撃してこなかったのでしょうか？」

オスリックは払いのけるような仕草をした。「連中は姿をくらました。セイクを連れてそのままどこかへ消えたのだ」

「それでそのあとは？」

「われわれはふたたび船出した」

「そうなるとさらに疑問が湧いてまいります。そもそもあなたがたは、お国からこんなにも離れた場所でいったいなにをしているのです？」

ふと会話が途切れ、若き従士は一瞬、まるでなにかを探るように、エイダルフの表情をまじまじと見た。

「信頼できる相手と見越してお答えする、ゲレファ殿。なかなかに志の高い者のようだ。われわれはあるウエールズ《ウエリスク》の船を追っている。アーサーの息子モーガンの名を聞いたことはあるか？　われわれの王国と国境を接するグウェントの王だ」

「そのあたりの地域のできごとについては、じつはあまり通じておりませんで」エイダルフは白状した。

「まあよい、このモーガンというのはわれわれと常に敵対している。狡猾《こうかつ》で無慈悲な男だ。長年にわたりグウェントを治めている」

「モーガン？」つい最近その名を耳にしたが、それはどこでのことだっただろうか、とエイダルフは懸命に記憶をたどった。

「われわれはやつの船のうちの一隻を追っていた。やつは国境を流れるセヴェルン川を越えてわれらの領土へ攻め入ったのだ。ひじょうに長い追撃となった。だが結局は逃げられてしまった。もはやわれわれとしては、セイクとウィガーを失った以上の悲しみを家族たちにこれ以上与えぬよう、国へ戻るしかない。ウィガーは時化のさいに海へ転落した。わが船の帆《マス》柱《ト》を折ったあの時化で」

彼は部下たちのほうを指し示した。背の高いオークの木は枝を落とされ、すっかり形を整えられていた。

「木を切り倒すのにあまりよい頃合いではなかった」ちらりと空を見やり、彼はいった。「だが時を選んではいられぬ。故郷に戻れるならばなんでもよい」

エイダルフはどこか上の空で頷いた。「まだ少々腑に落ちないのですが。船での襲撃も、追撃も珍しいことではありません。それはわかります。ですがあなたがたの船は、そのたった一隻を追ってこんなにはるばる遠くまでやってきたという。なぜそこまでして、そのウェ《ウェ》ールズ人《リスク》を追っているのです、従士のオスリック殿？」

　オスリックは一瞬眉をひそめた。「質問が多いな、キリスト教徒のエイダルフ」

「謎を謎として残しておくのが我慢ならない質《たち》でして」エイダルフは泰然と答えた。

「ならばお答えしよう。かのウェールズ人《ウェリスク》は、襲撃のさいに数名の人質を攫っていった。その中には、アーンフリス王の十歳の娘御であるエルフィン王女もいた。件のモーガンの船をわたしがここまで執拗《しつよう》に追っているのはそれが理由だ」

　オスリックの部下のひとりが進み出て、彼に敬礼した。「準備が整いました、太守殿」

「ご苦労。では出航準備だ」

　男は振り返ると大声で命令をくだした。戦斧の長い柄を並べ、その上を転がされてきた木の幹に武人たちが屈みこみ、まるで小枝かなにかのように軽々と持ちあげた。ふたたび鋭い命令が飛ぶと、武人たちは足並みを揃え、もと来た小径の方角めざして戻っていった。

「ホウィッケまでわれわれとともに旅をするのならば歓迎するぞ」オスリックは申し出てから、悪戯《いたずら》っぽい目でちらりと彼を見ていい添えた。「先約があるというのなら別だが」

「ええ、先約がありまして」エイダルフは答えた。「セイクは、キリスト教の形式できちんと葬らせていただきます」

　オスリックはかぶりを振ると、ふたたび盾を肩に担《かつ》ぎ、戦斧を手に持った。「それは彼の名誉を損なうおこないだ。ならぬ、遺体はそのままにしておけ。彼がいかなる死を遂げたかなど、これ以上詮索してくれるな。今頃彼は〈英雄の広間〉で不死なる者たちと賭けに興じていると思えば、家族にとっても心の安らぎとなる。年かさの男たちは夜ごと暖炉を囲み、彼の勇猛を歌にして語り継ぐだろう。彼の名声もまた不死のものとなり、その物語は、気の毒なアーンフリス王が失われし幼き娘エルフィンを褒め称える言葉よりもさらに長く語り継がれるであろう。悲しいかな、もはやモーガンの乗ったウェールズ《ウエリスク》の船を追うことは不可能だ」

彼は挨拶のしるしに戦斧を頭上に高く掲げた。「さらばだ、キリスト教徒であり、ゲレファとしての顔をも持つエイダルフよ」

エイダルフは突然慌てふためいた。フィデルマにはまだ訊きたいことが、掘りさげたい真実があるはずだ。だが頭の中が真っ白だった。結局口にできたのはこれだけだった。「よき風があなたがたを故郷へ送ってくださいますように、ホウィッケのオスリックよ」武人たちがそれぞれの持ちものを持ち、オスリックに従って早足に坂をくだっていくのを、彼はただ立ちつくしたまま見つめていた。

エイダルフの背後から、フィデルマが、自分の馬を牽《ひ》きながら徒歩で森の陰から姿をあらわした。振り返って向かい合うと、彼女は安堵の表情を浮かべていた。

「あのサクソン人たちは友好的な人々だったようですね」彼女はいった。

「船の帆柱《マスト》が折れて、代わりになる材木を調達しに来たのだそうです」彼は説明した。

「そのようですわね」彼女は笑みを浮かべた。「ほかになにかわかりましたか？　あの長とおぼしき若者と、ずいぶんと長く話していたではありませんか」

「名はオスリックというそうです。ホウィッケ王アーンフリスの従士だとか」

彼女が軽く両目を見ひらいた。「では、あの者たちはホウィッケ人だったのですか？」あいかわらず発音には難儀しているようだ。「ということは……」

「鍛冶職人のゴフが話していたのは彼らの船のことだったのです。それにスァンパデルンにあったホウィッケ人の遺体は、彼らの乗組員のひとりであるセイクという男のものでした」フィデルマは低い声でいった。「あなたとオスリックとの間で交わされた話を、初めから終わりまで聞かせてください」

エイダルフはいわれたとおりに、思いだせるかぎり、できるだけ同じいいまわしを用いて話した。フィデルマはときおり頷いては、説明が必要なときにのみ質問を挟んだ。すべて聞き終えると、彼女は困惑の表情を浮かべた。

「私たちの謎に、多少の情報が加わっただけのことでしたわね」やがて彼女は口をひらいたが、その声には隠しきれない苛立ちがありありとあらわれていた。

エイダルフはおもざしに悲しげな笑みを浮かべた。「私の存じているこれまでのあなたなら、こういってくださったでしょうに。〝ウィンキト・クィー・パティトゥール〟」

フィデルマの緑色の瞳に一瞬、きらりと怒りの閃《ひらめ》きが浮かんだが、それはすぐに消えた。

「〝忍耐する者は勝利する〟確かにそうですわね、エイダルフ」彼女は硬い声で答えた。「あなたがご自分を、我慢強い鑑《かがみ》のような人物だと思っていらっしゃるとは知りませんでしたわ」

彼女の棘のある答えかたに、エイダルフはさっと顔を赤らめた。「私はただ――」彼はいいかけたが、フィデルマがそれを遮った。

「あなたの得た情報は、組み絵の中のちいさな断片を新たに加えただけで、いったいそれがどこに収まるべきものなのかがまだわかりません。といっても、あなたのご同胞のあのサクソン人の言葉を信じるならばの話ですが。一隻のホウィッケの戦艦が、グウェントの船を追跡していました。その船は夜間に入り江に停泊し、偵察のために上陸した乗組員一名が囚われの身となりました。船は彼を置き去りにしてふたたび出航し、その後、その乗組員はスァンパデルンの石棺の中で、刺殺された状態で発見されました。これらのことがわかったからといって、真相の解明にすこしでも近づいたなどと思うのですか？」

ここまで不機嫌をあらわにしたフィデルマの声など、エイダルフは聞いたことがなかった。なにか場を和ますような言葉はないかと考えを巡らせてはみたものの、結局なにも思いつかず、彼はそのまま黙りこんでしまった。彼の頭を悩ませていたのは別のことだった。このダヴェド王国に足を踏み入れてからというもの、フィデルマとはいい争いが絶えず、その理由も皆目わからなかった。ラーハンの岸辺を離れたあたりから、いったいなにがいけなくてぎくしゃくしはじめたのだろう？　それとも、それよりもっと前のことが原因なのだろうか？

ついてきてほしいと彼女に告げ、ふたりでカンタベリーへの帰途の旅についた。なにか見えていないものがあったのだろうか？　じつは、彼女はそう望んでいなかったのだろうか？　そういえば以前も、フィデルマは彼をキャシェルに残して聖ヤコブの墓への巡礼の旅に出てしまい、彼はひとりカンタベリーへ戻る旅路につくことになった。彼女が戻ってきたのはひとえに、殺人事件の濡れ衣をかけられた彼を弁護し、救い出すためだった。エイダルフは混乱していた。混乱のあまりに怒りまで湧いてきた。気づくと、いつの間にかフィデルマがふたたび話しはじめていた。

「スァヌウンダに戻り、平常心を失っているであろうグウンダの民を止めねばなりません」

フィデルマは、当然エイダルフがついてくるものと思って馬に跨《また》がった。それを見て、彼はため息を押し殺した。「いいえ」彼は素っ気なく答えた。彼女は信じられないとばかりに彼をまじまじと見おろした。

「いいえ」彼はもう一度いうと、自分の馬に跨がった。「私はまず岬へ向かい、彼らがほんとうに新しい帆柱《マスト》を立て、南へ向かうつもりだと話していたことが真実かどうか、この目で確かめてまいります」

彼女はしばらく無言のままじっと彼を見ていたが、やがて手綱を強く引くと、スァヌウンダの方角へ馬の首を向けた。

エイダルフはしばしの間、馬の背に乗ったまま、彼女の姿が木々の合間に消えていくのを見つめていた。そして馬を方向転換させると、サクソンの武人たちのあとを追った。ちいさな湾を望む岬にたどり着くと、眼下にサクソン船の姿が見えた。確かに大檣《メインマスト》がなく、船乗りらしき武人が汗水流しながらもつれたロープや索具を片づけ、新しい帆柱《マスト》を立てる場所を準備していた。

オスリックとその部下たちはすでに数隻の小舟に乗りこみ、新しく切り出した帆柱《マスト》をそこに渡して、本船めざして漕ぎ出していた。喫水の浅い、細長い戦艦めざして、生まれながらの海の男たちが、じつにやすやすと小舟を駆るそのようすに、エイダルフは感心しきりだった。船に乗ることに関しては自分もそれなりに玄人のつもりだったので、彼らの手腕の巧みさはよくわかった。彼も船乗りではないものの、これまで数多《あまた》の船旅を経験してきている。ブリテン島とアイルランド島の間の広大な海を渡ったのが四回、さらに巡礼の旅でローマへも四回海を渡った。ウィトビアの教会会議《シノド》(1)に出席するために、ブリテン島の東沿岸の荒波に揺られて旅したこともあった。

エイダルフは海が好きだったが、同時に恐れを抱いてもいた。恐れ、というのは言葉として正しいだろうか？　違う。彼にとって海は、ただそこに存在するだけのものではなかった。彼は海に敬意を抱いていた。海は残酷で無慈悲だ。それでいて、海がなければ人の存在など無意味だ。海というのは人々を繋《つな》ぐ巨大な道のようなものであり、人と人とが触れ合うことがなければ、それぞれは孤立し、たがいに高め合うことは不可能だからだ。だが海はひたすら辛抱《しんぼう》強く、こちらをただじっと見守るように、常に泰然とそこにある。まるで夜闇にひそむ殺人者が、明かりのない小径で、ナイフを手に、こちらのふいを突き襲いかかろうと狙い澄ましているかのように。

エイダルフは苛立たしげなため息をひとつつき、もの思いを断ち切った。馬をおりて手綱を繋ぎ、丸石の上に腰をおろした。そこからなら、船を修理している武人たちの姿がうかがえた。空には雲ひとつなく、晩秋の陽光があたりを生暖かく照らしている。この日初めて、エイダルフはふっと肩の力が抜けたような気がし、ずっと心に引っかかっていたことに思いを巡らせた。

フィデルマ。

なにが原因ですれ違いはじめたのだろう？　かつて学びを受けた南部サクソンの賢人はなんといっていただろうか？　みずからの心に忠実でありながら、相手の自由意志をも尊重することができなければ、他人を理解することなどとうてい不可能なのだ。確かに自分は、少々傲慢《ごうまん》にも、フィデルマのことはすっかり理解しているとばかり思いこんでいた。ところが今は認めざるを得なかった。女心とはじつに厄介なもので、七つの言語を習得するほうがよほど簡単だ。

遠くから叫び声がし、彼はもの思いから覚めて顔をあげ、入り江をふと見おろした。目の端でなにかが動いた。北側の岬を見やると、帆をいっぱいにひろげた二隻めの船がまさしく入り江に向かってくるところだった。流線形をした戦艦で、ぴんと張りつめたその帆には、赤い竜の姿が大きく描かれていた。

# 第十八章

エイダルフは慌てて立ちあがった。

叫び声は、近づいてくる船を見とがめたサクソン人たちの側からあがったものだった。相手の船の意図も、その船がウエールズ《ウェリスク》のものであることも一目瞭然だった。多くのブリトン人にとって竜の戦旗はごくなじみのものだった。それは偉大なるマクセン・ウレディク(1)の象徴であった。彼がブリテン島に駐留するローマ軍団により西ローマ帝国の皇帝として宣言されたさいには、ローマ人は彼をマグヌス・マキシムスと呼んだ。逆境の瞬間にいかなる思惑が生まれたのかはじつに興味深いところだった。マクセンは裏切られ処刑された。ブリテン島に戻った彼の妻エレンは、やがてキリスト教運動において最も影響力を及ぼす人物となり、その息子たちや娘たちが、数多くのブリトン人の王国を興した。

エイダルフは、迫りくるウエールズ《ウェリスク》の船を驚愕の思いとともに見守った。もはやサクソン船には逃げることもなんらかの策を講じることも不可能なのは明らかだった。新しい帆柱《マスト》はようやく甲板に載せられただけで、正しい位置に立てるまでにはまだしばらくかかるであろうし、索具をつけて帆をあげるとなればなおさらだった。オスリックの船は手も足も出ぬままそこに漂っていた。

エイダルフは居ても立ってもいられず、いつしか両の拳《こぶし》を、掌《てのひら》に爪が喰いこむほど強く握りしめていた。オスリックの部下たちは一斉に盾《たて》と武器を手に取り、乗り移ってこようとする敵を撃退すべく、慌ただしく舷側に駆けつけた。するとじつに奇妙なことが起こった。ウエールズ《ウエリスク》船の高い舳先とサクソン船の舷側との間がまだ数メートルの距離というところで、赤い竜を掲げた船は舳先をそらすと旋回し、速度を落とすことなく、サクソン船から素早く離れていったのだ。エイダルフの耳に叫び声が響き、ブリトン人の船から火のついたたいまつが何本か投げこまれ、それらがサクソン船の甲板に落下して、ちいさな火の手がいくつかあがると、そのたびにオスリックの部下たちが手早く消火にあたった。

エイダルフは狐につままれたような気分だった。ブリトン人は弓矢を用いることが多いので、てっきり矢が雨あられと降りそそぐか、あるいは剣と盾を持った手練《てだ》れの武人たちが乗り移っていくものとばかり思っていたからだ。ところがウエールズ《ウエリスク》の船は速やかに去っていく。航海士はこの入り江の潮流を明らかに熟知しているようだ。船が遠ざかっていくさい、艫《とも》のあたりから黒っぽい物体がいくつか海へ落ちるのが見えた。彼のいるこの離れた場所からでも、それらが人間の形をしていることは見ればわかった。しかも落ちていくようすや水《みな》面《も》に浮かぶさまから見ても、それが死体であるらしきことは明らかだった。

彼は戸惑いを隠せぬまま、ウエールズ《ウエリスク》の船がもと来たとおりに入り江を出て、岬を巡り遠ざかっていくのをじっと見守っていた。そしてそのまま、かなり長い間、かの船がふたたび姿をあらわしはしないかとひたすら待った。だが戻ってくる気配はなさそうなので、彼は海岸へおりてみることにした。

サクソン人たちは自分たちの船での作業に戻り、新たに切り出してきた帆柱《マスト》を立てている最中だった。作業についていない者たちが監視に目を光らせていたとみえ、彼が砂利の浜辺を歩いていくとたちまち叫び声がし、彼の方角を指さして合図する者の姿が見えた。うつ伏せになった死体が波打ち際にふたつ横たわっており、打ち寄せる波がかすかにそれらを揺らしていた。

彼の姿はすでに見とがめられていたようで、オスリックと供の者がふたり、小舟に乗りこんで本船を離れ、海岸に向かってくるところだった。

エイダルフは近いほうの死体に歩み寄った。

死体は若い男のもので、褐色の毛織の、修道士の法衣を身につけていた。髪型は、ブリトン諸国やアイルランド五王国の修道士が用いる〈聖ヨハネの剃髪《トンスラ》〉の形に刈られていた。死後まもなくとみえ、おそらく殺されてすぐに船からほうり出されたものと思われた。傷にはまだ――彼は首を掻き切られていた――生々しく血がにじんでいた。

エイダルフは屈みこみ、若者の両肩を掴むと、波打ち際から砂利の浜辺に引きあげた。そのとき、若者の左手首から腕にかけて、なにかが巻きついていることに気づいた。素早く観察したところ、どうやら自分を殺した相手のなにかをとっさに摑んだようだ。それは布の切れ端で、異教を崇めるサクソン人たちが今も用いている、あるしるしが刺繡《ししゅう》されていた。それがホウィッケの紋章に用いられるものであることにエイダルフは即座に気づき、はっと息をついた。

砂利を踏む音がして、彼は視線をあげた。オスリックが足早に彼に近づいてきたが、ふたりの供の者たちは、危険が迫ったさいに即座に本船に戻れるよう、そのまま小舟の傍《かたわ》らに立っていた。太守は腹を立てているようすだった。

「おまえは先ほどの船となにか関わりがあるのか?」近くまで来たとたん、彼はウエールズ《ウエリスク》の船が姿を消した岬の方角を指し示し、エイダルフに詰め寄った。振りあげたその手には、ものものしくも剣が握られていた。「このあたりにはウエールズ《ウエリスク》の戦士団はおらぬのではなかったか」

「確かにそう申しあげました」エイダルフは立ちあがりながら、いった。「先ほどの船の出現には、あなただけでなく、私とて驚いたのです」彼は足もとの死体を指さした。「あなたこそ、この件となにか関わりが?」

オスリックは面喰らったようすで足もとを見おろした。「見たであろう、ウエールズ《ウエリスク》の者どもが船からこの者たちを投げ捨てるのを? なぜわれわれが関わっているなどと?」

「この男の腕に巻きついているものを見てください」

オスリックは屈みこんだ。「ウォドンの血にかけて！」と毒づく。彼は眉根を寄せ、エイダルフにふたたび視線を戻した。「これはどういうことだ？」

「つまり」エイダルフは静かな声でいった。「死体を検分した者はおそらく、この者たちを殺害したのはホウィッケ人だと見当をつけるにちがいないということです」

オスリックは無言だった。エイダルフは踵《きびす》を返し、波に洗われているもうひとりのもとへ行くと、同じように波の届かないところまで引きあげた。こちらも修道士で、ひとりめほど若くはなかった。背中には、ホウィッケの短剣が深々と突き刺さっていた。エイダルフが砂利の上に彼を横たえると、その唇から呻《うめ》き声が漏れた。

「〝デウス・ミセレアートゥル！（神よ憐れみたまえ）〟」エイダルフは声をあげ、身体を屈めた。「まだ生きてます」

オスリックがやってきて彼の傍らに屈みこんだ。「長くは保《も》たぬだろう、わが友よ」彼は小声で呟いた。「この手の傷は以前にも見たことがあるが、回復したためしはない。待て！」エイダルフが男の背中からホウィッケの短剣を引き抜こうとしたときだった。「抜いたが最後、彼はすぐにことときれるだろう。死ぬ前になんとか話を聞き出せるよう、すこし身体を傾けてやれ」

エイダルフは男の身体を横向きにしてやった。「聞こえますか、修道士殿？」彼はカムリの言葉で訊ねた。先ほどから、オスリックにはサクソン語で話しかけていたのだ。

男がまばたきをし、かろうじて聞こえる程度のかすかな呻き声をあげた。

「話せますか？」エイダルフが促《うなが》した。「誰があなたにこのような仕打ちを？」

男の唇がわずかに動いた。エイダルフは彼の口もとに耳を寄せた。

「青銅の……青銅の蛇を壊せ……モーセのつくりし青銅の蛇を」(2) 苦しげなささやき声だった。

エイダルフには意味がわからなかった。「誰がこのようなことを？」彼は声をひそめ、さらに問いただした。

「悪はわれわれのただ中にあったのだ……呪われしもの、邪悪な蜘蛛《くも》が……網をかけ……われわれみなを搦《から》め捕った……われらの中にいた……あの男が！」男はごぼっと血を吐き、動かなくなった。

オスリックが見たままを口にした。「息絶えたようだ、わが友よ。なにかわかったか？」

エイダルフはかぶりを振った。「うわごとだったのでしょう。高熱にうなされていたのかもしれません」彼は立ちあがり、オスリックをちらりと見やった。「念のために伺いますが、襲撃してきた船に見おぼえは？」

サクソン人の若き従士は頷いた。「あれはモーガンの船だ。われわれがセヴェルン川の河口からこちらの諸王国沿岸まではるばる追ってきた、まさにその船だ」

「あなたがたの船が沈められる可能性もあったのではないですか」

オスリックは反論しなかった。「確かに。今もその可能性がないとはいえぬ。ただし、やつらが戻ってきて、われわれの気概に挑もうという度胸があるならばの話だが」

エイダルフは顎をさすりながら考えを巡らせた。「度胸はあるでしょう。ですがあの中途半端な行動の理由が解《げ》せません。なぜ彼らは、あの気の毒な人たちの遺体を海へ投げ捨てただけで去っていったのでしょう？」

「遺体は誰のものだったのだ？」

「修道士たちです。私の推測ですが、おそらく彼らは今行方不明になっている、スァンパデルン修道院の修道士たちの一部ではないでしょうか。なぜそのようなことになったのかは、私にも見当がつきませんが」

「よくわからぬ」

「私にもわかりません。さらにいわせていただければ、赤い竜を掲げたあの船を操《あやつ》る者は……モーガン、といいましたか？……彼らを殺害した罪をあなたがたになすりつけようとしているのではないでしょうか。あなたがたの船が停泊していた入り江の岸で修道士たちの遺体が発見され、遺体の近くにはホウィッケの武器がいくつも落ちていました。なぜわざわざそのような細工を？」

オスリックが険《けわ》しい笑みを浮かべた。「ホウィッケがウエールズ人《ウエリスク》から攻撃を受けるのはなにもこれが初めてではない、それにわれわれとて、ウエールズ《ウエリスク》のキリスト教徒を手にかけたことがないわけではない。この者たちの死をなすりつけられようが、とりたてて騒ぐつもりはない」

エイダルフは考えこんだ。「なぜわざわざサクソン人に罪を着せ、これ以上の憎しみを煽《あお》る必要があるのです？ キリスト教徒であろうと異教徒であろうと、このあたりの者たちはサクソンの名を耳にしただけで嫌悪をあらわにします。あるいはそれ以上の、なにかもっと深い意味があるのでしょうか？」

「深い意味があろうが、わたしにとっては考えるに及ばぬことだ、キリスト教徒のエイダルフ。唯一悔やまれることは、わが船が万全ではなかったことだ。さもなければ、あのグウェントの船など木っ端微塵《みじん》にしてやったものを。もはや連中はすでに沖へ雲隠れしてしまったことだろうよ」

エイダルフはサクソン船を見やった。「帆柱《マスト》が直るまでにはどのくらいかかりますか？」

「あと一時間もあれば直るだろう。帆柱《マスト》を立てしだい出航し、ウェールズ人《ウェリスク》どもがふたたびわれわれに襲いかからんと戻ってきた場合に備え、沿岸からすこし離れて航行するつもりだ。索具のたぐいは道々修理すればよい」彼はふと口ごもった。「おまえはどうするのだ？ この王国に滞在するのは、もはやけっして安全ではなかろうに？」

そのとおりだ、とエイダルフは喉まで出かかったが、運命の女神に導かれし別の道を受け入れぬわけにはいかなかった。「私はスァヌウンダに戻らねばなりません。故郷の国をこの目で見る前に、解決せねばならないものごとがあるのです」話している間にも、彼は海岸とその向こうにある断崖に視線を走らせていた。「あのあたりの洞穴なら大丈夫そうです」彼は唐突にいった。

「なんのことだ？」

「修道士たちの遺体が、ご丁寧《ていねい》にもホウィッケの品々を身に帯びた状態で船から投げ捨てられたのには目的があったのです。その目的にもだいたい見当がつきます。遺体を発見した者たちに、彼らを殺害したのはあなたがたの船の者だと思いこませようとしているのです。あのウエールズ《ウェリスク》の船は一旦この場を去り、沿岸のいずこかに急を知らせたのち、ふたたび戻ってきてあなたがたを叩きのめすつもりかもしれません」

「だが、わざわざそのようなことをする理由がやつらにあるだろうか」オスリックが指摘した。

一瞬、エイダルフは意気を削がれた。「おっしゃるとおりです。ですがじっさい、彼らは正当な理由のもとにそうしているのです。謎なのは理由そのものではなく、いったいそれが誰に向けられたものなのかということです」

「どういうことだ、ゲレファ殿？」

「真相にたどり着くまでの間、彼らの行動に少々水を差してやるつもりです」

「なにをしようというのだ？」

「あなたの部下を二、三人ほどお借りして、まだ海に浮かんでいる遺体を岸に引きあげ、あそこにある洞穴に隠すのを手伝っていただけませんか？　遺体がすぐに発見されなければ、ウェールズ《ウェリスク》の連中がなにやら企んでいる計画を挫《くじ》くことができるかもしれません」

オスリックはにやりと笑い、腿をぴしゃりと叩いた。「おまえはなかなか行動力のある、ゲレファらしいものいいをする男だな、キリスト教徒のエイダルフ。新しい信仰の持ち主とはみな、平和やら愛やら実直さのことしか口にしないものかと思っていたが。いやはや、おまえなら軍神ティーウのもとでも立派に仕えることができよう」

エイダルフは賛辞を聞き流した。かつて自分がウォドンやティーウ、スノール、フリッグといったサクソンの神々を崇めていたのも、さほど遠い日々ではなかったからだ。

オスリックはしかるべく命令をくだしはじめた。ふたりの供の者たちが小舟を出し、浮き沈みしながらゆっくりと海岸線のほうへ漂いはじめた遺体のもとへ向かった。

オスリックはエイダルフに向き直った。「わたしも運ぶのを手伝おう」

ふたりはひとりめの遺体を持ちあげ、砂利の浜辺をひたすらのぼった。ようやく断崖のふもとにたどり着くと、エイダルフがいくつかある洞穴を調べに行った。やがて充分に奥行きがあり、一見しただけでは遺体が見つかる心配はなさそうな洞穴を見つけると、オスリックとともに遺体をその中に運んだ。次の遺体のもとへふたりが戻ってきた頃には、供の者たちが三人めを岸へ引きあげていた。誰かが外から見てもそれとわかるしるしはなにもないことをエイダルフが確かめている間に、彼らは四人めを引きあげるべくふたたび海岸へ戻っていった。

「このあとはどうするのだ、キリスト教徒のエイダルフ?」

「私はこの謎を解くべく、スァヌウンダに戻ろうと思います」

オスリックは笑みを浮かべてかぶりを振った。「かような野蛮なる異国人たちのただ中に残ろうとは、じつに勇敢だな」

「考えてみたことはありませんか、オスリック」エイダルフはふと顔をしかめ、答えた。「ふたつの民が、それぞれたがいを野蛮なる異国人だと考えているとは、世界とはじつに奇妙なものだ、と?」

「おまえの信仰するキリスト教についていつか学んでみたいものだ、エイダルフ。さすればわれわれもなにがしかの教えを得られるであろうか?」

「ええ、きっと」エイダルフはしかつめらしく同意した。

オスリックは片手をあげて別れの挨拶をすると、部下たちに号令をかけ、小舟を停めた岸辺へ戻っていった。エイダルフは踵を返し、急ぎ足で断崖の上まで小径《こみち》をのぼると、先ほど馬を繋《つな》いでおいた場所に向かった。振り向くと、すでに新しい帆柱《マスト》が立っているのが見えた。じきにオスリックの船は入り江を出ていくだろう。

彼は馬に跨《また》がると、スァヌウンダの方角へ馬を飛ばした。

「ずいぶんと時間がかかりましたこと！　私、待ちくたびれましたわ」

スァヌウンダとの境をなす川にかかるちいさな橋に、エイダルフが近づいたときだった。フィデルマが、自分の馬をすこし離れた場所に繋いだまま、横たわった丸太に座りこんでいた。

エイダルフは馬を止めて鞍からおりた。「ちょっと非常事態が起こりましてね、それで遅くなったのです」彼は答えた。

フィデルマは彼の顔をしげしげと眺め、そこに険しい皺《しわ》が浮かんでいるのに気づいた。

「私に聞かせたい話ですか？」彼女は訊ねた。

エイダルフが見まわすと、町なかの建物には明らかにひとけがなかった。「町の人たちはどこへ？」

「おそらく、まだ隠れているのでしょう。サクソン人というだけで警戒しているのです。怖がる必要はない、とグウンダの屋敷の者には私からも伝えておいたのですが。どうやら信じてはもらえなかったようです」

ふたりはそれぞれ馬を牽《ひ》いて橋を渡り、町に入った。エイダルフは、重要な部分をなるべく省略せずに、なにがあって自分がどう行動したのかを、手短にフィデルマに話して聞かせた。

彼が話し終えたあとも、フィデルマはしばらくじっと考えこんでいた。「じつに興味をそそられる話ですわね」やがて、ようやく彼女が口をひらいた。

エイダルフは片眉をあげた。「そのいいかたはどうでしょう」

「ですが、ほかにいいようがありませんもの。聞かせてください――同胞だからといって贔《ひい》屓日《きめ》はなしですよ――そのオスリックという男のいうことは信用できるのですか？」

エイダルフは一瞬表情を歪めた。「信用できるのか、とはどういう意味です？」

「彼の話を頭から信じているのですか？　グウェントのモーガンとやらの船を追ってきたら、まさにその船が入り江に入ってきた、と？」

「真実を出し惜しみしている者はたいてい見抜けますし、その私からいわせていただけば、彼は紛うかたなき真実を語っていたと思います。しかも彼自身、なぜあの赤い竜を掲げた船が、絶好の機会にもかかわらず、自分たちにとどめを刺そうとしなかったのかと首を傾げていました」

フィデルマは即座に頷いた。「まさにそこなのです。確かに、その船を指揮していたのが誰であれ、オスリックがそのまま手をこまぬいているはずがないことはわかっていたのでは？　なぜそのような無駄な動きをしたのでしょう？　あなたのいうとおり、そのモーガンという者が、ただ遺体を入り江に捨てに来ただけだったのは明らかです。そのサクソン人たちに大量殺人の罪を着せようとしたのも間違いないでしょう。ですがなぜそのようなことを？」

「戻る道すがら、私もその疑問を幾度となく自分に問いかけました。簡単には答えは出ないようです」

「遺体がスァンパデルンの修道士たちのものであり、しかも修道院を襲撃したのがオスリックの手の者でないならば、なぜそのモーガンという者はそのような行動に出たうえ、その罪をサクソン人たちに被せようとしているのでしょう？」

「確か、モーガンという名は最近どこかで耳にした気がするのですが。どこで聞いたのか、今必死に思いだそうとしているところです」

「気のせいではありませんよ、エイダルフ。昨夜《ゆうべ》、コリンがその名を口にしていました。はたして同じ人物のことなのでしょうか？」

「あなたのいいまわしをお借りすれば、いい質問ですね、というところでしょうか。ならばそれに見合った答えを見つけなくては」

「同感です」フィデルマは朗《ほが》らかな声で同意した。

ふたりが立ち止まった場所は、ちょうどヨーウェルスの鍛冶場を過ぎたあたりだったが、人がいるようすはなかった。会話が途切れたとき、ある音が耳に入った。複数の馬が駆けてくる蹄《ひづめ》の音であることは疑いようもなかった。少なくとも三、四頭はいる。フィデルマはとっさに、エイダルフについてくるよう身振りで告げると、馬を牽きつつ足早に、鍛冶場の隣にある建物の陰に回った。

「なにごとです？」エイダルフが問いただした。

彼女は首を横に振ると、唇に人差し指を当てた。

近づいてくる馬の蹄の轟《とどろ》きはすでにやんでいた。駆け足の速度がしだいに緩み、やがて乗り手たちが手綱を引いたらしき物音がした。フィデルマは建物の端へ向かうと、そちらを覗きこんだ。彼女が慌てて頭を引っこめたので、エイダルフは驚いた。

「クラドッグです！」ひそめた声で彼女がいった。

どこか隠れる場所か、あるいは逃げ道はないものかと、エイダルフはあたりを素早く見まわした。

「お待ちなさい！」もう一度陰から身を乗り出して覗きこみながら、フィデルマが小声でいった。「馬をおりるつもりはないようです。ほかに男をふたり連れています」

驚いたことに、ヨーウェルスの小屋の扉がひらく音がし、聞きおぼえのある声がクラドッグに挨拶するのが聞こえた。イェスティンだった。

「こんなところで落ち合おうなんざ呆れたやつだ！」農夫が噛みつくようにいった。

クラドッグは例の、小馬鹿にしたような笑い声をあげた。「それが旅人を出迎えようっていう主人のせりふかね、イェスティンよ？」

「グウンダやほかの連中がいつ戻ってくるかわかりゃしない。すぐ首を突っこんできやがるあのアイルランド《グウィズエル》女と相棒のサクソン人もな」

幸運にも、イェスティンは鍛冶場の入り口に立っているとみえ、クラドッグと連れの者たちもまったく馬をおりるつもりはないようだった。

「ああ、俺としてはぜひともまたお目にかかりたいところだがな。たっぷりと仕返しをしてやらにゃならんのでね」クラドッグの声がした。

「一度逃がしちまってるんだろう」イェスティンがせせら笑った。「どうせまた逃げられるのが落ちだ。コリンからなにもかも聞いとるぞ。ともかく、あんたがへまをしたせいで危うくなにもかもおじゃんだ。あのふたり、やたらとあちこち聞きまわって、どうやら例の件にまで感づきはじめてるようだ」

「あんたには関係ないだろう？　あんたの身の安全は、ケレディギオンのアートグリスが保証してくれるだろうに」

「あのアイルランド女《グウィズエル》とサクソン人がスァヌウンダに居座れば居座るほど、儂《わし》らの目的は危険に晒《さら》されるんだ。だからこそあんたにあのふたりの始末を任せたんじゃないかね」

「うまくやるさ。そんなことよりも、まず手をつけにゃならん大事なことが山積みだ。ともかく時間はたっぷりある」

「号令はいつかかる？」

「グウラズィエンが東へ進軍したという知らせが来しだい、すぐにだ」

「これ以上長居はできん。こんな場所にのこのこあらわれるとはあんたも馬鹿なことをするもんだ。なぜ儂をこんなところへ呼び出した？」

「モーガンの仕事は完了した、と知らせるためだ。次はあんたの番だとよ」

「任せておけ。さきのサクソン人による非道なおこないが、かならずグウラズィエンの耳に入るよう手を回しておく。ほかは計画どおりにいってるのか？」

「今のところはな」

「やはりあのアイルランド女《グウィズエル》とあの連れはなにもかも台無しにしかねんと儂は思う」

「怖じ気づくな、イェスティン。号令はじきにかかる。ダヴェドの連中はサクソン人のことならなんでも鵜《う》呑《の》みにする。すでに手下のひとりを聖デウィ修道院へやって、サクソン人による襲撃があったことは知らせてある。それでもあのグウラズィエンの老いぼれが兵を出し渋れば、かわりに民が自分たちの手でことを起こすだけさ。どちらにせよ俺たちの勝ちだ。あんたたちのほうで、死体に関する証言と、サクソン船を見たというやつらはかならず確保しておけよ」

「うまくいかなかったらどうする？」

「うまくいくさ。グウラズィエンはサクソンに向けて兵を出さざるを得ない。そこを狙ってケレディギオンのアートグリスがこの王国めざして南へ進軍し、そうなればせいぜい一日か二日で、あんたたちは新しい王を戴くことになるだろうよ」

「こんな古い諺《ことわざ》があるぞ、クラドッグ。〝一日が終わるのはありがたき利益だ〟」イェスティンは先を憂《うれ》うように答えた。

「ともかく、サクソン船と死体を見たという証言者だけはかならず用意しておけ」クラドッグはいい捨てると、馬の脇腹を蹴って、手下たちを引き連れ、橋を渡って森へ戻っていった。

フィデルマとエイダルフは聞き耳を立て、イェスティンが鍛冶場を出て森の中へ姿を消し、自分の農場へ向かったとわかるまでそのままじっと待った。エイダルフがひゅうっと長いため息をついた。

「私は今までにないくらい混乱していますよ」扉から離れたところに立つと、彼は白状した。

フィデルマがかぶりを振った。「いいえ、むしろ充分すぎるくらいさまざまなことが明らかになりました」

「なにがです?」

「カセン殿下が、ダヴェドの隣国であるケレディギオンのアートグリスに対して抱いていた疑念は、今や確固たる根拠のあるものだということが明らかとなりました。ケレディギオンはグウラズィエンにあえて口実を与え、彼が軍隊を率いてホウィッケに攻め入るという状況をつくりだそうとしているのです。彼らが国を空けた隙にアートグリスがダヴェドに侵攻し、みずからの思いどおりになるかりそめの長《おさ》を立てる算段でしょう」

「まさか、クラドッグを?」

「あり得ることです」

「つまり、スァンパデルンの件はグウラズィエンの手を煩わせるための演出だったというのですか？　そのモーガンとやらがスァンパデルン修道院を襲ったのも、グウラズィエンの息子のフリンがそこの修道士だったからだと？」

「そのとおりです」

「まだよくわかりません……なぜ彼らは修道院にいた全員を拉致したまま、一日か二日置いたうえでそのうちの数人を殺害し、さらにあそこまで手のこんだ方法を用いて、あたかもホウィッケによる襲撃であるかのように見せかけたのでしょう？」

フィデルマは考えつつ、頷いた。

「それも説明がつくと思います。あの朝、ブラザー・カンガーとあのイドゥヴァルという青年がスァンパデルンを訪れたことはおそらく想定外だったのでしょう。手をくだしたのが誰であれ、まさか彼らがスァンパデルンに足を踏み入れ、修道院内がもぬけの殻であることに気づくとは思いもしなかったのです。なぜすぐに捕虜たちを殺してしまわなかったのでしょうか？　それは、修道士たちを攫《さら》った人物は、最初の〝襲撃〟を仕立てあげる前に、まずサクソン船が目撃されるのを待たねばならなかったからです。カンガーとイドゥヴァルがあまりにも早くその場面に登場してしまったために、当初の計画が狂ってしまったのです」

「では、あのマイルという少女が殺されたのは？」

「その件と、ここまでの一連のできごととの関わりについては、これから私たちの手で突き止めねばなりません」彼女は立ちあがった。「詳細を明らかにする前に、あとふたりほど訊問をせねばならない相手がいます」

彼女は先に立って町へ入っていった。サクソン船が出ていったと聞かされて、人々がちらほらとそれぞれの家に戻っていくところだった。

「もしイェスティンが町の人々を焚きつけて、ホウィッケの船が出ていくところを見に行かせようとしたら、止めるべきですかね?」エイダルフが訊ねた。

「修道士たちの遺体が見つかる心配はまずないのですね?」ない、とエイダルフが請け合うと、フィデルマは続けた。「ではその件はとりあえず手出しはせずに、私たちのすべきことを済ませてしまいましょう」

ふたりはちいさな建物の前で足を止めた。建物の傍らには、果物の入った籠を手にした、騎馬の女性の石像が建っていた。これが馬の女神エポナという古い異教の神であり、豊穣と健康の象徴としていにしえの人々に崇められていたことはフィデルマも知っていた。ここがこの町の薬師《くすし》の店であることは間違いなかった。明かりがともっており、分厚い磨《す》りガラスの窓の奥で人の動く気配がした。

フィデルマは店に足を踏み入れた。エイダルフも首を傾げつつあとからついて行った。長椅子に腰をおろした年配の男が、乳鉢に入れた薬草らしきものを木製の乳棒ですりつぶしている最中だった。ふたりが入っていくと、彼は顔をあげた。

「ああ、キャシェルからおいでのドーリィー殿かね？　災難でしたな？　だが住民が町を捨てて森へ逃げねばならなくなったのはなにも今回ばかりじゃない。儂の知るかぎりでも、ケレディギオンの連中は一度ならずあの入り江にやってきた、サクソン人となればいわずもがなだ」老人は、明らかに話し好きな性格のようだった。

「薬師のエリッスですね？」フィデルマが訊ねた。

「そうだとも。なにかご用かね？」

「ブラザー・メイリグが、殺害される前にあなたを訪ねてきませんでしたか？」

「ああ、あれは痛ましいできごとだった。町の者たちが暴走し、あの青年を殺してしまったが、それ以上に嘆かわしい話だった。単なる復讐のために正義を振りかざすなど、けっして許されることではない」

「ブラザー・メイリグは、マイルの死についてあなたに意見を求めましたか？」

薬師は首を横に振った。「いいや。彼が儂と話したがっていたとは聞いていた。だが……彼にはもはやその時間はなかった」

「ではかわりにといってはなんですが、二、三、私の質問にお答え願えますか？　彼がなにを訊きたがっていたのか、私は存じておりますので」

薬師は期待をこめたまなざしで彼女を見た。「儂で役に立てるなら、修道女殿。なんでも訊いてくれたまえ」彼は真顔で促した。

「あなたは、あのマイルという少女の遺体を検分するよう呼ばれたそうですね？」

エリッスは同意のしるしに頷いた。「あれほど若くしてこの世を去らねばならぬとは、なんと胸の痛むことか。じつに心苦しい」

「死因はなんだったのです？」

「首を絞められたことによるものと思われる。首まわりに痣《あざ》と擦り傷があった」

「絞殺？」フィデルマがそれを聞きとがめた。

「それ以外の傷は死後つけられたもので、なんとも凄まじい傷だった」

フィデルマは思わず身を乗り出していた。「それ以外の傷？　なんの傷です？」

エリッスは一瞬驚いたようすで彼女を見た。「ナイフの傷のことは当然聞いているのではないのかね？」

フィデルマはちらりとエイダルフを見やった。「ナイフによる傷があったとは初耳です。私が聞いているのは、腰から下の衣服に血痕があったということだけです。つまり彼女が性的暴行を受け、さらに処女《おとめ》であったことを示している、と」

「違う、それはグウンダが突然いいだしたことだ。血痕があるのだから、殺される前に強姦されているはずだ、とヨーウェルスともども頑《かたく》なに主張していた。ヨーウェルスも、自分の娘は処女《おとめ》だったにきまっているといって譲らなかった」

「つまりどういうことです？　じっさいはそうではなかった、と？」

「申しわけないがそのとおりだ。儂がそのことに気づいたのは、弔いの準備のために彼女の身体を清めたさい、両脚のつけ根に傷があったと妻がいっていたからだ。二か所の傷はどちらも広刃のナイフで切りつけられたものだった。大量の血痕はそのせいだ」

フィデルマは無言のまま、今聞いたばかりの話についてじっくりと考えた。

「儂の見立てでは」——薬師はきまり悪そうに肩をすくめた——「性的暴行の跡はなかった。さらにいえば、彼女が〝ヴィルゴー・インタクタ（手つかずの処女《おとめ》）〟ではなかったことは疑いない」

「それは、検分しただけでわかるものなのですか？」

「調べたのは妻だ。驚きはしなかったといっていた。というのも、一年ほど前、あの娘が妻を訪ねてきて、避妊方法についてあれこれと訊いていったそうだ。赤裸々な話で申しわけないが、修道女殿、女性たちがそうした知識をひそかに伝えつづけてきたことはあなたもご存じだろう」

「マイルがあなたの奥方にそうしたことを訊ねていたというのですか？」

「なんなら妻に直接話を聞けばよい」薬師は奥方を呼ぼうと後ろを振り向いたが、フィデルマはかぶりを振り、それを断った。

「必要ありません。薬師としてのあなたの言葉だけで充分です。知りたかったことはすべて伺いました。さまざまなことがじつに明らかとなりました」

薬師の店を辞したとき、フィデルマの足取りが軽くなっているばかりか、おもざしに笑みまで浮かんでいることにエイダルフは気づいた。通りにはだいぶ人が増えていた。どうやら町の人々も戻ってきたとみえ、サクソン人による襲撃に怯えているようすはまるでなかった。エイダルフが驚いたことに、フィデルマが向かっているのはヨーウェルスの鍛冶場の方角だった。

「どちらへ？」彼は訊ねた。

すると彼女は通りの奥にある鍛冶場を指し示した。「すべてを繋げる最後の部分です」と、もったいぶった口ぶりでいう。

鍛冶場に到着する前から、すでにヨーウェルスが作業しているらしき物音がしていた。ふたたび火を熾《おこ》している最中らしく、薪を勢いよく燃やすための、ふいごの掠れたような音が聞こえる。ふたりが柵に馬の手綱を繋いで鍛冶場へ入っていくと、彼は顔をあげて険しい表情を浮かべた。

「今度はなんだ？」彼がぶっきらぼうに訊ねた。「サクソン人のお仲間どもがいよいよ襲ってくるのかね？」

「明らかにしておかねばならない点が、まだいくつかあるんですの」不躾《ぶしつけ》な態度にも、フィデルマはにこやかな笑みで応えた。

ヨーウェルスはふいごを置くと両腕を組み、傲然とふたりを順番に睨みつけた。「うちの娘が殺された件についてあれこれ聞きまわる権利なぞあんたがたにはない、そうグウンダから聞いてる。訊かれたって答えねえからな」

「それで構いませんとも」フィデルマは悠々と答えた。

ヨーウェルスは肩透かしを喰らったかのように、驚いて縮みあがった。「うちの娘のことを訊かねえんなら、なにを話せっていうんだ?」

「昨日、あなたの鍛冶場を訪ねてきた人物がいますね」

ヨーウェルスがぐっと歯を喰いしばった。「鍛冶場にはいろんな連中が訪ねてくる。それが俺の仕事なんでな」

「その男は武人で、このあたりの者ではなかったと聞いています」

鍛冶屋は眉をひそめた。「武人はめったに来ねえ……」彼は口ごもり、やがて、ふと思いだしたような顔をした。「なんであの男のことを?」

「彼についてなにか知っていますか?」

「あんたのいうように、ここらの者じゃなくて、武人だった。蹄鉄《ていてつ》が一か所取れたってんで、直してやったんだ」

「見たことのある顔でしたか?」

「いいや。あまり長居はしていかなかった。蜂蜜酒《ミード》をくれっていうんで出したら金まで払ってくれたんで、蹄鉄を直してる間にもちょっとした噂話に花を咲かせたりした。まあそれだけだ」

「では」フィデルマは詰め寄った。「そのとき、グウンダの娘のエレンが通りかかりませんでしたか？」

「なぜそれを？」思いだしてすこし驚いたように、ヨーウェルスが詰め寄った。「確かに通った。あの娘は誰だ、と例の武人に訊かれたから憶えてる」

「それでむろん教えたのですね？」

「あれはペン・カエルの領主のグウンダの娘だ、と答えてやった」

「彼は、知りたがった理由をあなたに話しましたか？」

「確かこういってたな、〝美人だな。どこの娘だ？〟って」

「それ以上のことは話していないのですか？」

ヨーウェルスはかぶりを振った。「確かそのくらいだ。蹄鉄を直しながら軽口を交わしただけだ。ちょっとした冗談とか噂話とか、せいぜいそんなもんだ」

「彼が自分の名前を口にすることはありましたか？」

ヨーウェルスはふたたび、否、という身振りを示した。

「どこから来たかということも？」

「いわなかったが、見当はついた」

「ほんとうですか？　それであなたの意見は？」

「ケレディギオンか、その国境沿いのどこかだろうよ」

「なぜそう思うのです？」

「鍛冶職人ってのは狭い世界でな。細工のしかたをひと目見りゃわかる。あの武人の馬や武器は、ケレディギオンで細工されたものに間違いねえ」

「なるほど」

「なぜあの男のことばかり訊く？」

「単なる好奇心です」フィデルマは微笑んだ。「別の質問もさせてください。あなたは過去に武人だったことはありますか？」

ヨーウェルスはぎょっとしたように見えた。「あるもんかね。俺はずっと鍛冶屋だ」

「ディナスで鍛冶の技術を学んでいましたね？」

ふい打ちは成功だった。ヨーウェルスは素早くまばたきをした。彼はしばし答えに詰まったが、やがてゆっくりと口をひらいた。「俺がディナスにいたのは大昔のことだ」

「二十年くらい前ですね？」

「ちょうどそのくらいだ。なぜそれを？」

フィデルマがマルスピウムからなにかを取り出し、それをいきなり彼の目の前に突きつけた。純金の鎖の先には、野兎《うさぎ》をかたどった、宝石をちりばめたペンダントヘッドがさがっていた。

「これに見おぼえはありますか?」彼女は問いただした。

ペンダントを見つめるヨーウェルスのおもざしがみるみる青ざめた。

「そいつをいったいどこで?」彼がゆっくりと問いを発した。

「見おぼえは?」彼女はさらに詰め寄った。

「最後に見たのは二十年前だ。おい、そいつをいったいどこで?」

「羊飼いのヨーロが亡くなる前に、イドウァルに渡したものです。おまえの母親のものだ、とヨーロは若者にいったそうです」

ヨーウェルスはまるで腹に一撃でも受けたかのようによろめいた。両目はかっと見ひらかれ、口がわずかに開いていた。彼の視線はフィデルマたちのほうを向いていたものの、ふたりを見てはいなかった。やがてそのおもざしからすべての力が抜けたかに見えた。

「まさか、そんな!」彼は声をあげた。

そして、ふたりに動く間も与えず、彼はくるりと踵を返すと、裸馬のたてがみをむんずと摑み、ひらりとその背に飛び乗ると、駆け出して橋を越え、森へ姿を消した。

# 第十九章

エイダルフは苦々しげな表情で振り向いた。「さて、間違いなく彼はそのペンダントに見おぼえがあったようです。しかしだからなんだというのです？　このことからいったいどんな推理が導き出せるというのですか？」

フィデルマはほんのりと満足げな笑みを浮かべていた。「じつに単純な推理です、エイダルフ。これでようやく、この地で起こったできごとというひとつの組み絵を完成させるための断片がすべて揃ったはずです」

エイダルフは、先ほどのヨーウェルスにも劣らぬほど驚いたようすだった。「ご冗談でしょう？」

「冗談なものですか」からかうようにフィデルマが答えた。「あとは私たちの友人たるデウィが、一刻も早く聖デウィ修道院から戻ってきてくれることを祈るばかりです」

「彼が戻ってきたらどうするのです？」

「このたびの謎をすべて解き明かし、罪を負うべき者を明らかにしたら、ポルス・クライスに戻って船を探しましょう。あなたは、ほんとうはすぐにでもカンタベリーへの旅を再開したいのでしょう?」

エイダルフは答えなかった。

「わかりました」まるで返事があったかのように、フィデルマは続けた。「とりあえず今夜は楽しみましょう。万聖節前夜ですもの。いにしえの異教の、死者の祭りです。ご馳走にあずかって篝火《かがりび》を眺めるのもよいでしょう」

「ほんとうに謎が解けたとおっしゃるのですか?」エイダルフはまだ納得していないようすだった。

「それ以外に申しあげようがありませんもの」フィデルマは穏やかな声で答えた。

＊

夕食の場は、終始重苦しい雰囲気だった。あいかわらず無口なビズォグが給仕をし、上座についたグウンダは不機嫌な表情で、ときおりテーブルを指でこつこつと叩いていた。なにやら考えこんでいるようすだ。塩味の効いた主菜の皿が片づけられ、ビズォグが、茂みから摘んできた赤スグリの実をちりばめたちいさな焼き菓子の皿を運んできた。

「これは美味《おい》しそうだ」鬱々《うつうつ》とした雰囲気を和まそうと、エイダルフがふいに口をひらいた。

「見たことがないのですか?」気の毒がるように、フィデルマが訊ねた。「私どもの国でも、〝斑《まだら》のパン(1)〟といって、一年のうちのちょうどこの季節に――」

勢いよく嚙みついたエイダルフの顔が、突然苦痛に歪んだ。口に当てた掌《てのひら》に転がり出てきたのは、ちいさな金属製の指輪だった。彼はそれを指でつまみあげ、驚いたようにじっと見つめた。

「なん……？」

フィデルマはくすくすと笑い声をたてていた。「心配いりません、毒を盛られたわけではありませんから。そういうならわしなのです」

エイダルフは不思議そうに、指輪をためつすがめつ眺めた。「これにはどんな意味がこめられているのです？」彼は問いただそうとした。

フィデルマがかすかに頰を染めたことに、エイダルフは気づかなかった。

「あとでお教えしますわ」彼女はいった。「この時季の宴ではよくやるならわしですの」

音楽と人の声、とりわけ子どもの歌声がおもてから聞こえてきた。エイダルフは、いかにも疑問だらけという表情を浮かべている。

「万聖節前夜のならわしだ」面白くもなさそうに、グウンダが答えた。

「ああ。新しい祝祭のことですね」そういえばフィデルマが篝火について説明してくれたことをエイダルフは思いだした。

「新しい？」フィデルマが声を尖らせた。「なにをおっしゃっていますの、エイダルフ、この祝祭がどれほど古いものなのかは当然あなたもご存じのはずでは？　たとえブリトン人が私たちと同じくこの祭りを祝うことはご存じなかったとしても、少なくともあなたは、アイルランド五王国にずいぶんと長く滞在していらしたでしょうに」

「かつてのローマ教皇ボニファティウス四世が五十年前に万聖節の祝祭を伝えたのだということは知っていますよ」エイダルフは不機嫌そうに答えた。

「彼の力では、ゴール人やブリトン人やアイルランド人が新年を祝ういにしえの祭りをおこなうことを止められなかったのです。そこで彼は、この祝祭をあたかもキリスト教由来のものであるかのように装ったのです。違いますか、グウンダ？」

ペン・カエルの領主はあいかわらず気難しい表情だった。「なにがかね？　ああ、そのとおりだ。それ以来、わが国でもカラン・ガイアヴ[2]を祝うようになったのだ」

「私の国では、今でもこの日をサウィン祭と呼んでおります」フィデルマはいった。「今も多くの人々が、この日こそが真の新年の始まりであると信じています。再生の前には闇が訪れるものであり、ゆえにここから始まる冬の数か月間は、命の再生を迎えるための闇の期間だといにしえの人々は考えていたからです。じっさい」彼女はふと笑みを浮かべた。「かの人々は、この季節こそが女性にとって子をなすのに最適な時季だとしていました。この季節に子をなせば、赤ん坊は光の期間に生まれてくることができるからです」

「死者を祀《まつ》る儀式だとばかり思っていました」エイダルフがいった。

「それも間違いではありません」フィデルマも同意した。「この祝祭は、終わりと始まりを刻むものだからです。いにしえの賢者たちによれば、この祝祭日の夜は、不可思議なものとそうでないものとの境目が曖昧《あいまい》になり、どちらともつかないものになる夜だと考えられていました。こちら側の世界からも、あちら側の世界が見えるようになる期間……すなわち今世で手ひどい扱いを受けてこの世を去った者たちの魂が、その相手に復讐せんとこちらへ戻ってくる時期なのです……そう、善と悪の比重を釣り合わせるために……」

凄まじい音をたてて、グウンダが椅子から立ちあがると、大股に部屋を出ていった。

エイダルフが不安げな笑みを浮かべた。「彼にとっては受け入れがたい話だったようですね」彼は口端を歪めた。

「それを真実と認めてしまうと自分にとっては都合が悪い、という人は少なくないでしょう。この世では誰もが友人や隣人に対して道徳的に振る舞っている、などという考えかたはもう古臭いですからね」彼女は言葉を切ると首を傾げ、おもてから聞こえる音楽の音色と叫び声に耳を傾けた。「外へ出て、祭りを見に行きましょう。篝火が焚かれている頃ですわ」

漆黒《しっこく》の夜だった。地平線近くに低くかかった月が、雲間からときおり顔を覗かせている。だが小高い山々の斜面ではところどころに篝火が焚かれ、遠くに明るい光が点々とともっていた。町なかの篝火はすでに炎をあげ、子どもたちの叫び声やわめき声が、にぎやかな笛の音色や、山羊皮の太鼓を打ち鳴らす音、角笛《つのぶえ》を吹き鳴らす音に負けじと響いている。篝火のまわりで輪になって踊っている大人たちもいた。フィデルマとエイダルフは燃えあがる炎を眺めている人々の群れに呑みこまれた。ヨーウェルスの鍛冶場で見かけた藁《わら》の人形が、炎の中でほぼ跡形もなく燃えつきていた。てっぺんにわずかな燃え残りが見える。

「人身御供ということですかね？」エイダルフが皮肉っぽい笑みを浮かべた。

フィデルマは生真面目に答えた。「かつては、木でこしらえた船に供物を載せたものを雷神タラニスに捧げるのがならわしだったそうですが、一説には、それが木でこしらえた人形だったともいわれています。人形は、神々への使者を象徴しているのです」

エイダルフは先ほどから気もそぞろで、篝火のまわりに集まった群衆の中の誰かを探しているように見えた。

「どうかしましたか？」フィデルマは訊ねた。

「ヨーウェルスか、われわれの友人たるイェスティンの姿が見えないかと思いまして」彼は答えた。「これだけの祭りならば、彼らも来ているのではないでしょうか」

フィデルマも同意した。振り返ったとたん、真後ろにイェスティンがにんまりと笑みを浮かべて立っていた。

「まだいたのか、アイルランド女《グウィズエル》？」彼は鼻を鳴らした。

「ええ、おりましたとも」彼女は落ち着きはらって答えた。「とはいえ、できれば明日にでもここを発ちたいと思っています」

「明日？　明日発つってのか？」張りあげた声が、問い詰めるような鋭い口調になった。

フィデルマはエイダルフを促《うなが》し、そのままその場を去った。農夫は訝《いぶか》しげにふたりを見送っていた。

聞かれる心配のない場所まで来ると、エイダルフが不安げに眉をひそめ、彼女に向き直った。「なぜあんなことをいうんです？　彼からクラドッグに知れてしまいますよ。待ち伏せされてしまうのでは」

「煮えたぎっている鍋の火に、もうすこし薪をくべたかったのです、エイダルフ」彼女は穏やかな声で答えた。「明日、このたびのできごとはすべて解明されるでしょう。とにかく、デウィ少年に対するあなたの信頼が間違っていなかったことだけを願うばかりです。遅くとも、今日明日じゅうには戻ってくるはずですわね」

「今さらデウィが戻ってきたからといって、なにか助けになるでしょうか。グウラズィエンの権威も、このあたりではあまり役に立たないようですし。しかもクラドッグは思いのままに動かせる、腕におぼえのある者たちを大勢抱えています」

「確かにそのとおりです」フィデルマも同意した。「一か八か、クラドッグが――」

人々のざわめきが大きくなっていることに、ふいにふたりは気づいた。奏でられていた楽器の音が遠慮がちになり、すこしずつやんでいった。子どもたちの叫び声やわめき声すらしだいにちいさくなりはじめた。男たちの、命令口調の荒々しい叫び声がしている。夜闇の中で人影がうごめいていた。騎馬の男たちは燃えるたいまつを掲げ、抜き身の剣を手にしていた。

フィデルマがそちらを振り向いた。篝火の炎に照らされた、馬の背に乗った人物には見おぼえがあった。「クラドッグです！」彼女は声を落とし、いった。

そしてエイダルフの袖を掴むと、いちばん近いところにある石造りの小屋の狭間の暗がりに身をひそめた。ふたりはそのまま物陰で息を整えた。

「予想外でした」彼女は小声でいった。「グウラズィエンを丸めこんでホウィッケに攻め入らせるまでは、クラドッグが手の内を見せることはないと思っていました」

「ひょっとして、グウラズィエンはすでに策略にはまってしまったのでは？」エイダルフがいった。「どうします？　私たちが町にいることが、イェスティンからやつに漏れてしまうでしょう。かといって、グウンダの屋敷の厩《うまや》にいるわれわれの馬を取りに行くのはとうてい無理です」

薄暗がりの中、フィデルマは町の建物の向こうにある、闇をたたえた森を指し示した。

「クラドッグと盗賊一味の目を盗んで逃げるにはあちらへ向かうしかありません。行きましょう」

彼女は先に立ち、素早く、音をたてないように建物を離れて木立の中へ入っていった。下生えの中、道を探すのはひじょうに骨が折れたが、フィデルマが偶然にも獣道を見つけ、それからは足もとがいくらか楽になった。

「古い迷信がほんとうではないことを祈りましょう」彼女の後ろから、暗闇の中をおぼつかない足取りで歩きながら、エイダルフが呟いた。

「どういう意味です？」

「私たちはこれまで、裁きをおこなうという形で、あなたがたのいう〝あちらの世界〟にいる魂の仲間入りをしてしまった大勢の人々に関わってきたではありませんか。私たちに恨みを抱いているそうした人たちが今宵《こよい》こちらへ戻ってきて、私たちに復讐を果たすようなことがなければよいと願うばかりです！」

フィデルマは返事すらしなかった。今回のできごとを予見できなかった自分がいまだに腹立たしくてしかたがなかった。クラドッグが悠々と乗りこんできて町を制圧するなどとは思いも寄らなかった。

「私たちが森へ向かったと気づかれるまでに、どのくらい時間が稼げますかね？」エイダルフが唸るようにいった。「これで先手を取ったとは思えません」

フィデルマが急に足を止めたので、エイダルフは危うく彼女に衝突しそうになった。

「どうし……？」彼はいいかけた。

「この先に水が流れています」彼女は答えた。「おそらく町との境にある川にちがいありません。渡れる場所を探しましょう」

やがてふたりの前に、黒々とした水が勢いよく流れる川があらわれた。暗闇の中、激しい流れが川床の石や岩に当たってごろごろと音をたてるたび、ちいさな白い水飛沫《しぶき》があちらこちらにあがっている。

「獣道は川辺まで続いています」彼女は指し示した。「このあたりの川幅はせいぜい二、三メートルというところですし、どうやら向こう岸にも道が続いているようです。つまり鹿も、川を渡るときにはここを使うということです。鹿に渡れるなら私たちにも渡れるはずですわ。準備はよろしくて？」

「念のため、私が先に行きます」エイダルフがきっぱりといい、前に進み出た。

フィデルマは素直に彼を先に行かせた。自分はときどき、夢中になってまわりが見えなくなり、先陣を切ってくれようとするエイダルフを差し置いて先走ってしまうことがある。彼の男としての自尊心を傷つけかねないのに、ついそのことが頭から抜け落ちてしまうのだ。彼女が佇《たたず》んだまま待っていると、エイダルフが川底に足を踏み入れた。水の冷たさに思わず息を呑む音が聞こえた。やがて彼は、気まぐれな水流に足を取られてときおり身体をぐらつかせながら、一歩ずつ川を渡りはじめた。とはいえ、川の水はせいぜい彼の膝くらいまでの深さしかなく、まもなく彼はなんとか向こう岸にたどり着いた。フィデルマは声をかけられるのを待つまでもなく、すぐさま自分も渡りはじめた。反対側にたどり着くと、エイダルフは身を乗り出して彼女が岸へあがるのに手を貸した。

雲が厚くなりはじめ、低くかかった月のわずかな光すらもしだいに隠れて、森はほぼ漆黒の闇に包まれてしまった。だが、ほんのかすかな薄明かりの中、ふたりはどうにか足早に獣道を進んだ。

「これで、だいぶスァヌウンダからは離れたはずです」しばらく歩いたのち、エイダルフが息を切らせつつ呟いた。

「ただ回り道をしているだけではないかしら」フィデルマの答えは慎重だった。

まもなく、ふたりの前に暗い建物があらわれた。その輪郭《りんかく》を目にしたエイダルフは思わず身震いをした。「木樵《きこり》小屋があります。つまりさほど遠くまでは来ていなかったということですね」その声には落胆がにじんでいた。

「でも、少なくとも森を抜けて街道には出たということですわ。この道をたどって行けば、ゴフの鍛冶場が……」

エイダルフはすっかり意気消沈したように鼻を鳴らした。「ですが、ここからそこまで七、八キロメートルはありますし、今は馬もないのです……ああ、もう……!」

もしこの暗闇の中で彼の表情が見えたなら、さぞしょぼくれた表情をしていることだろうとフィデルマは思ったが、周囲はあまりにも暗く、聞こえてくる声からうかがい知るしかなかった。

「順調ですよ、エイダルフ。明るくなる頃にはきっとたどり着けるでしょう。ゴフのところで馬を調達して聖デウィ修道院へ向かえば、この陰謀が結実するのを防げるはずです」

彼女がふいに足を止めた。「前方でなにかが動いた気がします」と小声でいう。

エイダルフは首を伸ばし、道沿いを見わたした。黒々とした木々が、まるで節くれ立った枝を伸ばしてふたりを搦《から》め捕ろうとしているかのようだ。彼は軽く身を震わせた。

「ひょっとするとこのあたりの木のどれかが、イドウァルを縛り首にした木ではありませんか?」彼は落ち着かなげに呟いた。

フィデルマは頷いてから、この暗闇ではその仕草も彼には見えないのだと気づいた。

「そうかもしれませんね」彼女は同意した。

雲がふいに割れて月がふたたび顔を出し、薄明かりが森に降りそそいだ。そのとき、その光景がふたりの眼前にあらわれた。

前方にあるオークの木の低い枝に、人がぶらさがって揺れていた。低い場所に吊されているせいで、まっすぐに伸びた爪先が地面すれすれをこすっている。脱臼しているかのように、頭が不自然な角度にねじ曲がっていた。

フィデルマが足を踏み出し、エイダルフも不安げながら傍《かたわ》らへ行った。先ほどフィデルマが話していた、まさに今夜の、万聖節前夜にまつわるいい伝えなど聞くんじゃなかった、と彼は切実に思った。

ふたりは死体の前で足を止めた。月はふたたび雲の陰に隠れてしまっていた。死体が誰のものなのかは見わけがつかなかったが、エイダルフには、どこかとても見おぼえがあるような気がした。やがてふたりはほぼ同時に気づいた。ヨーウェルスだった。

「〝ダビト・デウス・ヒース・クォクェ・フィーネム〟」フィデルマは悲しげにため息をついた。

「驚いていないようですね?」それが、〝神はこれらの不幸にも終わりを与えてくれる〟というウェルギリウスの言葉であることに気づき、エイダルフがぽつりといった。

「ええ」彼女は答えた。「ですが、彼はもっと強い人間だと思っていました。でなければあの宝石を見せたりしませんでした。おろしてやりましょう」

エイダルフはナイフを取り出すと縄を切りはじめた。「話について行けていないのですが。いったい誰が殺したんです?」

「彼は自分で自分を殺したのです」

やがて縄が切れ、エイダルフが死体を地面におろした。「いったいなぜ……?」

夜の静寂に物音が響きわたった。闇の中にいくつもの明かりが浮かんだ。火のついたたいまつだった。それを手にしているのが誰なのかは見るまでもなかった。フィデルマはエイダルフの手を摑んだ。

「走って! クラドッグか、あるいはその仲間が私たちを探しに来たのです」

ふたりはともに全速力で森の奥に駆けこんだ。背中で叫び声がし、見とがめられたことがわかった。一瞬前までは、エイダルフは月が隠れてしまったことがじつに不満だったが、このときばかりは、あたりが漆黒の闇ではなく、ふたりの姿を隠してはくれないことに悪態をつきたい気分だった。

じきに追いつかれてしまうだろうとふたりは悟った。追っ手は騎馬だ。どうにか街道をそれ、さらに森の奥深くへ逃げこめるような細い道がないか、追ってくる馬を撒《ま》くことのできそうな小径《こみち》がないか、とふたりは必死に視線を走らせた。だが逃げ道はまるで見当たらなかった。下生えが鬱蒼《うっそう》と生い茂り、ふたりを閉じこめた。

やがて、追っ手のひとりがふたりに追いつき、馬を回してふたりの行く手を塞いだ。脅すように剣の刃を閃《ひらめ》かせる。

「止まれ、さもなくば斬り捨てるぞ！」男は怒鳴りつけた。ふたりはしかたなく足を止めた。

背後から、あざ笑うようなクラドッグの声がした。「すぐ会うことになるだろうよ、といっただろう？　用事がまだ済んじゃいない、あんたと俺のな、〝キャシェルのシスター・フィデルマ〟」

ふたりは振り向き、月明かりに照らされた彼の姿を見つめた。フィデルマは返事すらしなかった。

「これ以上時間は無駄にできん」クラドッグがふいに真面目な口調でいった。「こいつらを後ろ手に縛って連れてこい。スァヌウンダに戻る」

手下のひとりが馬から飛びおり、フィデルマの両手を乱暴に摑むと、縄で後ろ手に縛りあげた。痛みに思わず彼女は息を呑んだ。エイダルフが両の拳《こぶし》を握りしめ、彼女に一歩近づいたが、ちくりと首筋に冷たい金属の先が当たる感触がして、足を止めざるを得なかった。その剣を両手で鮮やかに構えているのは、ふたりの行く手を阻んだ騎馬の武人であった。

もうひとりの男は、フィデルマを縛り終えると、凶悪な表情を浮かべてエイダルフに向き直り、手早く彼の身体を探るとナイフを取りあげた。そして両手を後ろ手にねじりあげた。エイダルフは抵抗しようとしたが、武人に身体を摑まれ、横っ面を思いきり叩《はた》かれて地面に倒れた。起きあがろうとする間もなく、彼も両手を縛りあげられた。ものの数十秒で、ふたりは武人たちの乗る馬の後ろにそれぞれほうりあげられてしまった。

クラドッグが、進め、と命令をくだした。フィデルマが驚いたことに、どうやらクラドッグもその一味も、ヨーウェルスの死体に気づいていないようだった。彼らは例の木を一瞥《いちべつ》もせずに通り過ぎた。エイダルフの手で木からおろされた死体は、どうやら背の高い草の陰に埋もれてしまい、さらにこの暗がりに隠れてしまったようだ。

「なにを企んでいるのです、クラドッグ?」フィデルマは呼びかけた。

無法者たちの長《おさ》はちらりと彼女を振り向いた。「あいかわらず訊きたがりだな、アイルラ《グウィズ》ンド女《エル》?」彼はあざ笑った。

「残念ながら、そういう性分ですの」フィデルマは朗《ほが》らかに答えた。「最後にお目にかかってから、あなたはずいぶんと大胆になられましたこと」

「今度はどう俺を騙くらかそうってんだ？」クラドッグは怪訝《けげん》そうに詰め寄った。

「とんでもない。最後にお会いしたときは、あなたは森の中に身を隠し、屍肉《しにく》を漁《あさ》るものよろしく、旅人から金品や命を奪うことを生業《なりわい》としていました。ところが今は町そのものを襲おうとしているではありませんか。ずいぶんと大胆になったものです。単にそれが不思議でならないだけですわ？」

「あんたは賢い女だ」クラドッグが腹立たしげに鼻を鳴らした。「あんたが、そうやって口にする以上のことを知ってることはだいたい見当がつく。スァヌウンダに戻ったら、あんたがなにを知ってるのか、きっちり話してもらおうじゃないか」

これ以上会話を続けても得るものはあまりないようだ、とフィデルマは悟った。首を伸ばしてエイダルフを見やると、彼は馬の背に乗った武人の後ろで、落ちまいと必死に身体をよじっていた。気の毒なエイダルフ。さすがのフィデルマですら、両手を後ろ手に縛られていては平衡を保つのに苦労しているというのに、それほど乗馬が得意ではないエイダルフにとっては、この道行きはまさしく不快そのものだろう。

だが、騎馬の男たちはいっさい回り道はしなかった。クラドッグはひたすら町をめざして街道を行き、まもなく一行は木の橋を渡って、暗く静まり返ったヨーウェルスの鍛冶場を通り過ぎた。

暗い物陰に、ひとりかふたりの武装した男が立っているのにフィデルマは気づいた。クラドッグは気にも留《と》めずに通り過ぎた。明らかに彼の配下の者のようだ。彼は通りを駆け抜け、いまだあかあかと燃えている篝火をかすめると、グウンダの屋敷までやってきた。そこで追い剝ぎ集団は馬をおり、フィデルマとエイダルフも乱暴に引きずりおろされた。手下のひとりが馬たちを厩へ牽《ひ》いていった。

クラドッグは玄関に続く階段をあがっていき、扉を押し開けた。彼は戸口を振り向くと手下たちに声をかけ、捕虜たちを前へ連れてこさせた。彼が先に立って屋敷に足を踏み入れると、そのあとから手下たちが、フィデルマとエイダルフを乱暴に小突きながら中に入った。ふたりとも両手を後ろ手に縛られていたうえ、彼の手下たちが右へ左へと押してくるので、転ばぬようひたすら足もとに気を取られ、クラドッグがいきなり足を止めたことにもまるで気づかなかった。ふたりして彼に衝突しかけ、危うくつまずくところだった。なんとか踏みとどまって顔をあげると、クラドッグとその一味が、まるで彫刻になったかのように、その場に固まっているのが見えた。

大広間には弓矢をつがえた六人の男たちがおり、その切っ先はクラドッグ一味に向けられていた。

# 第二十章

彼らを迎えたのは、突き放すようなグウンダの声だった。

「ようこそわが屋敷へ、〝雀蜂《すずめばち》のクラドッグ〟」

フィデルマは、クラドッグの前に立ちはだかる人物が誰なのかを確かめようと、ほんのすこしだけ脇にずれた。

むろんグウンダもそこにある木製の椅子に腰をおろしていたが、彼がいつも鎮座している長《おさ》の椅子には、金髪に銀の飾り輪を戴いた、若々しい武人が堂々たるようすで座っていた。瞳孔《どうこう》がないようにすら見える、菫色《すみれ》といってもよいような瞳をした、美しい顔立ちの男だった。少年めいた笑みをおもざしにたたえている。服装は豪奢《ごうしゃ》だが、ひと目見れば、その腰にさげた剣がただの飾りではないことは容易に見て取れた。その顔には見おぼえがあり、彼が以前聖デウィ修道院でちらりと会った相手であることを、フィデルマは即座に思いだした。グウラズイエンの息子、カセン王子だった。

「武器を置け」鋭い声で、グウンダが無法者たちに命じた。

クラドッグとその一味がしぶしぶながら、剣をさげていたベルトを腰から外すと、カセンに仕える武人たちが弓矢を傍《かたわ》らに置き、進み出て武器を集めた。カセンに手招きされた別の者が、フィデルマとエイダルフの縛《いまし》めを解いた。

ふたりは血行を促《うなが》すためにそれぞれ手首をさすりながら、突然訪れたこの幸運に軽い戸惑いと驚きをおぼえつつ、しばし立ちつくしていた。

「この犬どもを、ほかの者どもと同様に捕らえておけ」クラドッグとその一味を指し示し、グウンダが命じた。

「待ちやがれ！」クラドッグがわめいた。「俺にこんなことをすれば、ただじゃ……」

だが武人たちは構わず彼を連行し、あとにはフィデルマとエイダルフが、カセン王子とペン・カエルの領主グウンダの面前に残された。

カセンはすでに立ちあがり、前に出て、フィデルマに向かって両手を差し伸べていた。「あなたの身を案じていたのだ、〝キャシェルのフィデルマ〟。あなたが客人としてわがダヴェド王国を訪れている間に万が一のことがあれば、兄君であるキャシェルのコルグー王は、けっしてわれわれを許してくださらぬだろう」

「お目にかかれて光栄ですわ、カセン殿下」フィデルマは熱のこもった口調でいった。「あなたにお会いできたことで、私どもの組み絵の、最後の一片がようやくはまりました」

カセンはよくわからないという表情だったが、彼女からそれ以上の説明がないことを悟ると、今度はエイダルフに向き直った。「貴君にもまたお目にかかれてなによりだ、サクソンの修道士殿」

　グウンダもみずからの仕える王子にならい、しぶしぶながら立ちあがった。

「さあ」カセンが促した。「暖炉の前に座るがよい、なにか飲みものを」後半はビズォグに向けられた言葉だった。彼女はまったく表情を動かさぬまま、命じられたとおり飲みものを用意すべく大広間を出ていった。

「なにが起こっているんです？」エイダルフが訊ねた。「どうやってここへ？」

「貴君の若き使者であるデウィが修道院に姿をあらわし、貴君からのことづてをトラフィン修道院長に伝えた。わたしと父上は、このペン・カエルの状況について彼に問うた。そこで、彼のことづてにはそれ以上の意味が隠されていることに気づいたのだ。貴君らの主張どおりならば、少数精鋭の戦士団が必要になるであろうと。そこでわたしはみずから武人たちを率い、ただちに駆けつけたというわけだ。デウィ少年はその道すがら、父親の鍛冶場へ送り届けた」

「あなたの勇敢なる行動のおかげで、運が味方してくれたようです」フィデルマは重々しくいった。「私どもにとっても幸運でした」

　ビズォグがふたたび入ってきたが、若き王子の御前であることに緊張しているようすだった。温葡萄酒《マルド・ワイン》とオート麦の焼き菓子が供された。

「〝フォルテース・フォルトゥーナ・アドユウァト（運は勇敢な者たちを助ける）〟かね？」

カセンがフィデルマに笑いかけた。

「テレンティウス（ローマの喜劇詩人。紀元前一九〇年頃～前一五九年頃）が『ポルミオ』の中で言及しているとおりです」

フィデルマも同意した。「ですが町はクラドッグ一味の手中にありました。いったいどのような方法で……？」

「どのような方法で事態を打開したのか、と？　たやすいことだ。クラドッグは、まさか敵が近くにいるとは予想すらしていなかった。やつはあなたがたを追うべく、手の者を四人連れて町を離れた。つまり住民たちの監視には十五人ほどが残されたというわけだ。いかなるしだいだったか、こちらのかたがたに話してさしあげろ、グウンダ」

ペン・カエルの領主はまだ居心地が悪そうだった。彼はしばらく地面を見つめていた。

「われわれはこの屋敷の裏にある、干し草用の大きな納屋に閉じこめられていた。ひとり残らず……」

「町じゅうの全員が囚われていたというのですか？」フィデルマが鋭い口調で問いただした。

グウンダは思わずまばたきをした。

「イエスティンも捕らえられていましたか？」フィデルマのいわんとするところを察し、エイダルフがさらに詰め寄った。

グウンダはかぶりを振った。「イェスティンの姿はひと晩じゅう見なかった。そういえばヨーウェルスも見ていない」

フィデルマは素早くカセンに向き直った。「五、六人ほど武人をお借りできますか？　あなたが信頼を置いている手練《てだ》れの者で、剣の腕も立つ者たちを？」

「可能だが。なぜだ？」

「町の者をひとり案内につけて、武人たちをイェスティンの農場へ案内させるのです。イェスティンの身柄を押さえ、そこにいるほかの者たちも、何者であろうがすべて捕らえてください。暴力による抵抗があるかもしれない、と武人たちには伝えておいてください。戦わずして武器を置く気などまるでない、クラドッグの手下たちがまだひそんでいるかもしれません」

カセンは部下をひとり呼びつけると、命令をくだした。フィデルマは満足げだった。

「さあ、続けましょう。罪を犯した者は、誰ひとりとして私どもの網から逃しはしません」

カセンは明らかに戸惑っているようすだった。「その、ヨーウェルスとイェスティンという者たちが、無法者のクラドッグと手を組んでいるというのか？」

「今回の件はただの追い剝ぎ事件ではございません、カセン殿下」フィデルマはきっぱりといった。「ですが、あなたがいかに事態を有利に引き寄せたかという話を、グウンダがしてくださっている最中でしたわね……？」

彼女は向き直り、制するようにエイダルフをちらりと見やった。つまり、なんらかの理由があって、ヨーウェルスの遺体を発見したことはまだ黙っていたほうがよいということだ。

その理由がなんなのかはエイダルフにはわからなかったが、ともかく彼女が頭に描いている計画にとことんまでつき合うことにした。

グウンダが中断された話を再開した。「先ほどもいったとおり、われわれは納屋に閉じこめられていた。クラドッグが手下たちを十人ほど置いて、われわれを監視していた。納屋の外にも何人かいた」

「そこへわれわれがあらわれ、町に踏みこんだというわけだ」カセンが口を挟んだ。

「あなたがたの戦士団は何人ですか？」エイダルフが訊ねた。

「父の親衛隊を務める五十人の武人を連れてきた。いずれも優秀な者たちだ」

「かように大規模な戦士団が到着したにもかかわらず、クラドッグの手の者たちに気づかれなかったとは、じつに不思議でならないのですが」フィデルマはいった。

「送りこんだふたりの斥候《せっこう》が、町へ続く橋のたもとで見張りの男と行き合った。するとその見張りが、自分の仲間が戻ってきたと勘違いして声をかけてきたそうだ。これは怪しいと即座に気づいた斥候たちは、男の持っていた武器を取りあげ、わたしと戦士団のもとへ連行した。ようやくすこし吐かせたところ……」カセンは言葉を切り、乾いた笑い声をあげた。

「そのあたりはあえて省略するが、ともかくその男は、クラドッグの手の者たちがグウンダとその民を捕らえて納屋に閉じこめていることを白状し、さらにご丁寧にも仲間の特徴まで吐いてくれた。あとはただ、連中から武器を奪い、人々を解放すればよいだけだった。クラドッグとやつの手の者が数人、あなたとエイダルフを追っていったことがわかったので、われわれは町の者たちに、それぞれの家へ戻り、グウンダの新たな指示がくだるまで、明かりをつけずにおとなしくしているよう命じた。そして各自持ち場につき、かならず戻ってくるであろうクラドッグを待ち伏せた。あとはあなたがたもご存じのとおりだ」

フィデルマは彼の話を聞きながらしきりに頷いていた。「なかなかの策士でいらっしゃいますのね、カセン殿下」

「よき策士にも運は必要なのだ、修道女殿」

フィデルマは感心したように彼を見やった。つまり、カセンはけっして飾りものの指導者などではないということだ。

グウンダが咳払いをした。「カセン殿下」彼はいった。「ペン・カエルに平和を取り戻してくださり、まことに感謝の極みでございます。あなたのおかげで、この土地の追い剝ぎ集団を一網打尽にすることができました。シスター・フィデルマからも、われわれの抱えていた謎はすべて解けたという言葉をお聞かせいただけることでしょう。〝シー・フィーニス・ボヌス・エスト、トートゥム・ボヌム・エリト(終わりよければすべてよし)〟」

フィデルマは即座にかぶりを振った。「これにて謎を終結させてしまうのは、けっしてよいことではございませんし、そのためにさらに悪い結果をもたらすこととなりましょう」

カセン王子は心もとなげだった。「このたびのできごとをすべて詳《つまび》らかにする前に、答えを見いだすべき疑問点がいくつかあるのは確かだ。それらの疑問点に対する答えをあなたはご存じなのか、修道女殿？」

「まずお教えください、カセン殿下、デウィがあなたの父君であるグウラズィエンのもとにたどり着いたさい、彼は私の名において、具体的な要求を述べておりましたか？」

カセンは頷いた。「あなたには、ご自身が重要と考えるすべてのものごとを捜査する、バーヌウルと同等の権限が与えられるべきである、と彼はいっていた」

「その権限は与えていただけるのでしょうか？」

「あなたにその権限を与えることに、父上も異存はないようだ。先にも申したが、あなたには少々われわれの後ろ盾《だて》が必要なのではないかと思っていたのだ」

見守るグウンダはどこか不満げだった。

そのとき扉をノックする音がし、カセンに仕える武人のひとりが入ってきた。「他愛もありませんでした、カセン殿下。イェスティンという男を捕らえてございます。ふたりの無法者とともに自分の農場におりました。奇襲をかけ、向こうに剣を抜く暇さえ与えませんでしたので、怪我人もひとりもおりません」

カセンはフィデルマに向かってにやりと笑みを浮かべた。「じつに結構。これでわれわれはすべての鼠《ねずみ》をこちら側の罠に追いこんだということかな、姫君？」

フィデルマは答えずにいたが、ふと若い武人に向き直った。「その無法者のひとりは、金属製の縁《ふち》なし帽を被っていませんでしたか？　兜《かぶと》を被っていたのでは？　少々態度の横柄な男ではありませんでしたか？」

「おっしゃっているのはおそらく、コリンと呼ばれていた男にちがいありません。横柄な男でした」武人が応じた。

「私が捕らえていただきたかったのは、まさにそのコリンです」フィデルマは満足げなため息をついた。

「イェスティンという男のほかに、もうひとり無法者がおりました。シアルダという名です」

「シアルダ？」エイダルフの両眉がわずかにあがった。「では彼は生き延びたのですね？」

「運は間違いなく私たちに向いていますわ」フィデルマが彼に告げた。

カセンが訝《いぶか》しげに彼女をちらりと見やった。「その者たちは重要人物なのかね？」彼は訊ねた。「クラドッグがその者たちの頭《かしら》ではないのか？」

「じつに重要です」彼女はきっぱりといった。「ひとりずつ別々に、しかし厳重に閉じこめておいてください。三人とも、このたびの陰謀の駆け引きにおいて、ひじょうに重大な役割を担っています」

カセンは武人に向かって、フィデルマのいうとおりにするよう身振りで命じると、彼女に背を向けた。「わたしにはまるでわけがわからない」彼が口をひらいた。

「明日ご説明いたします。むろんグウンダに許可をいただいたうえでのことですが、明日、この大広間に全員で集合いたしましょう。そのさいに、このたびのできごとを総括し、すべてに終止符を打ちたいと考えております」

グウンダは不快感もあらわに眉をひそめた。「事件は終結したのではないのかね？　無法者は一網打尽にしたのであろう。まだなにかあるとでも？」

フィデルマは憐れむような笑みを彼に向けた。「解明すべき死が数多くございます、グウンダ、さらにグウラズィエン王に対する陰謀についても説明がなされねばなりません」彼女はカセンに向き直った。「私がその説明をいたしたいと思いますが、私にその権利と、あなたのご賛同をいただけますでしょうか？」

「むろんだとも」王子は答えた。

「では、グウンダの大広間にて明日の正午より開廷いたしますので、判事秘書官としてあなたの臣下の者よりひとりお寄越しください」

「カデッスならば、信頼の置けるわたしの右腕だ」

「たいへん結構です。では明日なすべきことについて指示を出したいので、カデッスと話をさせてください。というのも今回の件は、正確かつ特別な方法を用いて進めねばならないからです」

カセンとグウンダは彼女がなにを考えているのかわからず、明らかに途方に暮れていた。それでもカセンは戸口を振り返り、臣下をひとり呼びつけると、カデッスを探して連れてくるよう命じた。ややあって、若い武人が入ってきた。カセンが穏やかな声で彼に呼びかけると、男は大広間を横切り、フィデルマの前で片手をあげて敬礼した。

「なんなりとお申しつけください、修道女様」彼はいった。きびきびとした有能そうな男だ。

「ブラザー・エイダルフと私が指示を出すまでここにいてください」彼女は残りの者たちに向き直った。「夜も更けておりますし、しかも今夜はじつに長い、骨の折れる晩でした。みなさんお休みになってください。ブラザー・エイダルフと私ものちほど休ませていただきます」

人々はためらいつつも、彼女がきらりと瞳を輝かせるのを見て、それぞれその場をあとにした。


きらめくような朝だった。空には雲ひとつなく、晩秋の陽光がまぶしく降りそそぎ、人々はみなそのまばゆさに目を細めた。明るい日射しには包まれていたが、空気は肌寒く、夜明け前におりた霜が解けたらしき形跡があった。低木の茂みや木々、さらには草の葉にもちいさな水滴がつき、きらきらと輝いていた。

フィデルマはだいぶ遅くまで眠っていた。じつをいえば起きたときにはもう昼近かった。それでも、エイダルフよりはかなり早く目を覚ましたので、厨房《ちゅうぼう》へおりてみると、ビズォグがそこで洗いものをしていた。彼女は無愛想な朝の挨拶を寄越した。

「今朝はなにやら町が騒がしいようですわね、修道女様。あなたがなにをお話しになるのかと、大勢がグウンダ様の屋敷に押し寄せていますわ」

フィデルマはテーブルの傍らに腰をおろし、林檎《りんご》の入った鉢に手を伸ばした。

「彼らが気を落とさないことを祈るばかりです」彼女は硬い声でいった。ビズォグは眉根を寄せ、フィデルマを残して出ていった。

しばらくして、エイダルフが入ってきた。あいかわらず疲れきっているようだ。自分もおそらく憔悴《しょうすい》して見えるのだろう、とフィデルマは思った。なにしろ、ふたりとも結局夜明けまで床につくことはなかったからだ。彼らは、エイダルフの手当てのおかげで感染症のおそれのある怪我から回復したシアルダに対し、しばしの時間をかけて訊問し、その結果、フィデルマの考察が正しかったという裏づけを得た。

「人々が大広間に続々と集まっています」エイダルフは挨拶代わりにいうと、自分も林檎を手に取った。まさにそれにかじりつこうとした瞬間、傍らにカデッスを伴ったカセン王子があらわれた。

「よい日和だな」彼は告げた。「太陽はまもなく天頂にのぼる。カデッスはあなたがたの指示を粛々《しゅくしゅく》とこなしている。あなたがたが出席を求めた者たちはすでに全員揃った。クラドッグと無法者の一味はまだ閉じこめてあるが、イェスティンだけは、衛兵をつけたうえで大広間に連行した」

「鍛冶職人のゴフと、その妻のフロンウェンも到着していますか？」フィデルマは訊ねた。

「息子のデウィとともに、ふたりとも来ております」カデッスが応じた。

「エレンも来ていますか？」

「彼女は戻ってくるのをひじょうに渋っていました。ですが途中でゴフの鍛冶場に足を止めてくれていたおかげで、はるばるスァンフリアンまで迎えに行かずにすんだのは幸いでした。本人は戻ってきたくはなかったようですが」

「なにもかも整った、修道女殿」カセンが締めくくった。「すべてあなたの指示どおりに」

「グウンダも列席していますね？」

「しているが、じつに不本意だという顔だ」カセンが答えた。「本来ならば、ペン・カエルの領主である彼が判事の座につくのが常であるが、あなたがたの要求に従い、このたびの裁判においては、彼に先んじてわたしがその役割を担う」

「この審理が滞りなくおこなわれるか否かはすべてあなたにかかっています、カセン殿下。私には判事としての権限はございませんから、私が数々の事実を述べたのちに、法の道がいずこへ向かうのか、それはあなたのご決定しだいです」

「さもあらん」

「ではお先にいらしてください、私どもはあとからまいります」

彼はカデッスとともに大広間に入っていった。人々のざわめきが、待ちわびるような静寂に変わったのがフィデルマの耳に届いた。

ビズォグはあいかわらず厨房で忙《せわ》しなく立ち働いていた。

「ビズォグ？　あなたは行かないのですか？」

長身の、金髪の使用人はかぶりを振った。「私は使用人にすぎませんので。お客様のお求めがないかぎり、公務がおこなわれている間は、私はグウンダ様の大広間には足を踏み入れてはならぬといわれております」

「ですがあなたには、その場に列席し、これまでのできごとについての話を聞く権利があります。エイダルフがあなたとともに行き、席を用意してくれます」

エイダルフが立ちあがり、一緒に来るようビズォグに身振りで告げた。彼女はいわれたとおりにしたが、気が進まないとみえ、やや不服そうだった。フィデルマはしばしの間、腰をおろしたまま、テーブルの木製の天板を指で叩きながら、眉根を寄せて宙を見つめていた。やがて深いため息をひとつつくと、彼女は立ちあがり、グウンダの大広間に向かった。

大広間は満員だった。カセン王子が中央の椅子に腰をおろし、その傍らにはペン・カエルの領主、グウンダが座っていた。グウンダは、本来ならば自分が鎮座すべき場所を奪われて明らかに腹を立てているという顔で、入ってきた彼女を憎々しげに睨みつけた。カセンが連れてきた臣下のひとりは、傍らで議事録を取ろうと構えているところを見ると、どうやら書記のようだ。カセンの臣下たちは万が一に備え、大広間じゅうに首尾よく配置され、カデッスは、みずからに与えられた判事秘書官としての役割を果たすべく立っていた。

フィデルマは扉の前で足を止めた。人々が一斉に彼女を見た。静寂がひろがった。しかめっ面のエレンが父親の隣に座っているのが見えた。鍛冶職人のゴフと、丸顔をした彼の妻のフロンウェン、そして息子のデウィもいる。フィデルマは少年に向かって微笑んだ。彼が聖デウィ修道院まではるばる旅をしてくれなければ、事態は今以上に取り返しのつかないものとなっていたにちがいなかった。ビズォグは、エイダルフが見つけてくれた席に居心地悪そうに座っていた。彼女からさほど遠くないあたりに、だが両脇を武人たちに固められた状態で、農夫のイェスティンが座っていた。

カデッスはすべて指示どおりに済ませていた。クラドッグとコリン、そしてその追従者たちは大広間には来ておらず、彼女の呼び出しがあるまで、囚われの身としてグウンダの屋敷の納屋に閉じこめておくことになっていた。

カセンが書記をちらりと見やると、男は短剣の柄《つか》で机を叩いた。とはいえ、すでに静まり返っている大広間には不必要な仕草だった。

「始めたまえ、修道女殿」カセンが呼びかけた。

フィデルマは部屋の中央へつかつかと歩いていった。エイダルフはすでにカセンの前に立っていた。「カセン殿下、まずは私とエイダルフが、あなたの父君であるダヴェド王グウラズィエンより賛同と権限を与えられたうえで話をするべくここにまいっていることを、本法廷にお集まりのみなさまに申しあげておきとう存じます」

「よろしい、これによりその旨はみなの知るところとなった。〝キャシェルのシスター・フィデルマ〟および〝サックスムンド・ハムのブラザー・エイダルフ〟は、自国において法を司る者であり、わが父である王より権限を委任され、ペン・カエルを訪れた。事件解明のため、わが国におけるバーヌウルとしての肩書きを彼らに与えることに、王は賛同しておられる。そこで彼らによる調査結果を、われわれはぜひとも、期待をこめて聞かせてもらうこととする」

フィデルマはみずからの集中を高めるかのように、真剣な顔つきで一同を見わたすと、ふたたび向き直り、カセンに語りかけた。「私どもは、ブラザー・メイリグとともにこの地へまいりました。調査を依頼されたのはふたつのできごとについてです。一件めに関しましては、グウラズィエン王みずから、私どもに助力をお求めになりました――スァンパデルン修道院の修道士たちの失踪の謎です。二件めは、熟練の判事であったブラザー・メイリグの手腕を見こんで依頼された調査――つまり、この町で起こった、鍛冶屋のヨーウェルスの娘、マイルが殺害された事件についてでした」

彼女が言葉を切ると、静寂が漂った。

「当初、これらふたつの事件は別々の、いっさい関係のない、それぞれ独立したふたつの問題だと考えられていました。ですが私はしだいに、これらの間にはなんらかの関わりがあるのではないかという気がしはじめました。というのも、このふたつの事件には共通の主人公が存在するからです」

彼女はふたたび言葉を切ったが、やはりみな、しんと静まり返っていた。

「カセン殿下、お許しをいただけましたら、これらのできごとの説明に移らせていただきとう存じます。まずはマイル殺しと、それがもたらした結末について――」

「異議あり！」グウンダが座席から身を乗り出した。「いかに自国で名うての者だろうと、その異国人にこの事件を解き明かす権限などない」

黙れ、とカセンが身振りで告げた。「権限についてはすでに定めたとおりだ」彼はぴしゃりといった。「父上は、彼女が調査をおこない、ブラザー・メイリグの死に関する証拠を見いだした力量を認めておられる。さらに、かのバーヌウルはマイルの死を調査していたのだから、彼女がこの件に関してみずからの主張を述べるのは妥当であると考えられる」

「ブラザー・メイリグはイドウァルに殺されたのだ。マイルを殺したのもイドウァルだ。それがこの事件の顚末《てんまつ》だ」グウンダが抗《あらが》った。

「イドウァルが犯人だったかどうかは考え直す、とおっしゃっていたご自身の言葉を覆すのですか？」フィデルマは訊ねた。「あなたの娘であるエレンは、マイルは自分と間違われて殺されたのだ、と思いこんでいました。彼女は身に危険が及びかねない会話を、森の中で偶然耳にしてしまったのです。違いますか？　確かあなたは、エレンがそのことを私に話すことにも反対なさいませんでしたね」

グウンダは顔をしかめた。「娘のいうことなど当てにならぬ」

カセンは身を乗り出し、怯えた顔のエレンを探し当てた。「それはまことか、エレン？ そなたはそのような主張をし、父君は、そなたがシスター・フィデルマとブラザー・エイダルフにその話をすることに同意した、と？」

「そうです」エレンは悲しげな表情で認めた。

カセンはフィデルマに向き直った。「ではグウンダの異議は却下する。続けたまえ」

フィデルマは、まず考えを整理しようとしたのか、ふと間を置いてから、ふたたび話を続けた。

「今回の悲劇の種は――今お話ししているのはマイルの死についてです――何年も昔の話に遡《さかのぼ》ります。私はできるかぎりのことをお伝えいたしますが、万が一私の解釈が間違っている箇所がございましたら、この場にいらっしゃる証人のみなさまがたにはぜひ異議を申し立て、私の話を訂正していただきとう存じます。うら若きマイルを襲った手と、ブラザー・メイリグを襲った手は同一人物のものではなかったのだ、といずれみなさまがたにもおわかりいただけるはずです」

大広間にざわめきが起こったが、書記が机を叩く音ですぐに収まった。

「申しあげたとおり、この悲劇の種が蒔《ま》かれたのは幾年《いくとせ》もの昔、ここからさほど遠くない、ディナスという場所でのことでした」フィデルマは語りはじめた。ゴフが落ち着かなげに身じろぎをした。「そこにはギルギストの鍛冶場があり、ふたりの見習い鍛冶職人がおりました。そのひとりがゴフ、もうひとりがヨーウェルス、マイルの父親です。彼らの師匠だったギルギストには、エーヴァという娘がおりました」

エレンは先ほどから、好奇心もあらわな表情で、席から身を乗り出していた。

「ヨーウェルスがエーヴァを身ごもらせました。ギルギストは激怒し、徒弟だったヨーウェルスを破門しました。それでも怒りは収まらず、彼はおのれの娘までも家から追い出してしまいました。やむにやまれず、エーヴァは放浪中の武人と懇《ねんご》ろになりました。彼が子どもの父親である、と周囲には思われていたようです。じっさいになにがあったのか、私には推測するしかございませんが、願わくは、当事者のかたはどうぞ臆さず、私が推測で申しあげている言葉が正しいことを証明していただきたく存じます。この武人はエーヴァと懇意になりましたが、子どもが生まれるとまもなく、ふたりの間には諍《いさか》いが絶えなくなりました。そもそも彼には、ほかの男の子どもの父親になる気などさらさらなかったのでしょう。

武人は姿を消し、エーヴァは絞殺死体で発見されました。それればかりか、赤ん坊も行方知れずとなりました。さてギルギストですが、幸せだったかつての日々に、彼は娘のために首飾りをこしらえました。野兎《うさぎ》をかたどり、宝石をちりばめたペンダントヘッドのついた、純金のペンダントです。そのペンダントも見当たらず、おそらくエーヴァを殺した犯人が持ち去ったものと思われました。

それからしばらくのち、ヨーロという羊飼いがガーン・ヴェハンで暮らしはじめました。彼はイドウァルという男の子を育てていましたが、実の息子ではありませんでした。いっぽう鍛冶職人のヨーウェルスは、ここスァヌウンダでエサスユトという地元の娘と結婚し、マイルというひとり娘をもうけました。ヨーウェルスは妻のエサスユトを粗雑に扱いました。ほどなく彼女は亡くなりました。その罪悪感から、彼は娘を溺愛するようになりました。ヨーロの養い子であったイドウァルは、お人よしで気の優しい若者で、なぜか彼とマイルには、不思議にも通じ合うものがあったようです」

「ヨーウェルスはどこにいる?」グウンダが居丈高に口を挟んだ。「彼こそここにいて、かように突飛なつくり話に反論を述べるべきであろう」

フィデルマはゴフを振り向いた。「ヨーウェルスが不在ですので、あなたと奥方のフロンウェンから、ここまでの私の話がはたして突飛だったかどうか、この法廷のみなさまがたにお話しいただけますかしら?」

ゴフは足もとの床を見つめていた。答えたのは彼の妻だった。

「なんにも間違っちゃいないよ。ここまでの話には想像なんてひとつも入ってない。うちの主人はディナスの鍛冶職人の二番弟子だったし、知ってのとおり、ヨーウェルスの奥さんだったエサスユトとあたしは仲のいい友達だった」

「ところが」フィデルマは続けた。「イドウァルとマイルが惹かれ合ったのは男女としてではなく、より深遠な絆《きずな》によるものだったのです。イドウァルとマイルは異母兄妹でした。しかし、おたがいにそれを知ることはなかったのです」

「ならば証明せよ！」彼女の陳述に人々がざわめく中、グウンダがぴしゃりといい放った。

「羊飼いのヨーロは亡くなる直前に、おまえの母の遺品だといってイドウァルにあるものを渡しました。野兎をかたどった純金のペンダントです」

「イドウァルは死んだ」グウンダが大声をあげた。「証明できる者はいない」

フィデルマは笑みを浮かべた。エレンに向き直る。

「ほんとうのことです」少女は小声でいった。

「話したまえ、娘よ」カセンがいった。「話すべきことがあるならば、この法廷において告げよ」

エレンは顔をあげた。その目には涙が光っていた。「ほんとうなんです」先ほどよりも決然とした声だった。「イドウァルはヨーロから、ペンダントの由来を聞かされてました。人殺しの罪に問われたとき、イドウァルは、自分の大事な宝物が取りあげられてしまうかもしれないって思ったんです。それであたしにそれを預けたんです」

「では、そのペンダントは今どこに？」カセンが問いただした。

フィデルマはペンダントを片手に掲げて進み出た。「エレンが私に、これがいかにして彼女のもとにやってきたかを話してくれたさいに、私が預かりました。じつに独特な品ですから、ゴフが見れば、鍛冶職人の師匠であったギルギストの手になるものであることはすぐに見わけがつくはずです。これが、かつて遠い昔に、エーヴァが身につけていたまさにそのペンダントです。これがいつなくなったかということは、すでにゴフとフロンウェンに証言を得ております」

ゴフは起立し、ペンダントを見つめた。「間違いないでさ」彼は抑えた声で認めた。「どこにあろうと見間違いなどせん」

わめき声がし、揉み合う音がした。みなの目が、イェスティンの座っているあたりに向けられた。聴聞の間、彼は無表情のまま沈黙を保っていたが、突然両目をかっと見ひらき、憎悪の表情を満面に浮かべて、必死に立ちあがろうとした。

「ヨーウェルスがイドウァルの父親だっただと?」彼は大声で叫んだ。衛兵が彼を椅子に押し戻した。

「ヨーウェルスを呼べ」グウンダが呟いた。「これは彼にも聞かせるべきだ。それが真実ならば、彼にとってもそのペンダントは見おぼえがあるはずだ」

「まさにそのとおりでした」イェスティンには答えぬまま、フィデルマはきっぱりといった。私はブラザー・エイダルフとともにまいり、彼にこのペンダントを見せました」

「ならば彼はどこにいる?」グウンダが詰め寄った。

「このペンダントを見たヨーウェルスは、イドウァルがエーヴァとの間に生まれた自分の実の息子だと気づき、われを失いました。あろうことか血を分けた息子を、おのれの娘を犯して殺した犯人だと思いこみ、縛り首にするのに手を貸してしまったのですから」

「では彼は今どこにいるのだ、修道女殿?」カセンが問いただした。「なぜその者はここにおらぬ」

フィデルマの身振りに応え、カデッスが咳払いをして一歩前に進み出た。「殿下、現在、彼の遺体は鍛冶場にございます。自分はシスター・フィデルマより命を受け、朝一番に指示された場所へ向かいました。彼がみずから首を吊った木の根もとに、遺体が横たわっておりました。昨夜《ゆうべ》、シスター・フィデルマとブラザー・エイダルフが遺体を発見し、クラドッグに捕らえられる直前に、木からおろしたのだそうです」

列席者が恐怖に息を呑む音が聞こえた。

「ヨーウェルスは、実の息子を手にかけてしまったという事実に耐えられなかったのです」

フィデルマは続けた。「しかもその実の息子が、妹に劣情を抱いたあげく殺害してしまったと思いこんでいたのですから」

「イドウァルの育ての親だというそのヨーロという羊飼いは、あなたの話にあった武人のことか?」カセンが訊ねた。「その不幸なエーヴァとやらが、ヨーウェルスの子を身ごもったのちに懇ろになった男がヨーロだったのか?」

みなが驚いたことに、フィデルマはかぶりを振った。答えるかわりに、彼女はイェスティンを振り向いた。「ヨーロが武人だったことは一度もありません。そうですね、イェスティン？」

農夫は無言で彼女を睨み返した。

「もはや否定はしませんね？　ここにおいでのかたがたの中にも、あなたが若かりし頃は武人であったこと、そしてあなたがヨーロの弟であることを知っている人たちがいます。私の想像ですが、ヨーロはイドウァルを、あなたがエーヴァに生ませた子だと思いこみ、不憫《ふびん》に思ったのではないでしょうか？　そしてヨーロが赤ん坊の養い親となり、あなたはエーヴァのペンダントを兄に託した。違いますか？」

イェスティンは黙りこんだままだった。

「やがてあなたは歳を取り、武人を続けられなくなったため、ペン・カエルにやってきて農場を始めました。イドウァルのことには無関心でしたが、彼の姿を見かけるたびに、あなたはかつての過ちを思いださざるを得ず、エーヴァのことが頭をよぎったのではありませんか。エーヴァを殺したのはあなたですね？」

農夫は憎悪に満ちた視線をあげた。

「証明できるもんならしてみろ、アイルランド女《グウィズエル》」喰いしばった歯の間から、彼がいった。

「その必要はありません。目下あなたが関与しているスァンパデルンでの陰謀についてはおいおいお話ししますが、当然ながらそれだけでも罰せられるに値する犯罪です。とはいえ、これらのことを明確にしておいても構いませんでしょう。否定なさらないというだけで充分です。ヨーロが亡くなったとき、彼の財産が自分に転がりこんでくるとわかり、あなたはまずイドウァルを着の身着のまま追い出しました。若者は渡りの羊飼いとしてどうにか暮らしを立てつつも、常にあなたの目の上の瘤《こぶ》としてこの土地にいたわけです。

イドウァルがマイル殺しの罪に問われたとき、これはあの邪魔な青年を永遠に厄介払いする絶好の機会だ、とあなたは踏んだのです。そこで先頭を切って復讐を訴え、人々を煽《あお》って憎悪の渦に巻きこみ、自分たちの手で法を執行するよう仕向けました。あなた自身が犯した罪もまた、彼を惨殺する動機の一部となったのでしょう」

「やったのは儂《わし》ひとりじゃない！」イェスティンが声をあげた。

「そうでしょうとも。その罪を科せられるのは、イドウァル殺しに加担した全員です。しかし、その中で最も痛ましい加担者となったのは、イドウァルの実の父親、ヨーウェルスでした。そして彼はその罪を犯してしまった自分自身を罰したのです」

「待ちたまえ、シスター・フィデルマ」カセンが考えこんだようすで割って入った。「じつに痛ましい話であり、ここに集《つど》った者たちにもほぼその詳細は伝わったようだ。イドウァルの人生そして死についての物語は、聞くだに恐ろしく悲しいものであった。だがあなたは、彼の死は殺人だとおっしゃる。そのとおりであろう。しかし、マイル殺害とブラザー・メイリグ殺害というふたつの犯罪はどうなるのだ？　かつての過ちはともかくとして、このふたつの殺人については、あなたはイェスティンを告発する気はないようだ、しかもイドウァルの無実はまだ証明されておらぬ」

フィデルマは軽く会釈をすると穏やかに微笑んだ。「あなたは判事としても優れたおかたでいらっしゃいますのね、カセン殿下。今はまだ状況を説明しただけですわ。まさしくこれから、この悲劇の中心をなす事件を覆い隠している霧を晴らしてまいります」

彼女はふたたび間を置いてから、いった。

「ヨーウェルスは娘のマイルに落ち度があったなどと認めたくはありませんでした。そこで娘は処女《おとめ》であり、イドウァルに力ずくで純潔を奪われたのだと主張しました。ところがマイルはとうに経験豊富な娘だったのです。友人たちの間でも、彼女が性に奔放で、とりわけ大人の男性を好んでつき合っていたことはよく知られていました。彼女には情夫がいたのです」

「その推論は危険ではないかね。証拠もなしにそのような主張をするのは……」カセンが戒めた。

「おや、必要とあらば、私の主張を裏づける証人をひとりずつ呼びますが。グウンダの娘、エレンに証言させてもよろしいのですよ。そういたしましょうか？」

「なるほど。今のところはまだ必要ないが、異議申し立てがあった場合には備えておくように」

「承知いたしました。マイルは親しかったエレンに、歳上の男性とつき合いはじめた、と自慢していました。殺害された日の朝、マイルは森でイドウァルに会いました。イドウァルは、彼女が多くの男性と関係を持っていることを知っていました。イドウァルはひじょうに道徳的な若者でしたから、歳の離れた情夫に手紙を渡してほしいと彼女に頼まれたものの、それを断りました。イェスティンが森で通りかかったときに目撃したという、ふたりの口論の原因とはそのことだったのです。

そのようすを目撃したイェスティンはヨーウェルスのもとへ飛んでいき、ふたりの諍いを、さもじっさい以上のものであるかのように伝え、ことを大きくしたのです。まさかマイルが殺されるとまでは予想していなかったのかもしれませんが、結果としてそうなったのは、彼の計画にとってひじょうに都合のよいできごとでした。彼としては、イドウァルをこの土地から追い出せさえすればそれでよかったのでしょうけれど。これぞまさしく、イドウァルに殺人の罪を着せ、目の前から永久に排除する絶好の機会と考えたのです」

「よくわからぬのだが」カセンが口を挟んだ。「つまり、イドウァルはマイルを殺したのか、殺していないのか？」

「彼がマイルを殺したのではありません。急を知らせるべく慌ててヨーウェルスのもとに向かっていたイェスティンは、森の中で誰かとすれ違いました。しかし彼は、憎悪に満ちた思いを遂げんと夢中だったため、その相手が誰だったのかを気に留《と》めることはほぼありませんでした。その頃、イドウァルは情夫に手紙を届けてほしいというマイルの頼みを断り、腹を立ててマイルをひとり置き去りにしてその場をあとにしました。そこへ殺人者があらわれ、マイルは無邪気にも、手紙を届けてほしいとその人物に頼んだのです」

「無邪気にも、とは?」カセンが問いただした。

「彼女が手紙を託そうとした人物とは、長年にわたり、マイルの歳の離れた情夫と愛人関係にあった者だったからです。自分の愛人がこの若い娘と睦《むつ》み合っていると知り、棄《す》てられたと感じたのでしょう。彼女は以前からマイルを怪しみ、憎んでいました。そこへ自分の情夫に宛てた手紙を託されるなど、もう我慢の限界でした。彼女は激情にまかせ、マイルの首を絞めました。その力強い両手で彼女の首を絞め、殺したのです。そうですね、ビズォグ?」

# 第二十一章

フィデルマの告発に、大広間はとたんにざわめいた。静まれ、とカセン王子とカデッスが声高に命じる間も、喧噪はやむどころかさらに大きくなっていった。

ビズォグは無表情のまま座っていた。まばたきひとつせず、感情をおもてにはいっさい出さなかった。感情を爆発させることもなければ、否定しようともしなかった。ただ空虚な表情を浮かべているだけだ。まるで、すでに心はその肉体には宿っていないかのようだった。

エレンは座ったまま、青ざめた顔に凍りついたような表情を浮かべ、ビズォグを見つめた。

「だけど……ビズォグがマイルを殺したってことは、それって……」彼女は椅子の上で身をこわばらせ、蒼白な顔で、唇をきっと結び、勢いよく父親を振り向いた。「父様とマイルが愛人関係にあったってことじゃない！」彼女は嫌悪もあらわに、父親に向かって金切り声をあげた。「父様がマイルと――」

秩序らしきものがふたたび大広間にもたらされるまでにはしばらくかかった。

「そのビズォグなる女が告発を肯定も否定もしないのであれば、話を続けるがよい」カセンがフィデルマに命じた。

「ビズォグは少女の頃、捕虜としてグウンダの屋敷に連れてこられました。長年にわたり、グウンダとビズォグは愛人関係にありました。ビズォグは周囲が見えぬほど彼を愛していました。グウンダとマイルの関係がいかにして始まったのか、私は存じません。マイルの奔放さが呼んだものだったのかもしれません。彼女のほうからいい寄られ、彼もついなびいてしまったのではないでしょうか」

グウンダが話そうとしていることに気づき、彼女は言葉を切った。

「ビズォグのことは愛《いと》おしく思っていた。その女を護るためならなんでもしてやるつもりだった。だがマイルは……若く、生気にあふれていた。彼女はわたしに力をくれた。わたしに新たな命を吹きこんでくれたのだ！」

フィデルマは彼の告白に、満足げな表情を浮かべた。「私は、この地に到着した最初の晩から、今回の事件にはビズォグが関わっているのではないかと薄々感じていました」彼女は落ち着きはらった声で続けた。「問題は、この謎が、わたしが調査を任じられたものとは別の事件だったことです。この件はブラザー・メイリグに一任されましたが、糸が複雑に絡み合っていることには私も気づいてはいたものの、もし彼がそれをほどきはじめれば、その身に危険が及ぶであろうとまではさすがに思い至りませんでした」

彼女は一旦言葉を切ってから、続けた。

「グウンダはその朝森にいました。彼が、マイルを絞殺した直後のビズォグに出くわしたのはまったくの偶然だったのかもしれません。グウンダはまだ彼女を憎からず思っていました。先ほど本人が自分の口で証言したとおりです。彼はとっさに、ビズォグの罪を隠蔽《いんぺい》することを画策しました。そこで、ことづけられた手紙を持ってスァヌウンダに戻るよう彼女に告げ、後始末は自分に任せておけといったのです。彼女がその場を去ったのち、運命の悪戯《いたずら》が起こりました。イドウァルが、マイルに謝ろうとして戻ってきたのです。グウンダは身を隠し……」

グウンダは呻《うめ》き声をあげ、しきりに首を振った。「そんなつもりではなかった」彼はいった。力も権威もすべて霧散してしまったかに見え、その姿はもはやまるで、背を丸めた弱々しい老人さながらだった。「姿を見られまいとわたしは隠れた。イドウァルが遺体のそばへやってきて屈みこんだ。死んでいるなどとは信じられないというようすだった。やつは彼女を目覚めさせようと必死だった。そこへ町の者たちの叫び声がした。わたしはとっさに、なにをすべきか悟った」

「あなたはイドウァルを捕らえ、ヨーウェルスとイェスティンに向かって、あたかも犯行現場を取り押さえたかのように振る舞ったのですね。誠実かつ高潔な領主を演じ、イドウァルを拘束するよう民に命じたうえ、聖デウィ修道院へバーヌウルを呼びにやりました。この事件に関して、あなたは咎《とが》められるべき立場にはないことを見せつける必要があったからです」

静寂が漂い、やがてエレンが口をひらいた。「ひとつだけ間違ってるわ、修道女様。マイルには強姦された跡があったのよ。聞いたわ、血だらけだったたって……」

フィデルマが片手をあげて制した。「グウンダは、マイルが周囲から純潔な処女《おとめ》だと思われていることをふと思いだしました。彼の隠蔽工作の中で、ここが最も嫌悪感を否めない部分です。彼はナイフを手に、彼女の太腿の内側を一回ずつ刺して血を流させたうえ、薬師《くすし》のエリッスに、かの少女が処女《おとめ》であり、殺害される前に乱暴されたにちがいない、とわざわざ指摘してみせたのです。ところが彼は、あまりにも慌てて偽の手がかりをこしらえようとしたために、エリッスの妻がその傷を目にするであろうことにまでは考えが及びませんでした」

エリッスが話を引き取るべく、みずから名乗った。「出血は間違いなくその傷によるものでございました、カセン殿下。破瓜《はか》による血であるとグウンダがしきりに主張しておりましたゆえ、そうではないと儂《わし》から説明いたしました。さらに、ここにおります妻によりますと、マイルは処女《おとめ》ではなく、避妊方法を妻に訊ねてきたこともあったとのことでございます」

「イドウァルがマイルに詫びようと戻ってきて遺体を発見したのは、グウンダにとっては運命の悪戯に思えたのかもしれません」フィデルマはため息をついた。「ですがグウンダはみずからの策に溺れることとなりました。強姦されていたという主張を薬師に否定され、逆に自分が呼び寄せたバーヌウルにあれこれと探られるのではないかと恐れたグウンダは、次善の策をとることにしたのです。イドウァルさえ死んでしまえば、裁判の必要がどこにある？と」

グウンダはなんらかの弁明をせねばならないと気づいたらしく、立ちあがった。「そもそもあの青年が町の者たちに連れ出されたとき、わたしは屋敷に監禁されていたのだ。それはあなたもご存じだろう、わたしはいっさい関わっていない」

「存じていますとも、あのときあなたは武器を手にし、丸腰の若者ふたりに見張られていました。今もこの大広間にいるふたりです」

大広間の奥で、ふたりの男がそわそわと身じろぎをした。

「あれは茶番などではない、と彼らは否定するでしょうか? あなたはヨーウェルスに、イドウァルに制裁を加えようとする町の者たちの感情をうまく煽《あお》れとまでは命じなかったかもしれませんが、あなたがその場の状況を利用し、彼らを止めようとしなかったことは確かです。しかし自分がこの私刑の計画とはいっさい無関係だとバーヌウルには信じさせたかった。そこであなたにはおのれの名声を護り、あらゆる疑惑をご自身からそらす必要がありました。そこでイドウァルが連行されるのをわざと見逃し、縛り首にされることを期待したのです。彼さえ死んでしまえば、この事件は一件落着となり、ビズォグにも、彼女の罪を隠蔽したあなた自身にも、いかなる糾弾《きゅうだん》も向けられることはなくなる、と」

ビズォグはあいかわらず、石像のごとくじっと座っていた。グウンダを見るフィデルマの目は冷ややかだった。「先ほどもおっしゃっていたとおり、グウンダ、あなたはマイルと関係を持ってはいたものの、今もビズォグに愛情を抱いていらっしゃる。そこが不思議なところです。彼女を護りたいというあまりにも強い衝動を抱いたがゆえに、あなたは、ブラザー・メイリグが真相に近づきはじめると、イドウァルとともに森へ向かった彼を木樵《きこり》小屋まで追っていき、彼を殺害したのです」

グウンダは潔白を訴えはじめた。フィデルマはそれを遮《さえぎ》った。「ブラザー・メイリグが亡くなったことを私どもが告げたさい、あなたは驚いたふりをなさっていました。そして、彼が殺害されていた場所を私どもが口にするより早く、こうおっしゃってその場をあとにされたのです。すぐに部下たちを連れて木樵小屋へ向かい、彼の遺体を引き取ってこなければ、と。彼が亡くなったことは初めて耳にされたはずですのに、遺体の在処《ありか》をご存じとは、なんとも奇妙ではございませんこと？」

みずからの過ちに気づいたグウンダは、絶望の呻き声をあげた。そして両手で頭を抱え、座ったまま前後に身体を揺すりはじめた。ややあって、彼が意味をなす言葉をようやく発した。

「頑として聞く耳を持たなかったのだ」彼は呟いた。「あの小僧が犯人だ、となんとか彼を納得させようとしたが、あの者は応じなかった。われわれは揉み合いになった。やつはあの小僧に向かって叫んだ。逃げろ、あの修道女殿を探して、なにがあったか伝えろ、と。わたしはやつの手を振りほどき……殺すつもりはなかった……自分の身を護ろうとしただけだ。斧を……振りあげただけなのだ……」

フィデルマは冷然と彼を見つめた。「ブラザー・メイリグを殺害したあなたは、町へ戻りました。なぜイドウァルのあとを追わなかったのです？」

　グウンダはちいさな呻き声をあげながら、あいかわらず身体を前後に揺すっていた。それなりの年齢と地位を持つ男とは思えぬ、異様で、不気味とすらいえるような振る舞いだった。

「わたしは途方に暮れた。あなたとブラザー・エイダルフが戻ってきたので、イドウァルから話を聞いたのかどうかを見きわめねばならなかった。あなたがあの小僧を疑うようすを露ほども見せないので、わたしはヨーウェルスを訪ねた。彼とほかの数人があの小僧を追った。そしてやつを発見し……あとは知ってのとおりだ。そうだ、おまえたちが罰せられることはけっしてない、と連中を焚きつけたのはわたしだ」グウンダは、自分の負けだ、とばかりに片腕をあげ、ぱたりと落とした。

「貴君はその場にいたのか？　救うことができたにもかかわらず、無実の青年が縛り首にされるのをただ眺めていたというのかね？」嫌悪感もあらわにカセンが問いただした。

　グウンダには聞こえていないようだった。彼は答えなかった。

　フィデルマはカセンに向かって語りかけた。「私がグウンダに対する疑念を確信したのは、イドウァルは無実だという私の意見が梃《てこ》でも動かぬと彼が悟ったときのことでした。まさしくここで偶然のできごとが起こっていたのです。偶然というものは、こちらが考えているよりもはるかに強い影響を、私どもの人生に及ぼしています。かの無法者のクラドッグとほか数名が寄り集まって話しているのを、偶然にもエレンが聞いていたのです。彼女は隠れましたが、気づかれたとわかり、その場から逃げました。彼女はなんとか逃げおおせましたが、姿を見られたのではと常に怯えていました。やがてマイルの殺害事件が起こりました。マイルとエレンは外見がひじょうによく似ていましたので、エレンは、マイルが自分と間違われてクラドッグ一味のひとりに殺されたのではないか、と勝手に思いこみはじめました。その後、さらに偶然にも、その森にいた男たちのうちのひとりが町を通りかかりました。エレンは、今度こそ自分は見とがめられ、マイルは誤って殺されたのだと気づかれてしまうにちがいないと考えました。そこで彼女は父親に相談しましたが、彼はこれを、私どもの注意をそらすための、ふたたび巡ってきた絶好の機会だととらえたわけです。そこで彼は、娘が私どものもとを訪れて話をすることを承諾しました。

それまで、あれほどイドウァルが犯人であるという主張を崩さず、私どもがそれ以上の調査をおこなう許可すらお与えにならなかった御仁が、さように突然心変わりされたことに、私はひじょうに疑念を抱きました。グウンダの弱みは、大げさにものごとを運び、偽の手がかりを誇張せねばならなかったところにありました——マイルの遺体の血痕もしかり、また、いっさいの協力を拒んでいたにもかかわらず、突如としてあからさまに協力的となったこともしかり、です」

彼女はそこで言葉を切り、静まり返った大広間をゆっくりと見わたした。

「カセン殿下、これがマイルとブラザー・メイリグの死の真相であり、さらなる犯罪行為として加えていただかねばならない、イドウァルの死の真相にございます。ヨーウェルスの自殺は、この悲劇が引き起こした痛ましい結果にすぎません」

カセンは考えこみながら、頷きつつ背筋を伸ばした。「カデッス、ペン・カエルの領主とこのビズォグなる女に監視をつけよ。われわれとともにグウラズィエンの宮廷へ連行する」そういうと、若き王子は眉根を寄せた。「だがスァンパデルンの謎のほうはどうなった？そちらを忘れておいでではないか、修道女殿」

フィデルマは険《けわ》しい笑みを浮かべ、かぶりを振った。「忘れてなどおりませんとも」彼女は穏やかな声で答えた。

ビズォグとグウンダが連行され、監視下に置かれるまで、一時休廷となった。書記がふたたび静粛を呼びかけたとき、カセンの御前に答弁に立ったのはエイダルフだった。フィデルマは彼を補佐するべく傍《かたわ》らに立った。いかに話を展開するかについてはあらかじめ相談してあった。

「カセン殿下、私は、シスター・フィデルマほど流暢《りゅうちょう》にカムリ語を操《あやつ》ることはできません。ふさわしい単語やいいまわしを探して言葉に詰まることもありましょうが、どうかご辛抱《しんぼう》ください」

カセンは鷹揚《おうよう》な笑みを浮かべた。「ラテン語とアイルランド語ならばわたしも心得がある、そなたが望むならばそのどちらかで説明しても構わぬぞ。恐れずともよい、誤解が生まれるようなことはまずあり得ない」

「ありがたく存じます。先ほどシスター・フィデルマが、私どもがペン・カエルにて巻きこまれたふたつの謎のうちのひとつについてご説明さしあげました。ですが、そもそも私どもをこの地へ呼び寄せることとなった、より大きな謎の存在がありました。スァンパデルン修道院における修道士たちの失踪の謎です。あなたの兄君であるフリンもそこで暮らし、日々勤《いそ》しんでおられました。私はこれから、かの修道院の哀れな修道士たちがいかにして囚われの身となり、その大多数が殺害され、あるいは奴隷として連れ去られるに至ったのかをご説明さしあげたく存じます」エイダルフはカデッスに向き直った。「囚人のクラドッグをここへ」

ふたりの衛兵につき添われて見目のよい無法者の頭目が入ってくると、どよめきが起こった。男は、あいかわらず歪んだ笑みを浮かべていた。ここでおこなわれていることに興味などまるでないとでもいわんばかりに、ふてぶてしく周囲をさっと見わたす。彼は前方の、みずからの訴追をおこなう者の位置にエイダルフが立っているのを認めると、あからさまに鼻を鳴らした。

「おやおや」彼は呟いた。「どうやらダヴェドの法廷はサクソン人に乗っ取られてしまったとみえる。仇敵に自国の裁判を牛耳らせるとは、ダヴェドの男はみな無能者ばかりか？」

「この裁判の判事はわたしだ、クラドッグ」カセン王子が苦々しげに、ぴしゃりといった。「この裁きがいずこへ向かおうとも、そなたの返答は、わたしに、あるいはわが父グウラズィエンに対して向けられたものとなる。答弁を続けたまえ、ブラザー・エイダルフ」

エイダルフはしばしの間、尊大な表情を浮かべた無法者の顔をしげしげと眺めていた。やがて鋭い声で訊ねた。「囚人よ、あなたはこのダヴェドの裁判において、クラドッグ・カカネン――すなわち一介の無法者および盗っ人である〝雀蜂《すずめばち》のクラドッグ〟としてこの場に立つことをお望みか？　それとも、ケレディギオン王アートグリスのご子息たるクラドッグとお呼びするほうがよろしいか？」

大広間は水を打ったように静まり返った。

やがて、クラドッグは歌うような低い笑い声をあげた。「なるほど、サクソン人、どうやらあんたと、あんたのご友人のアイルランド女《グウィズエル》はじつに目ざといようだ。ではケレディギオンのクラドッグ王子としてお答えしよう」

エイダルフは、すっかり面喰らっているカセン王子に向き直った。「殿下、聖デウィ修道院で最初にお目にかかったさいにあなたがおっしゃったとおり、この陰謀にはケレディギオンが関わっておりました。お許しを得ましたので、私もシスター・フィデルマと同様のやりかたで、スァンパデルンでなにがあったのか、そしてそれがなにを意味しているのかをご説明さしあげたく存じます。話の中で、証人による証言あるいは説明が必要な場合には、都度それを差し挟むことといたします」

カセンはエイダルフに向かい、話を続けるよう片手で示した。驚きのあまり声も出ないようだ。

「ケレディギオンは長年にわたり、ダヴェドに対して羨望のまなざしを注いできた、と殿下ご本人からも伺っています。クラドッグはひそかな企みを実行すべくこのダヴェドの中心地を訪れ、警戒心と紛争の種を蒔《ま》く役割を担いました。無法者一味を装い、手下たちとともに森に身を隠すのはじつにたやすいことでした。

ではその計画とは？　答えはじつに単純明快です。サクソン人によるなんらかの侵害がおこなわれている、とダヴェドを謀《たばか》り、それによってグウラズィエンとあなたが兵を挙げてサクソン諸王国に攻め入れば、ダヴェドは完全に手薄になります。そして武人たちが留守の間に、ケレディギオンが進軍し、王国を乗っ取ろうという算段でした。じつにわかりやすい戦略です」

カセンが首を振った。「確かに単純明快だが、そううまくいくわけがない。ダヴェドの民が決起し、ケレディギオンを迎え撃つであろう。ケレディギオンの王子の支配など、わが民はけっして受け入れぬ。わが国の武人たちもいずれ戻り、戦いに加わるであろう」

「その問題にもいずれ触れるつもりです、というのも、じつはその点も考慮されたうえでの作戦だったからです」エイダルフは答えた。「とはいえ、単純明快な計画とは多々そうであるように、これもまた、手違いの起こりやすい計画でした。作戦はふたつの行動を同時に起こすことから始まりました。まず、アートグリスの協力者のひとりであるグウェントのモーガンが、ホウィッケなるサクソン人の王国を襲撃することとなっていました。ここでの計画とは、ホウィッケの船艦にモーガンの船を追わせ、この国の沿岸まで誘い出すことでした。このサクソン船は目撃される必要があり、サクソン人の襲撃があったという噂がたちまち流れました。作戦自体は成功しましたが、時間がずれていました」

「どういう意味だ？」カセンが問いただした。

「計画のふたつめの部分は、クラドッグがその役割を果たすこととなっていましたが、こちらがひどい失敗に終わったのです」

クラドッグが、衛兵に挟まれて立ったまま、せせら笑うように口を挟んだ。「ひどい失敗などあるものか、おまえの邪魔が入ったことを除けばな、サクソン野郎！」

エイダルフは受け流した。「クラドッグはダヴェドの主要な宗教施設のひとつを襲撃する手はずとなっており、さきの襲撃に加えて、サクソン人の襲撃者たちが修道士たちまでも惨殺したとなれば、ダヴェドの民はすぐさま報復を求め、グウラズィエンもサクソン諸王国に向けて兵を挙げざるを得なくなるだろうと踏んでいたのです」

「しかし、手違いとは？」カセンが詰め寄った。

「ご存じのとおり、襲撃の標的として選ばれたのはスァンパデルン修道院でした。しかし、クラドッグの襲撃は早すぎたのです。なぜでしょう？　その答えを知っているのはクラドッグとその手下たちだけです。せっかちな性格が禍《わざわい》したのかもしれませんし、あるいはもたらされた情報が誤っていて、サクソン船はすでに到着したものと勘違いしたのかもしれません。ところがこのとき、じっさいには、この近くの沿岸沖ではホウィッケの船は目撃されていませんでした。しかし計画上は、船が地元民に目撃されると同時に修道院が襲撃される必要があったのです。スァンパデルンの襲撃は成功しました。武装した彼らになどとうていかなわないと悟った修道士たちは抵抗せず、すぐに危害を加えられることはありませんでした。クラドッグは礼拝堂にあった貴重品ばかりか家畜までも略奪しましたが、これらはおそらく売ってしまうつもりだったのでしょう。ともかく今ここで重要なのは、クラドッグが彼らを捕虜にしたという点、そして計画を遂行するために、サクソン船の到着を待たねばならなかった、という点です」

「話の筋道がよくわからぬのだが」カセンが口を挟んだ。「なぜ修道士たちはすぐに殺されなかったのだ？　捕虜を手もとに置いておけば危険を伴うだろうに」

「サクソン人が襲ってきた、と人々が認識する前に修道士たちをみな殺しにしてしまうのは、それ以上に危険なことだったからです。申しあげたとおり、ここが計画の肝《きも》でした。いくら待ってもホウィッケの船に関する知らせが届かないので、クラドッグは、捕虜たちをスァンパデルンから移動させざるを得ませんでした。彼らをそこにとどめ置いては計画が台無しだからです。捕虜たちはふたつの集団に分けられました。半分はクリドロ神父とともにクラドッグの森の隠れ家に、残りの半分は、人目につかない入り江に隠れていたモーガンの船に連れていかれました」

カセンは怒りをたぎらせた。「なんということだ！　わが兄もかの修道院の一員だった。そりは合わなかったが、血を分けた兄弟であったことには間違いない。かような冒瀆《ぼうとく》に対し、ケレディギオンにはかならず復讐せねばならぬ」

「復讐の話は、ひとまずなにが起こったのかをすべてお話ししてからにいたしましょう」エイダルフは諭した。「先ほども申しあげたとおり、すでに停泊していたモーガンの船に、修道士たちの半数が乗せられました。この時点で、かの修道院に所属する二十七名の修道士たちは全員生きていました」

「兄はまだ生きているのか？」カセンが詰め寄った。

「とりあえず話せるところまで話をさせてください」エイダルフは押しきった。「クラドッグの最大の過ちは、襲撃するのが早すぎたことでした」

カセン王子が首を振りつつ、いった。「なぜそのような手違いが起こったのだ？　そのあたりがよくわからぬのだが」

「クラドッグが修道士たちを連れ去った直後に、まずブラザー・カンガーが、そのあとにイドウァルがスァンパデルンへやってきて、そこがもぬけの殻であるのをそれぞれ目の当たりにしました。修道院内には荒らされた形跡はありませんでした。この謎めいた失踪事件の知らせを伝えねばと、ふたりはその場を立ち去りました。クラドッグは、そのことにはまったく気づいていませんでした。

　翌日の夜になってようやく、モーガンを追跡してきたホウィッケの船が、停泊地を求めてこの近くの入り江にあらわれました。クラドッグの手下たちは、その船の到着を近くから見守っていました。彼らは捕虜のうちの七人を連れ、海岸へおりていきました」

「ひとつでも証拠があるってのか、サクソン野郎？」クラドッグが遮った。

「ええ、ありますとも」エイダルフはさっと笑みを浮かべて相手を振り向いた。「停泊したサクソン船から、ふたりの男が浜にあがってきました。あなたは手下たちとともに彼らを襲い、そのうちのひとりを捕虜とすることに成功しました。これは思いがけない獲物でした。なにしろ、まさしくほんもののサクソンの武人を手の内に収めたのですから。

　あなたたちは近くに隠れて夜明けを待ちました。あなたの望みどおり、あるいは計画どおりといいましょうか、そこへやってきた数人の地元民たちが、出航していくサクソン船を見とがめました。そしてそのとき、クラドッグ、あなたは手下たちに、捕虜のうちの七人を殺して波打ち際に放置するよう命じたのです。そしてサクソン人に殺されたという証拠の品々を遺体の傍らに置きましたね。ここまでは合っていますか、クラドッグ？」

ケレディギオンの王子は動じるようすもなかった。「貴様のつくり話に、いちいち俺の承諾を求めるな、サクソン人。証拠は？」

「カセン殿下」フィデルマがダヴェドの王子に呼びかけ、それを遮った。「異例ではありますが、要求いたしとう存じます。質疑を邪魔立てせぬよう、クラドッグを本法廷の後方へ連れていき、私がよいというまで猿ぐつわをはめておいていただきたいのです」

「しかし、法の上では……」カセンは異を唱えた。

「ですがやむを得ません」フィデルマはきっぱりといい、意味ありげにエイダルフをちらりと見やり、彼もそれに軽く頷いた。

カセンはため息をつくと、カデッスに身振りで命じた。やかましく抗議の声をあげはじめたクラドッグだったが、結局口を塞がれることとなった。

「さて、それで？」フィデルマの要求が叶えられると、カセンが訊ねた。彼女はエイダルフに向き直り、話を続けるよう身振りで示した。

「シアルダをここへ」彼は呼びかけた。

ややあって、青白い顔の痩せた男がおどおどと大広間に入ってきた。クラドッグの野営地で、瀕死のところをエイダルフに手当てされた、あの男だ。

「カセン殿下に名を名乗ってください」エイダルフが促《うなが》した。

男は戸惑いつつ、いった。「シアルダだ。ケレディギオンのクラドッグ殿下にお仕えしている」

「私を憶えていますか？」エイダルフが訊ねた。

「あんたとは昨夜《ゆうべ》話した」

「ですがその前のことは？」

「憶えてはいないが、森の野営地で、死にかけてた俺の手当てをしてくれたのがあんただったと、昨夜あんた本人から聞いた」

「そのときの傷はどのようにして負ったのですか？」

「サクソン人にやられた」

「そのサクソン人とは、夜間にスァンヴェランの近くでサクソンの船からおりてきて、クラドッグの手下に捕らえられた乗組員のことですね？」

男はためらいがちに頷いた。

「クラドッグが」エイダルフはいった。「いかにして修道士数名をスァンパデルンから拉致し、その場所まで連れてきて殺害したかはとうにわかっています」いかにもこの件にはすでに決着がついているといわんばかりの口調だったが、ここでカセンが余計な口を出して、じつはそうではないことがシアルダに感づかれなければよいが、と内心冷や冷やしていた。

「俺は修道士殺しには加わってない」男が即座に呟いた。「そのとき俺はサクソン人の捕虜の見張りをやってた」

エイダルフはちらり、と勝ち誇ったまなざしをフィデルマと見交わした。かかった。これで自白は取れた。

「ではなにがあったのか話してください。修道士たちが殺され、そのあとは？」

「全員、スァンパデルンに戻れといわれた。サクソン人があの修道院を襲撃したように見せかけろ、とクラドッグ様が」

「ですがあなたたちはそうしなかった。なぜです？」

「コリン様が待ち構えてて、俺たちを見るなり腹を立てなさったからだ。なぜスァンパデルンにも修道士どもの死体をいくつか残しておかぬ、と。クリドロとかいうあの老いぼれ神父をコリン様がすでに捕らえてらしたんで、俺たちで……そう……縛り首にして納屋に吊した。で、その間にクラドッグ様とほかの連中が、見張りをつけて森に残してきた捕虜を連れに行った」

「先ほどの、捕らえたサクソン人の船員はどうしたのですか？」

「そいつもスァンパデルンへ連れていった」

「彼が亡くなったいきさつは？」

「クラドッグ様とコリン様が修道士どもの死体についてあれこれいい争っている間に、そいつが逃げ出しやがった。俺はやつを追えと命じられた。それで怪我をしたんだ。あのサクソン人が修道士どもの食堂へ逃げこんだんで、俺はそのあとを追った。肉切りナイフで切りつけられたが、逆に剣で返り討ちにしてやった。俺がコリン様の武人たちにつき添われて野営地まで戻ってきたが、その道すがら聞いた話じゃ、残りの捕虜はみな殺しにしたから、あとは死体を荷馬車でスァンパデルンまで運ぶだけだ、とかなんとかいっていた。ろくに聞いちゃいなかったがな。高熱にうなされてたんでね」

エイダルフは笑みを浮かべていた。「どうやらクラドッグは、時間というものの重要さにあまり気づいていなかったようですね。スァンパデルンに戻り、襲撃をでっちあげようとしていた頃には、彼はもうひとつの問題を抱えることになりました。シスター・フィデルマと私です」

クラドッグの縛《いまし》めを解くようカセンが呼びかけ、シアルダは脇へのけられた。

「さて、否定の言はあるかね、ケレディギオンのクラドッグよ？　これぞまさしく、歪んだ心がつくりあげた歪んだ計画ではないか」カセンがいった。「まさに極悪非道だ」

クラドッグはあくまでもふてぶてしかった。「ずっと心の声がしてたんだ。そんなサクソン野郎とアイルランド《グウィズェル》女などとっととぶち殺しちまえ、ってな。そうしときゃどんなによかったか」

「貴様の計画は失敗した」カセンは冷ややかな声で答えた。「歯車は狂い、グウラズィエン王がサクソン諸王国に向けて兵を挙げることはなかった。ブラザー・エイダルフによれば、それを避けることができたのは、ひとえに貴様が誤りを犯してくれたおかげのようだ」

「おっしゃるとおりです」エイダルフも同意した。「とはいえ、ケレディギオンのアートグリス王は、なにも動きがないうえ、サクソン諸王国に対する復讐を呼びかける声もいっこうにかからないことに痺れを切らしていました。息子であるクラドッグのもとにはすでに、家臣のひとりを送りこんでいました。エレンが森で見かけたという密談はこのときのものだったのです。そのさい、不測の事態が起こった場合に備え、グウェントのモーガンのもとに修道士たちを数名預けておくという同意がなされていましたが、このときアートグリスが、事態を促すため、かつて送った伝令をふたたび送り、スァンパデルンの修道士たちの遺体をさらに目につきやすい場所に晒《さら》すようモーガンに命じることにしたのです。その男がモーガンの船に向かう途中でスァヌウンダを通ったさい、エレンにふたたび姿を見られたのはまったくの偶然でした。

モーガンは、わざとホウィッケの船が自分を追ってくるよう仕向けましたが、件《くだん》のサクソン船は追跡の最中に時化《しけ》に遭い、帆柱《マスト》が折れてしまいました。そこでこの地へ寄港し、木を切り出して新たな帆柱《マスト》を立てましたが、またしても偶然のなせる業《わざ》といいますか、そのとき私の目の前で、モーガンの船が入り江にあらわれ、修道士たちの遺体を、ホウィッケに罪をなすりつけるための品々とともに船上から投げ捨てたのです」

クラドッグが耳障りな笑い声をあげた。「このサクソン野郎はお仲間のサクソン人を庇《かば》おうって魂胆だ。聞く耳を持つな。あのサクソン人どもが修道士たちを殺したんだ」

カセン王子は彼に冷ややかな笑みを向けた。「貴様はみずからの自白により、また手下であるシアルダの証言によって、すでに有罪が確定している。だが聞かせてもらえぬか、ブラザー・エイダルフ、なぜそのケレディギオンの者は、捕虜とした修道士たちを一度に殺してしまわなかったのだ？　なぜふたつの集団に分けたのだ？」

フィデルマがふたたび前に進み出た。

「人々の目を欺くためですわ。幾人かは殺されて海岸に倒れていました。もしエイダルフと私があらわれて計画の邪魔さえしなければ、スァンパデルンにも幾人かの死体が残されていたはずです。そして残りの者は、万が一の場合に、人々が想像上の敵に対して憎悪を抱く材料となるよう、手駒として置いておくつもりだったのでしょう。ブラザー・エイダルフと私の予想ですが、モーガンのもとには今も、六名のスァンパデルンの修道士たちが囚われているはずです」

「まったくもって」エイダルフがいい添えた。「モーガンが、修道士たちを船から投げ捨てたさいに、全員の息の根を止めたかどうかを確かめなかったのは、まさにわれわれにとって幸運でした。なにしろひとりは生きていたのですから」

嘘はついていなかった。ただ、その気の毒な修道士が、自分をそのような目に遭わせた者の正体を明かす前に息を引き取ったということを、わざわざ口にしなかったまでのことだ。

それが持つ意味をしだいに理解しはじめ、クラドッグが素早くまばたきをした。カセン王子が座ったまま身を乗り出した。

「これでもまだ否定するか、クラドッグ？」

ケレディギオンの王子はものともせずに顎を突き出した。「これは戦《いくさ》だ、たかがそれだけのことだ」それであらゆる悪事が帳消しにできるとでもいわんばかりに、彼が唐突にいった。

カセンのおもざしにみるみる怒りが満ちた。「戦だと？　スァンパデルン修道院の修道士たちが殺されているのだぞ！　わたしの兄のフリンも、よく見知った相手であったクリドロ神父も、みな、この極悪非道な計画に関わった者たちにより犠牲となったのだ！　血には血で応えねばならぬ！　貴様も、貴様の父親であるアートグリスも、この歪んだ計画が成功するなどと本気で思ったのか？　ケレディギオンがダヴェドに侵攻し、アートグリスがダヴェドの統治者として名乗りをあげようものなら、この王国の者など誰ひとり叛旗を翻《ひるがえ》さぬとでも高をくくっていたか？」

「じつは、手口はさらに巧妙だったのです」シスター・フィデルマが静かに告げた。

「巧妙だと？」カセンが訊ねた。「どういうことだ？」

「この計画には、ダヴェド内部で支持者を集める者の存在が必要でした。ケレディギオンにいつでも身売りする用意のある、市井《しせい》の裏切り者たちです。たとえば、そのひとりがイェスティンです」

「儂は裏切ったわけじゃあない！」カセンの家臣のひとりに取り押さえられたまま、イェスティンが座席から声をあげた。「グウラズイエンはもはや弱腰だ。新たな統治者を迎えるべきときなのだ」

フィデルマは相手にせず、かわりにカデッスに合図をした。

ややあってカデッスが引っ立ててきたのは、長身の男、コリンだった。兜《かぶと》を被ったままだ。

「兜を脱いでください」彼女は命じた。

コリンがためらっていると、カデッスが手を伸ばして兜を取った。

カセンが驚いて椅子から立ちあがり、胸に片手を当てて、コリンを凝視した。無法者は剃《トン》髪《スラ》をあらわにし、明るい菫《すみれ》色の瞳に不敵な輝きを浮かべ、冷ややかな笑みを返した。

フィデルマは満足げにエイダルフをちらりと見やると、視線をコリンに戻した。

「この法廷ではどうご紹介すればよろしいかしら?」彼女は訊ねた。「〝蜘蛛《くも》のコリン〟、スアンパデルン修道院のブラザー・フリン、それともダヴェドのフリン殿下とお呼びしましょうか?」

コリンは興味なさそうに肩をすくめた。「どうとでも呼ぶがいい。どうやらわれわれの負けのようだ……とりあえずはな」

フィデルマはカセン王子に向き直った。「これで最後の謎が解けました」彼女は告げた。

「クラドッグが到着したさい、なぜ修道士たちは混乱に陥らなかったのでしょう? なぜ荒らされた形跡がなかったのでしょうか? それは、ブラザー・フリンが権威を振るい、仲間の修道士たちに、クラドッグとその一味に従うよう命じたからです。この者の手は、彼らの血で血塗られているのです」

カセンは力なく椅子に座りこみ、衝撃と苦悩のにじんだ表情で兄を見つめた。「まことなのか、フリン？　あなたがわが国の敵であるケレディギオンと共謀し、父上を追い落として権力を握ろうとしたのか？　どうしても信じられぬ。ほんとうに兄上が、この恐るべき計画に加担していたというのか？」

コリンは歪んだ笑みを浮かべた。「おまえはほんとうに昔から騙《だま》されやすい質《たち》だな、弟よ。辛苦を耐え抜いた者だけが繁栄を手にするのだ。わたしはみずからが欲する褒美を是が非でも手に入れんと、艱難辛苦《かんなんしんく》を耐え抜いた。この計画のために幾月もの時間を費やした。わたしが宮廷を離れ、修道士になったように見せかけたのもすべてこのためだった。まったく、窮屈なスァンパデルンの修道院なぞに閉じこめられて、どれほど退屈だったことか。ようやくお呼びがかかり、〈ファノン・ドゥルイディオンの森〉で、クラドッグとやつの父親が寄越した伝令と会《かい》したときが、わたしの人生で最も幸福な時間だった」

カセンは信じられないとばかりに首を振った。やがてその表情がこわばった。「裏切りは最も悪意に満ちた行為だ、フリン。貴様は羊の皮を被った狐であった。いずれは貴様は父上の御前に立つこととなる、そこでおのれの悪行と欺瞞《ぎまん》に向き合うがよい。ほんの短い間だが、その間は生かしておいてやる。わたしの好きにしてよいならば、即座にそこらの断崖から突き落としてやるものを」

　コリンは動じるようすもなかった。「そうしたほうが身のためかもしれぬぞ。ケレディギオンの野望の前には、この弱りきった王国ではそういつまでも保《も》たぬであろうよ。〃ノーン・センペル・エリット・アエスタース！（いつまでも夏ではあり得ない）〃（〃苦境に備えよ〃の意味）」

　兄と弟はしばし睨み合い、やがてカセンがコリンを指さし、臣下の者に告げた。

「目障りだ……連れていけ」

　戸口へ引き立てられていく元修道士に向かって、カセンがふいに呼びかけた。「あるいは、フリン、貴様がそうやって澱《よど》みなく口にする、そのセネカの一節についてじっくりと考えるべきは、むしろ貴様ではないか。まさしく、いつまでも夏ではあり得ぬのだ。貴様が報いを受ける日はじきに来る。貴様の友人であるケレディギオンが攻めてくるというならば……攻めてくるがよい、受けて立とうではないか。どのみち、われわれの前に尻尾を巻いて退散することになるであろうよ、かつてと同様、〃烟《けぶり》の追いやらるるごとくに〃」

# 終　章

「素晴らしい答弁でしたわ、エイダルフ」フィデルマが満足げにいった。

ダヴェドの沿岸がしだいに遠ざかっていく。ふたりはフランク王国の交易船の、船尾の手すりに寄りかかっていた。船は南をめざし、セントブライズ湾を横切っていく。船が波に揺られる感覚も、薄れゆく海岸線が波間に見え隠れするさまも、なにもかも申しぶんなかった。気まぐれな風も今は彼らのあと押しをするように吹いていて、薄い革製の帆が、その風をはらんで乾いた音をたてている。次に陸地に接近するのはケント王国沖合のサネット島だと船長がいっていた。これで数日間は、なにをするでもなくただ船旅を楽しんでいればよい。じつに寛《くつろ》いだ幸せな気分だった。

「あなたの言葉で思いついたのです」エイダルフは正直なところを打ち明けた。「あなたが、コリンとカセンの顔つきが似ていることに気づいてくださったからです。なぜ、コリンの正体がブラザー・フリンなのではないかとお思いになったのです？　顔が似ていたからという理由だけですか？」

「いいえ、それだけではありません。見おぼえがあるとは思っていましたが。あの青い瞳を見て、もうすこし早く気づくべきでした。それにしてもなぜ、彼はずっと兜《かぶと》を被っていたのでしょう？　剃髪《トンスラ》を隠すためです。

さらに、あの態度です。コリンはクラドッグの補佐役といわれていましたが、彼のほうが場を仕切ることも多かったのではありませんか？　彼はクラドッグと同等の地位にある者だったのです。けれども、私の疑念が確信に変わったのは、海岸で瀕死の修道士が口にしたという言葉をあなたから聞いたときのことでした」

エイダルフは懸命に思いだそうと首を振った。「うわごとだったのでしょう、気の毒に」

「死に瀕しつつも、彼はあなたになにかを伝えようとしたのです。悪はわれわれのただ中にあったのだ、と彼はいいました。邪悪な蜘蛛《くも》が、と。彼らのただ中にいた悪とはブラザー・フリンのことだったのです。彼の通り名はコリンでしたが、それがどういう意味かはご存じですわね？」

エイダルフは心の中で呻《うめ》き声をあげた。「蜘蛛、ですね」

「そのとおりです」フィデルマは笑みを浮かべた。「ともかく、あなたのおかげでシアルダは回復しました。向こうのいいぶんを崩すには、シアルダを突くしかありませんでした、彼がいなければ、あのホウィッケの武人の身に起こったできごとを知ることはとうていできなかったのですから」

「ああ、セイクですね。少なくとも彼は、最期の瞬間には剣を手にし、〈英雄の広間〉に行けると信じて死んでいったはずです。おっしゃるとおりだと思います。シアルダの存在がなければ、クラドッグは黙秘、あるいは否認を続けていたにちがいありません。クラドッグがアートグリスの息子であることはどこから察したのです？」

「彼がただの無法者でないことは明らかでした。彼はコリンと同様、博識で教養がありました。そこで、アートグリスには息子がいるとカセンが話していたのを思いだしたのです。憶測にすぎませんでしたが、憶測が真実への近道となることも多々あります」

「クラドッグはこれからどうなるのですかね？　あの極悪人は」

「とはいえケレディギオンの王子です。おそらく彼は、今後アートグリス王がよからぬ行動に出ぬよう、人質としてこの地に留《と》め置かれるのではないでしょうか。アートグリス王は息子を取り戻すため、行方知れずとなっているスァンパデルンの残りの修道士たちの身柄を、なんなら礼拝堂から持ち出された貴重品ごと差し出すかもしれません」

「では裏切り者となったフリンの運命は？」

「カセンが野心を抱いた兄弟をどうしたいと思っているか、それは想像に難くありません。ですが決定権はグウラズィエンにあります。しかしフリンが生きているかぎり、彼の父親と弟にとっては常に脅威となるでしょう」

エイダルフは唇を尖らせた。「スァンパデルンでともにあった修道士仲間たちを、良心の呵責もなく次々に殺すなど、とても信じられません」

「さまざまな意味で、彼はクラドッグよりもよほど極悪人です」フィデルマがしみじみといった。

「しかも、よほど目先しか見えていなかったのですね」エイダルフがいい添えた。面白がっているようなフィデルマの視線と目が合うと、彼は肩をすくめた。「敵の翼に乗って空に舞いあがろうとしてはならない、とアイソーポス（イソップ）はいっています。彼がしようとしていたのはまさにそれでした。たいていの場合、奴隷はひとりの主人に仕えるものですが、野心を抱いた奴隷は、おのれの目的を果たすためならば、いくらでも主人を持とうとするものです」

「その心は？」フィデルマがおどけたように促《うなが》した。

「つまり、たとえ彼がケレディギオンの助力を得てダヴェド王になっていたとしても、その代償は高くついただろうということです。ケレディギオンは間違いなく、フリンには支払いきれぬほどの報酬を求めてきたことでしょう」

ふたりの間に、しばし沈黙が漂った。

「それに」しばらくして、エイダルフが口をひらいた。「このたびのことでは、さらに大きな悲劇が、イドウァルとマイルに降りかかりました」

「ふたりには関わりのない陰謀にほぼ覆い隠されてしまいましたが、痛ましいできごとでした」フィデルマも同意した。「ブラザー・メイリグの死も、ヨーウェルスがみずから命を絶ったことも、それより以前に起こったいくつもの死も——たとえば、イドウァルの母親のエーヴァの死もそうです。いったいどこが始まりだったのでしょう？」

「さあ？　すべて〝もしも〟の話です。もしもギルギストが徒弟だったヨーウェルスを破門していなければ？　あるいは、もしも彼が娘のエーヴァを勘当していなければ？」

「もしもそのときそこへイェスティンがあらわれなければ？」フィデルマが畳みかけた。

「イェスティン！」エイダルフがため息をついた。「忘れるところでした。彼はどうなるのでしょう？」

「彼については、もう決着はついたのではないでしょうか」フィデルマは険《けわ》しい表情でいった。「ヨーウェルスに恐怖と憎悪を植えつけ、イドウァルを死なせてしまったことに関しては斟酌《しんしゃく》を加えられるかもしれませんが、彼はフリンと結託していました。聞いたところによれば、彼はかつてフリンとともに武人として仕えていたことがあり、彼の忠誠心はごく個人的なものだったようです。とはいえ、じっさいのところ、彼はケレディギオンの密偵でした。彼の運命については、グウンダの屋敷から連れ出された時点で、すでにカセンのまなざしが語っていたように私は思います」

「では、グウンダとビズォグは？」

「ブリトン人は何世紀にもわたり、古代ローマ帝国の支配のもとで過ごしてきました」フィデルマは考えつつ、いった。「彼らはずっと、私どものアイルランド五王国ではけっしておこなわれてこなかったような懲罰を是としてきました。つまり、復讐や報復が法律で認められているのです。与えられる罰は、はるかに苛酷なものでしょう」

エイダルフは軽く身震いをした。「なんにせよ、こうしてふたたびカンタベリーへ向かうことができてなによりです。私にとって、ブリトン人の王国の居心地は、けっしてよいといえるものではありませんでしたから」

「そうでしょうとも」フィデルマは真顔で頷いた。「あなたがあれほど不安と苛立ちをおもてに出すところなど、初めて見ました」

「つい不安をあらわにしてしまったことは、申しわけなく思っています」エイダルフはふと黙り、ちらりと彼女を見やった。「致し方ない、と思ったことも何度かありますが」

フィデルマの表情がふと翳《かげ》った。「私、あなたに何度もひどい態度を取ってしまいました、エイダルフ。もうすこしやりかたがあったはずですのにね。じつは私、あなたからすこし距離を置こうとしていましたの」

驚いたことに、エイダルフはゆっくりと頷いた。「気づいていましたよ」

フィデルマは彼を見つめた。気づいていた、と穏やかに告げられて、彼女はいくばくかの戸惑いをおぼえた。「でもあなたは、私が投げつける侮辱の言葉を黙って受け止めていたではありませんか」

「私もウエールズ人《ウエリスク》の国にほうりこまれて不安と恐怖を感じていましたが、あなたもそれ以上に怯え、不安を抱えていました。しかし、あなたが恐れていたのはウェールズ人《ウエリスク》ではなかった」

「それは、あなたから説明してくださるかしら」やや声をうわずらせ、フィデルマはいった。

「なにも難しいことではありません。ラーハン王国を発つ前に、ロッホ・ガーマンで、あなたはようやく私への想いを認め、兄君の王国へは戻らずに、私とともにカンタベリーへ行くと心を決めてくださった。あれがあなたにとっていかに苦しい決断だったか、私が気づかなかったとでもお思いですか？　あの決断をしたことであなたがどれほどすくんでいたか、私が気づかなかったとでも？　この数日間、あなたはずっと不安に苛《さいな》まれていました。けれどもそれをおもてに出すのはあなたの性分ではない。あなたは私を蔑《さげす》んだり愚弄《ぐろう》したりするふりをして、そのマントの下に自分の気持ちを隠していただけです」エイダルフは真剣な表情を浮かべたまま、肩をすくめた。「あなたの考えていたことくらいわかりますよ、フィデルマ。私を試していたんでしょう。私が音《ね》をあげて、やはりあのときの決断は間違っていた、となるかどうかを見計らっていたんです。しかしそうはいきませんよ。決意を翻《ひるがえ》したいのならば、私に決めさせるのではなく、ご自身で決めていただかなくては。これぱかりは譲れません」

彼の手を固く握りしめた。フィデルマはしばらく無言でじっと彼を見つめていたが、やがてたまらずに手を伸ばし、

「わざとそうしていたわけではないのです、エイダルフ。無意識にそうなってしまったのかしら？　けれどもあなたにはすべてわかっていたのですね。もう不安はありません。私のこと、許してくださる？」

「先行きに自信が持てないから怖いのです。自信を持ってください。セネカも記しています、恐怖のあるところに幸福は寄りつかぬ、と」

フィデルマは真剣な表情を浮かべた。「そのとおりですわね。恐れることは美徳ではありませんもの。私の恐怖を受け入れてくださってありがとう、エイダルフ。これでようやく自信がつきましたわ。けれどももし、また自信を喪失するようなことがあっても、次からはかならず自分に正直に、けっして恐怖に振りまわされたりしないように気をつけますわね。このたびの経験で、いい勉強になりました」

「勉強になる、といえば」エイダルフは会話を切り替え、笑みを浮かべて軽い口調でいった。「いつぞやの夜、私の食べた〝斑《まだら》のパン〟に安物の金属の指輪が入っていましたよね。あれがどういう意味だったのか、教えてくださる約束ではありませんでしたか？　あのときは歯が折れたかと思いましたよ」

フィデルマはわずかに頬を赤らめた。「ああ、あれはただの古い迷信です」彼女はそのまま話をはぐらかそうとした。

「どんな迷信です？」彼はさらに畳みかけた。

どうやら簡単には引きさがってくれそうにない、とフィデルマは思った。「私どもの国では、サウィン祭、すなわちローマでいう万聖節前夜に、〝斑のパン〟を――私どもの国ではボーリン・ブラックと呼びます――食卓に出すのがならわしです。ブリトン人にも同じような風習があって、そちらではバラ・ブリスと呼ばれています」

「ですが、あの焼き菓子の中から出てきた指輪はなにをあらわしていたのです?」エイダルフは喰いさがった。

「つまり、〝斑のパン〟を焼くときに、指輪と、殻つきの榛《ヘーゼルナッツ》の実を生地に混ぜこむのです。〝斑のパン〟を切り分けたさいに木の実が入っていた人は、一生結婚せずに独身を貫《つらぬ》く運命だそうです」

「ですが私のところには指輪が入っていました」彼は指摘した。「指輪が入っていた人はどういう運命なのです?」

「結婚が近いのだそうです」

エイダルフは破顔した。「だったら悪くありません。正直にいえば、むしろ素晴らしい迷信ではありませんか」

フィデルマは船の手すりに寄りかかり、ふと思いあぐねたように首を傾けた。やがて、さげていたマルスピウムに手を差し入れた。

「私のところにはこれが入っていました」彼女は静かにいった。

その口もとに笑みが浮かんでいたので、エイダルフは、彼女のまなざしが笑っていないことに気づかなかった。

彼女は手を差し出すと、掌《てのひら》を上にして、ゆっくりと拳《こぶし》をひらいた。そこには殻つきの榛の実が載っていた。

# 訳註

## 第十一章

1　アンドラスタ＝東部イングランドに住んでいた古代ブリトン民族であるイケニ族に伝わる戦いの女神。

2　ボウディッカ＝？～六二年。イケニ族の女王。

## 第十四章

1　ソロモン王＝旧約聖書「列王記」に登場する、紀元前十世紀の古代イスラエルの王。在位紀元前九七一～前九三一年頃。

2　イスュティッドの神学校＝ウェールズ南部グラモーガンにある、六世紀に聖イスュティッドにより設立された神学校。

3　賢者ギルダス＝六世紀のケルト・カトリックの高位僧。四九四または五一六〜五七〇年。著書に『ブリトン人の没落』（原題はラテン語の『デー・エクシディオー・エト・コンクェストゥー・ブリタニエー』）。

第十六章

1　ケレディグ＝ケレディグ・アプ・キネッザ。在位四二〇？〜四五三年。ケレディギオンの王。

2　サウィン祭＝十月三十一日の万聖節前夜（ハロウィーン）と、十一月一日の万聖節を指す。アイルランドではサウィンと呼ばれる。

第十七章

1　ウィトビアの教会会議《シノド》＝六六四年、ノーサンブリア王国ウィトビア／ウィトビー（旧名ストロンシャル）の修道院において、ノーサンブリア王オズウィーの主宰という形で開催された宗教会議。復活祭《イースター》の日の定めかた、教義の解釈、信仰の在りかたなど、当時対立が顕著となったローマ教会とアイルランド（ケルト）教会の妥協を求めるための会議であったが、最終的には、オズウィー王が天国の鍵の保持者聖ペテロに従うと決定したため、イングランド北部の教会は聖ペテロが設立したとされるローマ教会に属することとなり、その結果アイルランド教会派はさらに孤立してゆき、ついに十一世紀にはローマ教会に同化していった。《修道女フィデルマ・シリーズ》の第一作『死をもちて赦《ゆる》されん』は、このウィトビアの教会会議《シノド》を物語の背景としており、アイルランド教会派に属する修道女フィデルマは、サクソン人でローマ教会派のエイダルフと、そこで初めて出会ったのであった。

第十八章

1　マクセン・ウレディク＝マグヌス・マクシムスに同じ。西ローマ帝国皇帝。在位三八三〜三八八年。物語集『マビノギオン』には、カムリ（ウェールズ）に伝わる物語として「マクセン・ウレディクの夢」が収録されている。

2　モーセのつくりし青銅の蛇を＝旧約聖書「民数記」第二十一章四〜九節に登場する、神の怒りを買ったイスラエルの民のためにモーセが神の言葉に従いつくった銅像のこと。

第十九章

1　〝斑《まだら》のパン〟＝ドライフルーツ入りのパンまたはケーキ。アイルランド語ではボーリン・ブラック、ウェールズ語ではバラ・ブリスと呼ばれて親しまれている。

2　カラン・ガイアヴ＝ウェールズ語で〝冬の最初の日〟の意味。十一月一日を指す。

# 訳者あとがき

（このあとがきでは本書の内容に少々触れています。未読のかたはご注意くださいませ）

《修道女フィデルマ・シリーズ》長編第十作、『風に散る煙』（*Smoke in the Wind*, 2001）をお届けいたします。前作『昏《くら》き聖母』の刊行からかなりお待たせしてしまい、深くお詫び申しあげます。

本シリーズは、七世紀のアイルランドを舞台に、ケルト（アイルランド）・カトリック教会の修道女であり、アイルランド五王国のひとつモアン王国の王妹であり、さらにドーリィー〔法廷弁護士〕でもあるフィデルマが、相棒のブラザー・エイダルフとともにさまざまな難事件に挑む姿を描く、胸躍るミステリ・シリーズです。

前作のラストでカンタベリーをめざしてロッホ・ガーマンの港から船出したフィデルマとエイダルフでしたが、乗っていた船が時化《しけ》に遭い、ダヴェド王国、すなわち現在のウェールズ（カムリ）の一王国に上陸することとなります（〝ウェールズ〟とはもともとサクソンの言葉で〝ウェリスク〟すなわち〝外国人〟の意味であり、ウェールズの人々は自分たちの国をみずからの国の言葉で〝カムリ（Cymru）〟と呼びます）。けっして友好的とはいえないこの異国の地でふたりを待ち受けていたのは、ある修道院での修道士失踪事件と、その近隣の町で起こった少女殺害事件の謎でした。とりわけエイダルフは、ダヴェドの人々が抱くサクソン人への根深い憎悪に晒《さら》されながら、フィデルマとともに謎に立ち向かうこととなります。

本書の舞台となったダヴェド王国は、現在のウェールズ南西部、地図でいえばブリテン島とアイルランド島を隔てるアイリッシュ海に面した、現在のペンブルックシャーのあたりに位置した王国です。アイルランドを象徴するものといえばナショナルカラーの緑色、そしてハープやシャムロック（白詰草《しろつめくさ》）といったシンボルが思い浮かびますが、ウェールズのシンボルは赤い竜です。この赤い竜はウェールズの国旗にも用いられており、本書に登場するウェールズの船にも掲げられています。

ダヴェド王国といえば、ウェールズに伝わる神話・騎士物語集『マビノギオン』でも、「ダヴェド大公プウィス」の舞台として描かれています。『マビノギオン』は、「マビノギ四枝の物語」、「カムリ（ウェールズ）に伝わる四つの物語」、「アルスル（アーサー王）の宮廷の三つのロマンス」の全十一編からなる中世の物語集です。本書にもマクセン・ウレディクの名がちらりと登場しますが、「カムリに伝わる四つの物語」には、彼、すなわち西ローマ帝国皇帝マグヌス・マキシムスを主人公に描いた「マクセン・ウレディクの夢」という、マクセン・ウレディクが夢でみた美女を妻として娶《めと》り、やがてそれが戦乱を招くことになるという物語が収められています。

この『マビノギオン』を、特に「マビノギ四枝の物語」を愛してやまなかったアメリカの作家エヴァンジェリン・ウォルトン（一九〇七～一九九六年）が、一九三〇年代から七〇年代にかけて、この物語を再構築して四冊の本を発表しました。拙訳で恐縮ですが、こちらのシリーズは《マビノギオン物語》（創元推理文庫）として日本でも紹介されています。翻訳版は現在入手困難となっていますが、もしご興味をお持ちいただけましたら、この、どこかユーモラスでもあり、哀しくもある古きウェールズの物語にも触れていただけましたら嬉しく思います。

《修道女フィデルマ・シリーズ》では、フィデルマをはじめとする人々がアイルランド語（ゲール語）を話し、さまざまなアイルランド語の言葉がちりばめられています。さらに本書では、作者ピーター・トレメインによる、アイルランド語の発音の解説が物語の冒頭に付されています。アイルランド語はたいへんミステリアスな言語ですが、とても美しい響きのことばです。また今作では、ウェールズ語（カムリ語）も頻繁《ひんぱん》に飛び出してきます。才色兼備、さらに武道も乗馬もなんなくこなしてしまうフィデルマは、なんとウェールズ語までも巧みに操り、周囲を驚かせます（とはいえ、サクソン語の固有名詞の発音にはかなり苦労しているようです）。作者であるピーター・トレメインはケルト研究においても著名なかたなので、こうしたさまざまな言語に触れることができるのも、本シリーズの醍醐味《だいごみ》です。

ピーター・トレメイン氏は一九四三年生まれ、歴史家・伝記作家としても知られる人物です。《修道女フィデルマ・シリーズ》は、本国では『死をもちて赦《ゆる》されん』（*Absolution by Murder*, 1994）の発売を皮切りに、二〇二四年六月現在、三十二冊の長編と二冊の短編集が刊行され、長きにわたって世界中の読者に愛されつづけています。さらに長編第三十三作となる最新刊 *Prophet of Blood* が近々刊行予定です。

次回は短編集をお届けする予定です。さらにシリーズ長編第十一作となる *The Haunted Abbot*（2002）では、フィデルマとともにアイルランドへの帰途についたエイダルフのもとに、幼馴染からのことづてが届きます。友人の願いに応じ、エイダルフはフィデルマとともに故郷であるサクソン南部を訪れますが、そこでまたしても殺人事件や国どうしの問題がふたりを待ち受けています。さらには幽霊騒ぎまで勃発《ぼっぱつ》します。どうやら幽霊が苦手なようすのエイダルフ、いったいどうなってしまうのでしょうか。今後も続くフィデルマとエイダルフのふたりの旅を、どうぞ見守っていただけましたら嬉しく思います。またすこしお時間をいただきますが、楽しみにお待ちいただけましたら幸いです。

また、この場をお借りしまして、東京創元社の小林甘奈さま、本書の刊行に携わってくださったすべてのみなさま、さまざまなかたちでお力をいただいているみなさま、そして読んでくださるすべてのみなさまに、心より感謝申しあげます。

二〇二四年六月

田村美佐子

訳者紹介　1969年生まれ。上智大学大学院文学研究科英米文学専攻博士前期課程修了。訳書にトレメイン「憐れみをなす者」「昏《くら》き聖母」、ウォルトン「アンヌウヴンの貴公子」、ジョーンズ「詩人《うたびと》たちの旅」「聖なる島々へ」などがある。

検印
廃止

風に散る煙　下

2024年7月19日　初版

著者　ピーター・トレメイン

訳者　田《た》村《むら》美《み》佐《さ》子《こ》

発行所　(株)東京創元社
代表者　渋谷健太郎

162-0814/東京都新宿区新小川町1-5
電話　03·3268·8231-営業部
03·3268·8204-編集部
URL　http://www.tsogen.co.jp
DTP　工友会印刷
暁印刷・本間製本

乱丁・落丁本は、ご面倒ですが小社までご送付ください。送料小社負担にてお取替えいたします。



ISBN978-4-488-21829-4　C0197

世代を越えて愛される名探偵の珠玉の短編集

Miss Marple And The Thirteen Problems◆Agatha Christie

# ミス・マープルと13の謎 新訳版

**アガサ・クリスティ**
**深町眞理子 訳** 創元推理文庫

◆

「未解決の謎か」
ある夜、ミス・マープルの家に集《つど》った
客が口にした言葉をきっかけにして、
〈火曜の夜〉クラブが結成された。
毎週火曜日の夜、ひとりが謎を提示し、
ほかの人々が推理を披露するのだ。
凶器なき不可解な殺人「アシュタルテの祠《ほこら》」など、
粒ぞろいの13編を収録。

収録作品＝〈火曜の夜〉クラブ，アシュタルテの祠《ほこら》，消えた金塊，舗道の血痕，動機対機会，聖ペテロの指の跡，青いゼラニウム，コンパニオンの女，四人の容疑者，クリスマスの悲劇，死のハーブ，バンガローの事件，水死した娘

創元推理文庫

**小説を武器として、ソ連と戦う女性たち！**

THE SECRETS WE KEPT◆Lala Prescott

# あの本は読まれているか

**ラーラ・プレスコット　吉澤康子 訳**

◆

冷戦下のアメリカ。ロシア移民の娘であるイリーナは、CIAにタイピストとして雇われる。だが実際はスパイの才能を見こまれており、訓練を受けて、ある特殊作戦に抜擢された。その作戦の目的は、共産圏で禁書とされた小説『ドクトル・ジバゴ』をソ連国民の手に渡し、言論統制や検閲で人々を迫害するソ連の現状を知らしめること。危険な極秘任務に挑む女性たちを描いた傑作長編！

コスタ賞大賞・児童文学部門賞W受賞！

# 嘘の木

フランシス・ハーディング　児玉敦子 訳　創元推理文庫

世紀の発見、翼ある人類の化石が捏造だとの噂が流れ、発見者である博物学者サンダリー一家は世間の目を逃れて島へ移住する。だがサンダリーが不審死を遂げ、殺人を疑った娘のフェイスは密かに真相を調べ始める。遺された手記。嘘を養分に育ち真実を見せる実をつける不思議な木。19世紀英国を舞台に、時代に反発し真実を追う少女を描く、コスタ賞大賞・児童書部門W受賞の傑作。